윤종호 장편소설

戀人別曲

연인별곡

戀人別曲
연인별곡

초판인쇄 2024년 5월 16일
초판발행 2024년 5월 20일

지은이 윤종호

펴낸곳 온누리디앤피

등록 제51호(1995년 8월 31일)
주소 제주시 신성로12길 21-2
전화 064.722.0086
팩스 064.755.3380

ISBN 978-89-94495-81-1

戀人別曲

연인별곡

prologue

주절주절 떠들고 싶었다.

글을 쓰기 전에 썼던 프롤로그와 글을 마무리한 뒤 쓴 프롤로그를 비교해 보았다. 전자는 지나친 자신감과 의욕이 넘친 글이었고 후자는 긴 여행을 다녀온 뒤 느끼는 허무와 아쉬움이 진하게 묻어 있었다. 적당히 섞어보기로 했다.

나에게 한 약속이 하나 있었다. 3교대를 하는 업무 특성상 저녁에 출근하는 날에는 대중교통을 이용하자는 것이었다. 탄소중립을 실천하는 환경운동가도 아닌 내가 버스를 세 번 갈아타는 번거로움을 감수한 것은 나름의 이유가 있었다. 가끔 나와의 약속이기에 어기고 싶은 유혹도 있었지만, 오늘도 버스를 기다린다. 버스를 타면서부터 놀라운 사실을 하나 알게 되었다. 옛날과 달리 한 번 결제로 세 번까지 환승이 허용된다는 것과 버스의 도착 시간을 실시간 알 수 있다는 것이었다. 그리고 고유가 시대를 이기는 하나의 지혜가 되었다. 버스를 타면서 작은 변화를 느낄 수 있었다. 앞만 보고 뛰는 경주마처럼 살기를 강요받은 탓일까. 시간에 쫓기는 것도 아닌데 과속하기도 하고 앞차 때문에 신호에 걸리면 습관처럼 투덜거렸다.

'세상 한가하면서 차는 왜 끌고 나온 거야.'

심지어 클랙슨으로 내 불편한 마음을 표현했는데 버스를 타면서 조급함보다 더딤이 주는 잠깐의 여유를 알게 되었다. 우리 곁에는 의외로 볼거리가 많았다. 입소문이 난 맛집이나 새로 생긴 건물, 어디서 본 듯한 얼굴 그리고 큰 여행 가방을 들고 버스를 기다리는 여행객들의 환한 미소가 눈에 들어왔다. 스치는 일상에 나도 한 부분이라는 걸 느꼈다. 이어폰으로 전해지는 편안한 음악이 여유의 질을 높였다. 노래는 지난날을 추억하기 좋은 매개물이었다. 세 번째 갈아탄 버스는 터미널에서 평화로 2144번지까지 40분 남짓 사색의 시간이 되었고 글을 쓰는데 많은 소스를 제공해 주었다. 숨겨진 시간을 찾았다. 버스를 탄 지 어느덧 2년, 사색이 주는 풍요를 맛보았다.

집중하지 않으면 놓칠 수 있는 미세한 변화가 내 오감에 스며 들었다. 계절의 변화가 그것인데 따뜻한 겨울과 추운 봄이 공존하는 2월, 봉우리를 터트리는 꽃을 시샘하는 훼방꾼의 역습과 눈 부신 햇살의 공습이 볼만한 봄날, 꽃만큼 화사한 새순의 싱그러움에 마음을 뺏기게 된다. 시원한 여름과 더운 가을의 9월, 추운 가을과 따뜻한 겨울이 하나의 끈으로 연결된 채 내 곁에 있음을 그동안 인지하지 못했다.

버스는 적당한 쉼과 기다림의 미학을 내게 알려 주었다. 282번 버스는 나를 싣고 봄의 교향악이 울려 퍼지는 애월 중산간을 지나 시원하게 내달렸다. 앞으로 가는 버스와는 반대로 과거에 두고 온 나를 소환하고자 깊은 상념에 빠지곤 하는데 우연히 본 고성2리 정류소 옆 돌담에 수줍게 핀 노란 개나리에 마음을 빼앗긴 날이었다. 내 어린 시절 흔하디 흔하게 봐왔던 봄꽃이 새로운 것은 왜일까. 순간 과거가 새로울 수 있다는 생각이 뇌리를 스쳤다. 앞으로 내닫는 버스에서 과거로의 여행을 경험하게 되었는데 작용, 반작용 법칙과 어떤 상관관계가 있을까. 내 상상의 나래는 끝이 없어 보였다. 이글을 기획한 것은 어느 봄꽃이 지고 파릇한 새순이 돋아난 조금은 나른한 봄날이었다. 핸드폰 메모장에 몇 자를 적어봄으로 시작되었다.

'어렴풋한 기억, 외사랑, 그리움, 이별 그리고 미련… 그리움'

기억의 저편에서 소멸을 앞둔 것을 소환하고 기억의 왜곡도 바로잡았다. 밑그림을 그려보았다. 미소가 번지는 추억도, 숨기고 싶은 부끄러운 시절도 다 내 것이었다. 좋은 시절을 허투루 살았다는 자괴감에 감히 꺼내보지 못했던 내 젊은 날의 초상을 가감없이 표현하고 싶었다. 이루지 못한 애절한 사랑과 미련이 남아 있다는 것이 새삼스러웠다. 하지만 그런 아픈 과거는 누구나 하나쯤 간직하고 있으리라 생각했다. 누구나 공감할 수 있는 사랑 얘기를 들려주고 싶었다. 그리고 처음 사랑을 앞둔 딸들에게 주저하지 말라는 얘기를 해주고 싶었다. 한 번도 시도해 보지 못한 긴 여정의 첫발은 그렇게 시작되었다.

내 나이 쉰하고 둘일 때 일이었다. 심한 몸살을 앓았다. 글을 잘 쓰고 못쓰고의 문제가 아니라 글을 써야 하는 숙명을 타고 난 나를 발견했다. 어떤 일을 해도 성에 차지 않았고 무엇을 해도 빈 가슴은 그대로였다. 글을 쓰면서 차츰 메워지는 나를 느꼈고 습작이 주는 만족감에 회춘(?)하는 느낌이었다. 갱년기에 찾아왔던 삶의 위기도 잘 넘게 해주었다. 글을 잘 썼다면 팔자 좋게 전업 작가의 길을 가겠지만 무명작가는 일과 글을 병행해야 했다. 경비라는 직업은 글쓰기에 적당한 것이었다. '글 쓰는 경비원'이라는 타이틀에 대체로 만족한다.

때론 방황하던 내 글의 방향성을 잡아 준 큰딸 수경이, 삽화를 그려 준 막내딸 지후 그리고 아내 현미가 책의 편집을 맡아 주었다. 우리 가족이 함께 참여한 책으로 그 가치를 인정받았으면 좋겠다. 첫술에 배가 어느 정도 불렀으면 좋겠다. 오늘도 사색하기 좋은 풍경은 차창 밖에 있고 나는 또 다른 사랑 이야기를 위해 내 시선은 한 곳에 고정되고 유난히 덜컹거리는 버스는 나를 행복의 나라로 데리고 간다.

2024년 비가 오는 우수를 버스 안에서 맞다.

戀人 別曲

연인별곡

追憶 추억

Try to remember the kind of September
when life was slow and oh, so mellow.
Try to remember the kind of September
when grass was green and grain was yellow.
Try to remember the kind of September
when you were a tender and callow fellow,
Try to remember and if you remember then follow.

.

.

.

Deep in December it's nice to remember
although you know the snow will follow.
Deep in December it's nice to remember
without the hurt the heart is hollow.
Deep in December it's nice to remember
the fire of September that made us mellow.
Deep in December our hearts should remember
and follow.

– 1966. Try to remember song by Andy Williams

무언가를 떠 올리기 좋은 때는 언제일까? 까만 밤하늘에 별은 셀 수 있을 만큼이면 좋겠다. 너무 밝지 않은 초승달이면 별을 세기 적당할 것이다. 홀로 깨어 있는 새벽도 괜찮겠다. 수줍은 낯을 보여줄 샛별을 기다리는 것도 낭만적일 것이다. 손에 쥐어진 머그잔의 커피는 식어도 상관없다. 밤벌레 소리가 BGM으로 깔리면 분위기는 무르익을 것이다. 비가 내리는 어느 오후, 김이 서린 유리창에 무언가를 썼다 지웠다 하는데 라디오에서 귀에 익은 옛 노래가 나오면 좋겠다. 아무 노래라도 괜찮다. 대신 DJ는 무미건조한 목소리로 가수와 노래 제목만 소개했으면 좋겠다. 빛바랜 사진 속 젊은 내가, 중년인 지금의 나를 애처롭게 바라볼 때 추억에 젖을 수 있지 않을까.

나이를 먹으면서 과거 지향적 인간이 되는 것 같다. '살 날보다 산 날이 더 많다'라고 느끼는 순간부터였던 것 같다. 옛 기억을 더듬는 것을 관조라는 유식한 말로 포장하게 된다. 과거가 아름답기만 하다고 우기는 과거 예찬론자는 아니다. 허기지고 헐벗은 가난한 날을 생각하면 지금의 여유가 그리 나쁜 것만은 아니다. 다만 가난했던 날조차 그리운 것이 '요즘의 나'가 아닐까? 여성호르몬의 역습에서 남성 호르몬을 지켜야 할 나이가 된 것 같다. 말이 많아지고 눈물을 왈칵 쏟는 날이 점점 늘어난다. 노래를 듣다가도, 책을 읽다가도, 막장 드라마를 보다가도 심지어 목련이 지는 것을 보고도 괜스레 눈물이 난다. 이 정도면 병원 진료가 필요한 것일까. 그렇다고 시원하게 울 수 있는 것도 아니고 그냥 목이 메어 오고 코끝이 찡해오면 '요즘 내가 왜 이러지' 하는 자괴감이 들곤 한다. 작은 것에 집착하는 것도 전에 없던 버릇이다. 초저녁잠이 많아진 대신 한밤중에 깨는 날이 잦았다. 처음에는 고통이었지만 거듭되다 보니 예전부터 읽고 싶었던 책을 읽는, 하루 중 가장 알찬 시간이 되었다. 최근에 읽은 책이 괴테의 「짜라투스트라는 이렇게 말했다.」였는데 학창 시절에는 그 의미를 모르고 글만 읽었던 것 같다. 그 뜻을 온전히 이해할 나이가 되었나 보다. 책을 읽는 즐거움을 알아가는 행복한 시간이었다. 30년 넘게 먹고 살기 바쁘다는 핑계로 신문 이외의 활자매체를 멀리한 탓인지 처음에는 글이 눈에 들어오지 않았다. 그냥 글을 읽는 습관을 만드는 것에 집중했다. 글이 망막을 통해 뇌에 전달되기 시작할 무렵 가벼운 소설을 읽었는데 나를 독서에 빠지게 해 준 책은 탈일상적 공간을 제시한 김승옥의 「무진기행」이었다. 단편이지만 긴 여운을 내게 주었다. 이후 주로 고전을 읽었는데 시대와 세대를 뛰어넘어 인생의 담론을 묻는 책을 선호하게 되었다. 파우스트, 죄와 벌, 달과 6펜스, 시지푸스의 신화 등… . 하지만 내가 있는 이곳은 책을 구해 읽기에 불편한 점이 많았다. 두메산골도 아닌 마을이기에 하나쯤 있을 만도 한데 마을도서관이 없었다. 읽고 싶은 책을 구하기 위해 읍내까지 가야 하는데 하나밖에 없는 읍내 서점에는 애들 자습서가 대부분이었고 내가 읽고 싶은 책은 눈을 씻고 찾아봐도 찾을 수 없었다. 할 수 없이 책을 사기 위해 광주까지 나가야 했다. 작은 도서관이 하나 있으면 좋겠다는 민원을 군청에 넣어 봤지만 묵묵부답이었다. 도서관 건립은 아마도 지금 군수의 재선에 도움이 되지 않았나 보다. 어렵게 구한 책이기에 더 애착이 갔고 한 줄 한 줄 뇌가 아닌 마음에 새길 수 있었다. 취미란에 '독서'라는 단어를 자신 있게 쓸 수 있게 되었다.

내가 처음 은행원이 되었을 80년대는 대부분 직장이 정년을 보장하는 평생직장이라는 개념이 있었다. 하지만 90년대를 거쳐 효율성을 강조하는 신자본주의 영향과 자본과 결탁한 보수정권이 노동법을 날치기한 결과 평생 고용은 전설이 된 지 오래다. 그 누구도 내게 명퇴를 강요하지 않았지만, 나갈 때를 사방에서 득달같이 알려 준다.

"권 부장, 올해 몇 년 차지?"

"권 부장, 올해 몇 살이지?"

"권 부장님, 요즘 많이 피곤해 보이세요."

대놓고 말하지 않지만 다 같은 얘기라고 봐도 무방할 것이다. 더 이상 견디는 것은 노욕이라는 부하직원의 말을 우연히 엿듣게 되었다. 며칠을 고민하다 결심했다. 말이 명예퇴직이지 대우해 줄 때 알아서 나가라는 얘기를 에둘러 하는 말이다. 쉽지 않은 결정이었다. 아직 내가 은행에서 필요하다고 말하는 이가 없는 것은 아니었다. 그러나 떠날 때를 아는 사람으로 남고 싶었다. 퇴직금과 2년 치 연봉을 한꺼번에 받았다. 적지 않은 돈인 것은 분명 하지만 청춘을 바친 대가라고 생각하면 그리 많은 것은 아니었다. 백수가 된 첫날, 나는 민법상 가출이 명백해 보이는 법률 행위를 했다. 혼자 사는 내가 집을 나오면 그것도 가출이 되는지는 논란의 소지가 있겠지만 아무튼 무작정 서울역으로 향했다. 집 근처에 고속버스 터미널이 있었지만, 왠지 가출에는 버스보다 기차가 어울릴 것 같았다. 목적지를 정하지 않고 가장 빠른 기차를 타기로 했다. 그리고 느낌이 좋은 역에서 내리면 더 낭만적일 거란 생각에 종착역까지 가는 기차표를 샀다. 목포행 호남선이 10분 후 출발이다. 그보다 5분 앞서 KTX가 출발하지만, 남는 것이 시간뿐인 백수에게는 사치라고 생각했다. 저렴한 무궁화호를 탔다. 평일 오전 기차는 한산했다. 2월 중순, 싸늘한 한기가 나를 따라 텅 빈 객차에 무임승차를 했다. 객차에 홀로 있는 나를 발견하고 미안한 생각마저 들었다. 차창으로 들어오는 풍경은 실로 오랜만이었다. 지방 출신 동료의 경조사 때 몇 번 타 봤었는데 그때는 오늘과 다른 감성이었다. 풍경을 감상하기에 너무나 바쁜 KTX를 탔었기 때문이다. 학창 시절 내가 제일 좋아했던 과목인 지리 시간이 생각났다. 우리나라는 국토의 70%가 산지라고 한다. 산과 산 사이 넓은 평지인 분지에 도시가 발달했고 하류에 강이 있고 도시와 도시를 나누는 경계에는 하천이 흘렀다. 그 물결 위 긴 다리를 건너는 기차는 강바람을 가르는 특유의 소리를 토해내며 달렸고 산을 비껴가는 대신 칠흑 같은 터널을 뚫고 지나갔다. 산지가 많은 만큼 기차는 암흑 속을 반복해서 지났다. 강 하류가 나오면 근처에는 넓은 들이 있었다. 스포츠머리로 잘 깎인 논은 제 계절을 기다리고 있었다. 시장기가 느껴져 익산역에서 내려 우동을 한 그릇 먹고 전라선으로 갈아탔다. 갈아탄 기차도 역시 한적하기는 매한가지였다. 기차는 홀로 한가한 나를 싣고 내륙을 달렸다. 멀리 보이는 웅장한 산이 눈에 들어왔는데 지리산이라는 걸 짐작할 수 있었다. 산맥의 맏형다웠다. 우장산, 아차산이나 남산 같은 서울의 산과 달리 그 크기를 짐작할 수 없었다. 구례구역에서 내리기로 마음먹었다. 평소 가보고 싶었던 천년고찰 화엄사를 들른 후 노고단을 통해 지리산에 오를 생각을 했다. 역에서 내려 화엄사로 가는 버스를 탔다. 고즈넉한 산길을 덜컹거리며 버스는 무심하게 그냥 달렸다.

'왜 이렇게 가는 곳마다 한산한 걸까.'

나에게는 휴일이지만 다른 사람에게는 평일인 화요일이라는 걸 뒤늦게 알아차렸다. 화엄사 주변에 잘 다듬어진 숲길이 나 있었다. 한적한 숲길을 마냥 걷고 싶었다. 마침 부는 바람이 내 등을 떠밀었다. 화엄사 경내에 들어서니 불자의 합장하는 손끝에 따뜻한 햇살이 내려앉았다. 대웅전 처마 끝에 달린 작은 종 안에 붕어 모양의 쇳조각이 보였다. 말로만 듣던 풍경(風磬)이었다. 바람에 흔들려 차분히 들리는 풍경소리가 오는 길에 아직 녹지 않은 냇물 아래로 수줍게 흐르던 물소리와 묘한 조화를 이루었다. 기념품 가게에서 풍경을 하나 사서 손으로 흔들어 보았다. 아까 들었던 소리만큼은 아니지만 나름 정겨웠다. 화엄사를 나오니 또 하나의 천년 고찰인 천은사 상생의 길을 소개하는 안내판이 눈에 들어왔다. 잘 조성된 소나무 숲길에 저수지를 끼고 한 바퀴 돌아볼 수 있는 산책로였다. 천은 저수지에 다정하게 헤엄치는 원앙 한 쌍이 눈에 들어왔다.

'부럽다. 나만 혼자네.'

마침 불어온 찬바람이 폐부까지 들어왔는데 시원하다기보다 시리다는 느낌이었다. 벤치에서 보온병의 커피를 나눠 마시는 중년 부부의 모습이 원앙처럼 정다워 보였다. 혼자 올 곳이 아니라는 생각에 서둘러 자리를 떴다. 천왕봉에 오르려면 경상남도 산청으로 가야 했다. 3개 도(道)를 아우르는 어마어마한 산의 매력을 피부로 느끼고 싶었다. 하지만 산청에 가려면 반나절이 걸린다는 말에 아쉬운 대로 지리산 3대 봉우리 중 하나인 반야봉에 오르기로 마음먹었다. 마음씨 좋아 보이는 민박집 주인아저씨가 반야봉의 해돋이가 천왕봉 못지않다고 말했다. 다음날 새벽에 성삼재 휴게소에 데려다주시겠다고 했다. 노고단을 통해 반야봉에 올라 삼도봉을 거쳐 뱀사골 계곡으로의 하산을 권하셨다. 밤이 되자 까만 하늘에 소금을 뿌려 놓은 것 같았다. 별은 어디에서나 뜨고 지지만 서울은 24시간 불야성을 이루는 곳이라 좀처럼 별을 감상할 기회가 없었다. 별을 노래한 옛 시인의 마음을 헤아릴 것 같은 하현달의 끝자락이라 별을 세기에 적당했다.

'이 많은 별이 지구로 떨어지면 어쩌지.'

기우라고 했던가. 나는 쓸데없는 걱정을 하느라 밤새 뜬눈으로 지새웠다. 잠깐 눈을 붙인 것 같은데 성난 핸드폰 알람 소리에 깼다.

민박집 주인아저씨의 차는 까만 사계를 가로질러 달렸다. 새벽잠 깬 산새들의 울음소리가 알람 소리 같았다.

"좋은 산행 되세요."

"고맙습니다."

가벼운 인사를 남기고 아저씨는 어둠 속으로 사라졌다. 우수가 지났지만 새벽 찬바람은 한겨울처럼 매서웠다. 한 무리의 등산객과 함께 노고단을 향해 올랐다. 수월한 산길이었다. 칠흑 같은 어둠이지만 윤곽을 구분할 순 있었다. 동녘에서 시작될 박명은 내게로 몰려올 것이고 뭔가에 쫓기는 나는 도망자처럼 앞만 보고 산에 올랐다. 뒤돌아보면 큰일이라도 날 것처럼 말이다. 아직 남은 눈 위를 걸었는데 발바닥에 닿는 느낌이 좋았다. 산행인지 노동인지 분간하지 못할 내 마음이 문제라고 생각했다.

'백수건달 주제에 왜 이렇게 서두르는 것일까?'

차오르던 숨이 넘어갈 것 같았지만, 한계를 뛰어넘는 희열이 찾아왔다. 말로 설명하기 힘든 희열이었다. 내 인생과도 같은 산행이었다.

'뭐가 그리도 급한가. 잠시 쉬어가도 되는데…….'

동녘으로 느껴지는 붉은 기운이 나를 멈추게 했다. 시샘한 구름이

해를 가렸지만, 이미 마음에 와 닿은 해의 기운을 느낄 수 있었다. 반야봉 1,732m, 천왕봉에는 미치지 못했지만 태어나서 가장 높은 곳에서 있다는 느낌을 남기고 싶었다.

'산 사람이 되고 싶다.'

지리산이라는 나침반의 중심인 반야봉은 내 인생의 새로운 나침반이 될지도 모른다고 생각했다. 하산 길에 허기를 느꼈지만 산행에 어울리는 도토리묵과 막걸리를 위해 꾹 참았다. 그날 먹었던 도토리묵과 막걸리는 결코 잊을 수 없는 추억을 내게 선물했다.

이곳에 오게 된 지는 2년 하고도 10개월 24일 전이었다. 산맥이 끝나는 지점에 작은 산이 하나 있었다. 알려지지 않은 산이었는데 봉우리가 운무에 갇혀 사라졌다가 시나브로 자신을 드러냈다. 그 광경에 매료되어 한참 동안 그 자리에서 꼼짝 할 수 없었다. 고등학생 시절 책받침 여신이었던 피비 케이츠(Phoebe Cates)를 처음 봤을 때의 감흥과 견줄만했다. 다른 산을 오르다가도 생각나서 다시 찾게 될 정도였다. 사람들은 이 산을 '소죽산'이라고 불렀다. 어떤 연유로 지어진 이름인지 모르지만, 경치에 걸맞지 않은 이름이라고 생각했다. 이 마을 사람들에게는 그냥 동네 뒷산 이상도 이하도 아닌 것 같았다. 하지만 도립공원이 되면서 위상이 달라졌다. 관리사무소와 넓은 주차장이 생겼다. 이런 곳에서 일하고 싶었다. 하지만 나 같은 외지인에게 내어 줄 자리는 없을 것 같았다. 물론 물어볼 용기도 없었지만.

'약초꾼이라도 할까.'

매일 산에 올라 산의 모든 걸 기억에 담았다. 숨은 절경을 찾아 그에 걸맞은 이름을 붙여주었고 산에서 만난 사람들과 많은 얘기를 나누었다. 주로 약초꾼들과 표고버섯을 재배하는 사람들이었는데 이들은 예전부터 내려온 전설이나 꼭꼭 숨겨져 알려지지 않은 명소들을 내게 알려 주었다. 간혹 길을 잃은 등산객을 안내해 주기도 하고 누가 시킨 것도 아닌데 해설사를 자처하기도 했다. 산길에 버려진 쓰레기를 줍는 것도 내 몫이라고 생각했다. 그런 내 모습을 눈여겨보시던 관리소장님이 읍장님께 부탁해서 없는 자리를 하나 만들어 주셨다. 다른 직원보다 못한 대우지만 나는 흔쾌히 받아들여 산 사람이 되었다.

'운무산'

나는 이 산을 이렇게 부르기로 했다. 운무가 봉우리를 집어삼켰다가 수줍게 내놓는 신비한 산이라고 말할 것이다. 좀 더 고급스러운 이유를 생각해 볼 참이다.

> 내가 그의 이름을 불러준 것처럼
> 나의 이 빛깔과 향기에 알맞은
> 누가 나의 이름을 불러 다오
> 그의 꽃이 되고 싶다.
>
> \- 김춘수, 꽃 중에서-

옛 시인이 그랬던 것처럼 산이 주는 감흥과 매력에 걸맞은 이름을 붙여주어야 한다고 생각했다. 어릴 때부터 눈에 보이는 것에게 내 마음대로 이름을 붙여주는 걸 좋아했다. 이름은 존재를 의미하는 것이기에…….

내 이름은 권석창(權碩彰)이다. 어릴 때 작고하셔서 얼굴조차 뵌 적 없는 선친이 나의 의미와 존재를 위해 붙여주신 이름이다. 직역하면 '크게 드러날 것이다'라는 뜻인데 아직 크게 드러나는 인생을 산 것 같지 않고 앞으로도 마찬가지겠지만 나는 내 이름에 대한 애착이 강하다. 어릴 때 누가 내 이름을 불러주는 것만으로도 마냥 기분이 좋았다. 하지만 아무도 나를 다정하게 불러주는 이가 없었다. 이름이 주는 센 느낌도 있지만, 가족이라곤 할머니가 전부였기에 내 이름은 고작 하루에 두세 번밖에 불려지지 않았다. 내 이름을 내가 부르고 대답하며 놀았다. 세 번째 돌을 앞두고 아버지가 돌아가셨고 일 년쯤 지났을까, 어머니는 나보다 두 살 많은 형을 데리고 집을 나갔다. 할머니랑 세 삼촌 그리고 고모랑 살았다. 모두가 나를 많이 아껴주었다. 혼기가 찬 삼촌들은 줄줄이 장가가서 독립했고 고모는 직장 때문에 지방으로 내려갔다. 그중에 형편이 넉넉한 두 번째 숙부 집에서 살다가 11살 때 따로 나와 할머니와 단둘이 살았다. 남 말하기 좋아하는 사람들은 나를 아비 어미 없는 자식이라고 했다. 그것이 내 잘못은 아닐 진데 나에게 꼬리표처럼 따라다녔다. 사람들이 제 자식들에게 말했다.

"너, 걔랑 놀면 안 돼"

"엄마, 왜?"

"놀지 말라면 놀지 마"

이유도 없이 아이들은 나를 멀리했다. 내게는 성격은 괄괄하지만, 한 없이 다정한 할머니가 계셨다. 할머니와 둘이 살던 시절은 가난했지만 외롭지 않았다. 그래서 한 번도 내가 고아라고 생각해 본 적이 없었다. 부모의 사랑은 받지 못했지만, 할머니는 언제나 내 편이셨다. 하지만 할머니는 나를 부를 때 화난 사람처럼 불렀다.

"석차앙아!"

가는귀를 잡수셔서 옆에 있어도 크게 부르셨는데 어린 나는 할머니가 나를 미워한다고 오해했다. 나이를 먹어갈수록 돌아가신 할머니에 대한 그리움이 풍선만큼 커진다. 할머니가 해 주셨던 시래기 된장국이 할머니만큼 그립다. 구수한 된장 맛을 어찌 잊을까. 학창 시절 이름만큼은 장군감이라는 말을 많이 들었다. 하지만 왜소하고 소심한 성격으로 존재감 제로의 투명 인간이었다. 맹장 수술로 열흘이나 결석했지만, 나의 부재를 아는 사람이 없을 정도였다. 그런 무관심을 오히려 나는 즐겼는지 모른다. 나는 혼자서도 잘 놀았다. 이런 것을 특기라고 해야 하나. 다른 사람과 달리 외우는 것에 소질이 있었다. 국민 학생이라고 불리던 시절, 사회과 부도는 내 소중한 친구였다. 「80일간의 세계 일주」라는 책을 읽고 세계지도를 보며 세계 여행을 꿈꿨다. 매일 보다 보니 여러 나라의 이름과 그 나라의 수도 이름이 친근해졌고 어느새 내 머릿속에 들어와 있었다. 지금도 여러 나라의 수도 이름이 무의식적으로 내 입에서 튀어나온다. 울란바토르, 카투만두, 다마스커스, 리스본, 몬테비데오, 아순시온, 루사카, 앙카라, 아부자, 아디스아바바 등 셀 수 없는 도시의 이름이 내 뇌에 저장되었다. 중학생 때에는 시를 잘 외웠다. 사춘기 때 이성에 대한 막연한 동경에 빠질 때 나를 어필할 수 있는 것이 뭐가 있을까 생각하다 시를 외우기 시작했다. 의미도 모른 채 과시하고픈 마음이었다. 심지어 영시까지 외웠다. 지금도 워즈워드의 '초원의 빛'을 원어로도 번역본으로도 외울 수 있다. 내가 외운 시를 들려주면 내가 글을 잘 쓸 거라는 선입관이 생기나 보다. 애석하게도 시를 쓸 수가 없었다. 표절은 범죄라는 사실을 누구보다 먼저 깨달았기 때문이다. 고등학생 때는 동급생이 600명쯤 되는데 그들의 이름을 모조리 다 외워버렸다. 그들의 출신 중학교 이름까지 말이다. 이후 학교의 연혁, 역대 교장 선생님 이름, 유명한 동문 선배의 이름 등 쓸데없는 걸 외우려고 외운 것은 아니지만, 그냥 내 머리에 저장되었다. 요즘 같으면 '세상에 이런 일이' 같은 TV프로에 나올만한 초능력(?)일 것이다. 이후 희곡을 닥치는 대로 읽고 외웠다. 딱히 이유는 없었다. 내 능력의 한계를 시험하고 싶었던 것 같다. 뭔가 외우는 사이 다른 아이들처럼 방황할 틈이 없었다. 외우는 능력 탓일 것이다.

특출 나지는 않았지만, 공부를 곧잘 했다. 서울에 있는 명문 상고에 장학금을 받고 입학하였다. 주위에서 대학에 갈 수 있는 인문계 고등학교를 권했지만, 대학은 그저 무지개 너머에 있는 사람들의 이야기라고 생각했다. 할머니를 모셔야 한다는 생각뿐이었다. 상고 진학은 내게 졸업과 동시에 은행원이 되어 할머니랑 살 수 있는 만족스러운 그림이었다. 하지만 내 의지와 상관없이 고1 겨울, 할머니는 편찮으셨고 숙부가 할머니를 모시고 갔다. 나는 혼자가 되었고 모든 걸 스스로 해결해야 했다. 무엇보다 내 이름을 불러주던 사람이 사라졌음은 슬픈 일이었다. 숙부는 내가 할머니를 뵈러 가는 것을 몹시 경계했다. 나를 자신이 떠맡아야 할지도 모른다고 생각했던 것 같았다. 할머니를 설이나 추석에만 뵐 수 있었다. 할머니는 나만 보면 우셨다. 할머니에게 취직하면 모시러 오겠다고 약속했다. 하지만 할머니는 내가 은행원이 되는 것을 기다리지 못하고 눈을 감으셨다. 하늘이 무너지는 슬픔이 뭔지를 알게 되었다. 비로소 내가 고아라는 사실을 받아들일 수밖에 없었다. 티를 내지 않으려고 무진 애를 썼다. 학창 시절 내내 근면 성실하다는 얘기를 듣고 살았는데 고등학생 때는 특히 더 그랬다. 바른 성품이라서가 아니라 은행원이 되려면 성실한 척 바른 사람인 척 해야 하는 줄 알았다. 어느덧 1985년 겨울, 졸업을 앞두고 나는 은행원이 되었다. 모두가 선망하는 국책은행이었기에 친구들의 부러움을 샀다. 직장인이 되었지만, 아직 코밑에 솜털이 뽀송뽀송한 미소년에 불과했다. 나도 다른 친구들처럼 빨리 어른이 되고 싶었다. 스무 살이 되면 하고 싶은 일이 많았다. 먼저 영화에서 봤던 것처럼 멋지게 담배 연기를 내뿜고 술 마시고 나이트클럽도 가고 예쁜 여자 만나서 신나게 노는 행복한 상상을 했었다. 하지만 현실은 그리 녹록하지 않았다. 지금은 전산화가 되어 단축 키 몇 번으로 되는 것들이 그때는 수기로 작성하여야 했다. 계산기에 의지한 채 숫자와의 전쟁을 벌여야 했다. '0' 하나 차이가 가져올 무시무시한 재앙을 잘 몰랐다. 마감 때 시재(時在)를 맞추지 못해 자정을 넘겨 퇴근한 적이 허다했다. 모자라면 내 돈이라도 채워 놓으면 되지만 남는 것은 전혀 다른 얘기였다. 남는다는 것은 어딘가는 모자란 것인데 모자란 부분은 반드시 찾아야 했다. 은행원이었다면 내 말에 공감할 것이다. 재앙에 가까운 상황에서 내 특별한 기억력이 한몫했다. 입사 첫해는 밤 10시 이전에 퇴근한 기억이 아예 없었다.

내가 원하는 삶은 요원해 보였다. 잦은 회식으로 술은 어느 정도 마실 줄 알았다. 내 돈 내고 마시는 술이라면 안 마셨을 것이다. 지점 회식은 술값 걱정이 없었기에 마다할 이유가 없었다. 하지만 담배는 내게 너무 비싼 기호품이었다. 아침부터 만원 버스로 출근해서 하루 종일 숫자와 씨름하다 별을 보며 퇴근했다. 그때는 지금보다 대중교통이 빨리 끊겼다. 택시비 아끼겠다고 소공동, 무교동 거리를 지나 덕수궁 돌담길을 따라 정동 교회가 보이는 길을 지나 자취방까지 걸었다.

얼마나 걸리는지는 그날의 컨디션과 구경거리에 따라 달랐는데 대략 1시간에서 1시간 30분 정도 걸린 것 같았다. 힘들다는 생각은 해 본 적이 없었다. 내 힘으로 살아갈 수 있는 현실이 내게 자신감을 주었다. 버스비가 없어서 걸어 다녔던 시절을 생각하면 발걸음이 오히려 가벼웠다. 무엇보다 지갑에 항상 돈이 있다는 현실에 밥을 먹지 않아도 배가 불렀다. 절약은 선택이 아니라 운명이었다. 지금도 만 원 이상 쓰려면 몇 번의 고뇌가 필요하다.

고아가 아이러니하게도 좋은 점도 있었다. 병역을 위한 신체검사를 받았는데 군 면제 판정을 받았다. 고아는 군 면제 사유였다. 그때나 지금이나 군대는 피할 수만 있다면 무엇이든 하는 사회적 분위기가 있었다. 하지만 나에게 군대는 의식주의 자연 해결이라는 점에서 가기를 바랐다. 내 의지와 달리 국방부는 나를 사고를 칠 개연성이 높다며 거부했다. 모두 나를 신의 아들이라고 불렀다. 돈과 권력으로 군대를 뺀 것은 아니지만 모두의 부러움을 샀다. 친구들이 30개월 군 생활하는 동안 나는 오롯이 직장생활을 통해 돈을 벌어 저축했다.

지금 같으면 교도소를 들락거렸을 일이지만 그때의 나는 대단한 재주(?)를 가진 사람으로 여겨졌다. 천부적인 기억력이 빛을 발했다. 고객의 주요 정보가 내 머릿속에 들어 있었다. 주민등록번호, 주소, 출신학교, 전화번호, 계좌번호, 대출 내역, 예금 종류, 부채 현황, 대출 만기까지 고객의 민감한 개인정보는 물론 관심 분야나 취향까지 말이다. 다행히 내가 아직 전과자가 되지 않았던 것은 그 많은 정보에 사심이 개입되지는 않았나 보다. 지금도 특별한 고객의 개인정보가 내 전두엽에 저장되어 지워지지 않는다.

> Q: 720105-20***** 서울특별시 서대문구 남가좌동 34-16번지 T:783-7163 한마음 적금통장 월 200,000원 1992년 8월 20일 ~ 1995년 8월 19일 만기, 유럽 여행 마련, 떡볶이를 좋아함, 귀여운 얼굴에 눈웃음이 특히 예쁨, 서울시청 고위 공무원의 무남독녀 외동딸.

국민교육헌장 전문 393자를 외워야 했던 우리 세대는 박정희와 전두환으로 이어지는 군사독재정권을 경험하며 학창 시절을 보냈다. 나라는 우리에게 충성을 강요했고 자유를 억압했다. 그것이 헌법에 반하는 것이고 인권이 얼마나 존엄한 가치인지를 알게 된 1987년 초여름, 물고문으로 숨진 한 대학생의 죽음으로 촉발된 민주화의 요구였던 '호헌철폐 독재타도'를 외치던 또래 대학생들과 함께 넥타이 부대의 일원이 되기도 했다. 절반의 승리라고 하지만 명백한 승리였다. 이후 들불처럼 번졌던 노동자들의 생존권 투쟁 덕에 내 월급도 따라 올랐다. 이후 88년 서울올림픽을 거치며 우리나라 경제는 고도 성장기를 보냈다. 호사다마라고 했던가. 결론적으로 말하면 압축성장의 폐해라고 해야 할 것이다. 그해 초 우리나라 경제는 여러 곳에서 경고의 신호가 들려왔다. 특히 외화 중에서도 달러가 가파르게 올랐다. 하지만 정부와 언론은 다른 얘기를 했다. 달러를 사라는 선배들의 조언에 조금씩 돈이 생길 때마다 달러를 샀다. 나는 더 허리띠를 졸라맸다. 기업을 상대하는 은행원인 나는 미리 대비할 수 있었지만, 정부의 발표만 믿는 샐러리맨들은 시시각각 다가올 위험을 모르고 있었다. 신의 직장인 줄 알았던 은행이 문을 닫았다. 은행이 망한다는 것은 어떤 기업도 예외가 될 수 없다는 신호이기도 했다. 방만하게 몸집 불리기에만 열중했던 재벌 대기업에 부실 대출을 해 준 것이 문제였다. 대기업이 무너지면서 중소업체들도 도미노처럼 무너진 것인데 사회 지도층이라는 분들은 우리 같은 샐러리맨들이 흥청망청 낭비해서 벌어진 것이라고 했다. 꼬박꼬박 세금 잘 낸 죄밖에 없는데 말이다. 대선이 한창이던 겨울, IMF라는 처음 들어보는 국제기구가 우리나라를 부도 처리해 버렸다. 나락으로 떨어진 국가 경제는 암울하기 짝이 없었다. 하지만 쉽게 무너질 민족이 아니었다. 대를 위해 소를 희생하는 우리 민족의 DNA는 위대했다. 민주 세력으로의 정권 교체로 들어선 정부는 투명한 정책으로 국민통합을 이루어 내더니 유례가 없는 IMF 구제금융 조기 졸업을 이루어 냈다. 월드컵 4강 그리고 나 같은 상고 출신이 두 번 연속 대통령에 당선되는 기적을 목격했다. 우리 세대를 '다이나믹 코리아'를 산 행운의 세대로 기억할 것이다. 잘 견뎌낸 나 자신이 대견스러웠다. 대량 해고의 파고를 넘어 2020년 명퇴까지, 그사이 수많은 동료가 실업자가 되는 것을 지켜보면서 말이다. 지난날이 내 뇌리를 스쳐 지나갔다.

지금 내게 소중한 직장이 생겼다. 소죽산이라는 흉물스러운 이름 대신, 산 이름 공모에서 내가 낸 '운무산'이 채택되어 지금의 이름이 되었다. 내 인생의 2막을 열어준 고마운 이름이다. 은행에서 받던 월급과는 비교할 수 없는 적은 돈이지만 오히려 풍족했다. 지출의 많은 부분을 차지하던 아파트 대출금을 퇴직금으로 다 갚았기 때문이다. 이곳에서는 그다지 많은 돈이 필요하지 않았다. 최저 시급에도 못 미치는 돈이지만 버릇처럼 월급의 반을 저축해도 풍족한 삶을 살 수 있었다. 저축은 내 오랜 숙명이었다. 독신주의자는 아닌데 나는 독신이고 앞으로도 독신일 예정이다. 결혼을 안 한 것이라 말하고 싶지만, 못한 것이 맞다. 일에 미쳐 시기를 놓쳤다고 해두자. 사무실에는 나 말고 5명이 함께 생활하는데 다들 이 마을 사람들이다. 산림청 공무원을 하다가 퇴직한 최규형 관리소장님, 인자한 성품에 손재주가 좋으셔서 못 만드는 것이 없다. 올드 팝송을 좋아하셔서 술 한 잔 드시면 클리프 리차드가 부른 'Early in the morning'을 멋들어지게 부르셨다. 읍내 초등학교 교장 선생님으로 정년을 마친 윤석영 선생님은 유학과 서예에 능통하셔서 가끔 술자리에서 들려주시는 맹자는 내가 제일 좋아하는 술안주였다. 막걸리를 참 좋아하셨고 장성한 자식들을 늘 자랑스러워하셨다. 젊은 날 보일러 시공과 타일 붙이는 일을 하신 세윤 형님은 손재주가 꽝인 내게 많은 것을 가르쳐 주셨다. 소주 한 잔이면 구수한 목소리로 노래를 맛깔나게 불렀다. 벌교가 고향인데 젊은 시절 순천과 여수에서 한가락 했다는 규만이 형님은 의리의 사나이였다. 나이에 비해 머리숱이 많아 늘 부러웠다. 그리고 홍일점인 아현 씨는 이곳 H읍 오달서 읍장의 딸이다. 서울에서 사범대학을 졸업하고 임용고시 준비 중이라고 들었다. 우리나라 최대 일간지 신춘문예를 통해 등단한 시인이었다. 다른 사람들과는 잘 어울리는데 아현 씨와는 조금 불편했다. 세대 차이라고 해야 하나 직선적인 성격에 호불호가 분명했다. 상냥한 성격인 것 같지만 예민한 구석이 있고 예민한 것 같다가도 쿨한 구석이 있는 친구였다. 나는 말을 최대한 아꼈다. 신비주의가 아니라 딱히 할 말이 없어서이기도 하고 난 천성적으로 말을 조리 있게 하지 못한다. 달력은 2023년 1월 19일인데 음력으로는 아직 2022년이다. 음력은 우리 삶에 남아 있는 몇 안 되는 구시대 흔적이라고 생각한다. 농경시대에는 유효했지만 21세기에도 맞는 것일까 생각한다.
새벽부터 눈이 내리더니 이내 설산이 되었다. 오늘은 더 이상 등산객을 받을 수 없을 것 같아서 '입산 금지' 입간판을 세워 출입을 통제했다. 아침에 온 일행들은 가로질러 구례 쪽으로 빠져나가겠다고 했기에 여유를 가지고 읍내에 다녀오기로 했다. 비상약과 반찬거리가 다 떨어져서 오일장에 다녀와야 했다. 서두르면 점심 전에 돌아올 수 있을 것이다. 점심 준비는 내 몫인데 어쩌다 그렇게 되었다. 내가 해 주는 음식을 다들 잘 먹어주니 보람을 느낀다. 내가 할 줄 아는 음식은 할머니가 해 주시던 것이었다.

가·슴·앓·이

My life is incomplete
It's Missing you
오늘도 하루를 보내 다를 게 없이
하나도 안 어색해 혼자 있는 게
너 없인 안 될 것 같던 내가 이렇게 살아
근데 좀 허전해 난 여전히 거기 있나 봐
후련하게 다 털어내(다 다)
지난 일에 마음 쓰는 게 It's alright
답이 잘 보이는가 싶다가도
어느새 날 가두는 감옥이 돼
시간은 앞으로만 가는 걸 어째
그동안 난 아무것도 이룬 것이 없네.
아직도 내 마음속엔 너 Oh oh
너를 그리워하다 하루가 다 지났어
너를 그리워하다 일 년이 가버렸어
너를 그리워하다 그리워하다

- 2017년 비투비, 그리워하다 중에서-

바쁜 것 없는 창밖을 바라보는 것도 중요한 내 업무 중 하나다. 해야 할 일을 찾는 것이 지금 내가 해야 할 일이라면 요즘 나는 참 재미없게 산다. 나태에 빠지고 싶다. 권태가 밀려온다고 해도 상관없다. 자리를 지키는 것만으로도 노동이 되는 팔자 좋은 직장인이다. 하지만 누구나 바라는 꿀 보직이라고 하기에는 20대 중반인 내게 미래가 없다. 아침에 일어나면 사직서와 함께 출근해서 던지고 나갈 타이밍을 못 잡아서 현재의 내가 있는 것이기도 하고, 이대로 편하게 있다가 괜찮은 남자 만나 결혼해서 알콩달콩 사는 것도 나쁘지 않을 것이다. 가끔 그런 생각에 빠지곤 하지만 다시 내 자리로 돌아와서 임용고시를 준비할 것이다. 아침보다 바람이 세졌다. 대체로 따뜻한 동네인데 올해 겨울은 유난히 추운 것 같다. 해는 바뀌어 새해지만 아직은 음력으로 지난해의 섣달이다. 설은 새해의 시작이 아니라 우리의 고유 명절로서 지위만 가졌으면 좋겠다. 새해 인사는 한 번으로 족하다. 오늘 같은 날에 산을 찾는 이는 두 가지 부류 중 하나일 것이다. 혼자 사는 외로운 사람이거나 정말 산이 좋아서 산에 미친 사람일 것이다. 의외로 산에 미친 사람들이 많다는 것이다. 난로 위 주전자가 마른 공기에 습기를 보태주고 잡음이 섞인 FM 라디오에서 나오는 옛 노래는 무료함을 더해준다. 다른 것은 참겠는데 내 취향과 동떨어진 구닥다리 노래를 듣도록 강요하는 라디오만 없으면 좋겠다. 에어팟에서 흘러나오는 노래를 따라 부른다.

「사랑을 만나 이별을 하고 수많은 날을 울고 울었다. 시간이란 건 순간이란 게 아름답고도 아프구나.(yeah) …」

며칠 전 내린 눈은 녹는점에 이르지 아니한 것인가. 햇빛이 미치지 않는 곳을 중심으로 많이 남아 있었다. 이른 아침 한 무리 등산객이 다녀간 이후 사람의 그림자는 보이지 않았고 그들은 산 반대편인 구례 쪽으로 하산하겠다 했으니 지금 이산은 아무도 없는 산이라고 해야 할 것이다. 뾰족한 봉우리 때문에 높아 보이지만 해발 780m에 불과한 소백산맥 끝자락에 있는 막내산이다. 굴곡진 협곡을 잇는 산등성이가 운무에 갇혀 신비함에 쌓인 산이라고 나무위키가 이 산을 소개하고 있다. 매일 보는 나에게는 그저 평범한 산인데 신비함이란 산의 바깥에서 본 감상일까. 아니면 산 내부의 평가일까. 3선을 지낸 현 도지사의 노력으로 도립공원이 된 지 얼마 안 되었다.

1년 전쯤, 임용고시 낙방과 또 다른 이유로 도망치듯 고향에 내려왔다. 그냥 도망치면 예전으로 돌아갈 수 있을 줄 알았다. 하지만 고립이나 단절 같은 단어에 대해 깊은 성찰이 부족했던 것 같다. 태어날 적부터 늘 봐왔던 산보다 바다를 동경했다. 바다가 주는 후련함에 이끌려 혼자 바다를 보러 간 적이 있었는데 바다에서 극한 고독을 경험한 뒤로 혼자 갈만한 곳은 아니라고 생각했다. 나고 자란 이곳은 현실 도피 최악의 조건을 모두 가진 것 같아 그냥 서울에 있을 걸 하는 후회를 하곤 했다. 아무리 잘 숨는다고 해도 반나절이면 주위 사람들에게 들키고 말 것이다. 차라리 서울 도심 한복판이 나았을 것이다. 이유를 묻는 주위 사람들의 지나친 관심이 부담스러웠다. 추측성 소문이 사실처럼 유통되기도 한다. 내가 임용고시에 떨어진 것과 갑작스러운 귀향이 입에 담기조차 민망한 이유라는 소문을 엄마에게 듣고 아연실색하게 되었다. 그들에게 그냥 놔두는 것을 권하고 싶다. 눈에서 멀어지면 마음에서도 멀어질 것이란 마음으로 야반도주하듯 내려왔지만, 거리만 멀지 같은 하늘 아래라는 걸 미처 생각하지 못했다. 샛노란 은행잎이 비처럼 내리는 깊은 가을 어느 날의 이별은 어땠을까. 아니면 가을비가 촉촉이 내렸다면 이별의 아픔이 덜했을까. 아쉽게도 그날은 모내기가 한창이었던 땡볕의 5월 하순이었다. 이별도 사랑만큼이나 낭만적이었으면 얼마나 좋을까. 봄꽃들이 만발한 날의 이별은 그냥 꿈인 줄 알았다. 깨고 나면 아무 일도 없었던 것처럼 그가 다시 내게 손을 내밀어 줄 줄 알았다. 자음과 모음이 만나야 음절이 되는데 자음만 홀로 되뇌는 그 이름 P, 비슷한 이름만 보고 들어도 눈물부터 뺨을 타고 흐른다.

사람들은 나 같은 사람을 낙하산이라고 부른다. 사실이다. 아빠는 H읍 읍장이고 이곳 관리소장님은 아빠의 고등학교 선배이자 공무원 생활을 함께하신 인연이 있었다. 해마다 근로계약을 새로 해야 하는 비정규직이지만 고용불안을 걱정해 본 적은 없다. 최저 시급을 받고 이런 오지에서 근무하겠다는 사람은 없었다. 관리소장님과 나 그리고 네 분이 함께 일을 하는데 등산객들의 조난 대비와 등산로 정비 그리고 해설사 등 역할 분담이 이루어져야 하지만 주먹구구식에 되는대로 하는 것 같아 답답하지만 나는 관여하고 싶지 않았다.

'운무산 도립공원'

나에게는 소죽산이라는 이름이 더 익숙하다. 방목하는 소가 알 수 없는 이유로 죽어서 그리 불렸다. 산에 독초가 있기 때문이라고 하는 이도 있고, 진기한 약초들이 자생하는데 이를 보호하기 위해 약초꾼들이 퍼트린 얘기라고 말하는 사람도 있다. 주위에 워낙 유명한 산이 많아 타지 사람들에게 잘 알려지지 않았지만, 심마니나 약초꾼들에게는 꽤 유명한 산이다. 이 산에서 나는 표고버섯, 오가피, 더덕이 유명했다. 심심찮게 산삼을 캤다는 소문이 들리기도 했다. 약초꾼의 생계가 달린 그 이상도 그 이하도 아닌 그저 그런 산이다. 군을 대표하는 특산물인 표고버섯이 브랜드화되면서 TV를 몇 번 탔다. 때맞춰 등산을 좋아하는 사람들이 찾아와 숨은 절경에 감탄하였고 그들의 입소문이 널리 퍼져서 지금의 도립공원이 되었다. 새로운 산 이름을 공모했는데 등산로 보수 담당인 권 씨 아저씨가 지은 이름이 산 이름이 되었다. 산허리를 휘감는 운무가 여인의 손길처럼 부드럽다고 해서 붙여진 이름이었다. 페미니스트는 아니지만 여인의 손길이 부드럽다는 것은 편견 아닐까. 아니면 부드러워야 한다는 얘기일까. 시비를 걸어보고 싶을 만큼 심심한 오전이었다.

대학 4년과 임용고시 준비 1년, 5년을 제외하고 줄곧 이곳에서 살았다. 읍내 초등학교에 있는 병설 유치원, 초등학교, 중학교 그리고 읍내에 있던 고등학교가 통합되는 바람에 구례에서 고등학교를 나왔고 서울에 있는 명문 사립인 K대학 국어교육과를 졸업 했다. 사람들은 내가 졸업과 동시에 국어 교사가 될 거라고 했지만, 임용고시에 보기 좋게 떨어졌다. 이곳 동급생 중 유일하게 IN SEOUL에 성공해서인지 주위의 기대가 컸다. 세상의 직업을 공무원과 비공무원으로 구분하는 부모님의 권유로 사범대에 들어갔다. 내가 만약 사범대에 진학하지 않았다면 지금쯤 행정공무원이 되어 있거나 공무원 시험 준비에 한창이었을 것이다. 꿈 많던 시절부터 내 미래를 정해 버린 부모님이 야속했다. 하지만 대학 3학년이 되자 나는 철저한 현실주의자가 되었다. 꿈도 이상도 현실에 발을 딛고 있어야 한다는 나름의 논리로 나를 합리화했고 누구의 아내(?)로 살기에 교사는 꽤 괜찮은 직업이라고 생각했다. 서울에서의 대학 생활은 호기심과 주눅으로 시작되었다. 두메산골에서 상경한 촌년에게 세계적인 대도시 서울은 모든 게 생경하고 두려웠다. 화려한 이면에 있는 도시의 그늘이나 잘 사는 사람은 너무 잘 살고 못사는 사람은 찢어지게 가난하다는 내용을 다룬 드라마를 보았기 때문이다. 그리고 TV 뉴스에서 들었던 부정적인 이미지가 내 머리에 남아 있었다. 교통지옥과 오염된 공기 그리고 비싼 집값 그

중에서도 제일 무서웠던 것은 여성을 상대로 한 범죄들이었다. 하지만 내가 느꼈던 서울의 첫인상은 세련과 편리였다. 사람들은 저마다 세련된 옷차림과 몸짓, 그리고 말투가 달랐다. 처음에는 위선적이라는 느낌이었는데 듣다 보니 왜 표준말을 쓰려고 노력하는지 알 것 같았다. 그리고 치안은 오히려 H읍보다 안전하다고 느꼈다. 8시가 넘으면 칠흑 같은 어둠이 지배하는 이곳과 달리 서울은 밝은 조명과 수많은 CCTV가 예비 범죄자의 일거수일투족을 감시하기에 그들의 범죄 의지를 무력화시킬 것 같았다. H읍은 대부분의 상점이 저녁 8시가 되면 문을 닫는다. 하지만 서울은 24시간 뭐든 필요한 것을 살 수 있다는 것이 참 좋았다. 꼬리에 꼬리를 무는 자동차와 땅속을 달리는 지하철, 하늘을 찌르는 빌딩 숲, 거리에 수많은 사람 속에서 호기심으로 몇 달을 보냈더니 주눅이라는 녀석이 나에게 딱 달라붙어 다녔다. 165cm의 작지 않은 키에 군살 없는 몸매, 나름 H읍에선 독보적인(?) 나였지만 서울 사람들이 나를 촌년이라고 놀리는 것 같았고, 내 말투가 구수하다는 말을 듣고 적지 않은 부담을 느꼈다. 그래서 신입생 때는 호남향우회 선후배나 동기들과 어울렸다. 그들과 있으면 비슷한 말투와 정서가 나의 향수병을 달래주었다. 그러면서 나의 서울 생활은 점차 익숙해졌다. 나에 대해 너무 잘 아는 고향 선배 그리고 동기 대신 새로 사귄 친구들과 어울리는 것은 새로운 경험이었다. 주위에 서울 친구들만 있는 것은 아니었다. 충청도, 경상도, 강원도, 전라도 심지어 제주도까지 다양한 친구들과 소통할 수 있었다. 그들도 서울에 대한 첫 인상은 나와 다르지 않았다. 교통과 통신의 발달로 도시와 촌의 구분이 사라졌다고 하지만 내 마음속 깊은 곳에 있던 서울에 대한 동경과 경외감을 부정할 수는 없었다. 서울 생활 첫 해, 종강하기가 무섭게 집에 내려왔다. 기숙사 생활에 염증을 느꼈던 것 같다. 내가 쓰던 말투로 아무 거리낌 없이 말하고 싶었다. 집에 돌아오니 모두가 나를 어른 대접해 주었다. 불과 7개월 전까지만 해도 고딩이라며 규제하기 바빴던 사람들이었는데 말이다. 여름 방학은 서울 생활에 지친 나를 달래주었다. 하루하루 다가오는 개강이 두려웠다. 서울에 안 가겠다고 고집을 부리다가 엄마에게 등짝 스매싱을 맞고 서울행 버스에 올랐다. 2학기가 되면서 기숙사를 나와 학교 근처에 원룸을 얻어 독립하였다. 내 대학 생활의 터닝 포인트가 되었다. 혼자 사는 불안은 있었지만 시간이 갈수록 불안은 자유로 바뀌었다. 먹고 싶을 때 밥을 먹을 자유, 자고 싶을 때 자는 자유, 무엇보다 통금 시간의 해제는 대학생이 누려야 할 천부인권(?)의 중요한 권리였다. 크진 않지만, 나만의 독립 공간이 주는 안락함은 달콤했다. 2학기가 끝나갈 무렵 구실을 만들어 겨울 방학에도 서울에 머물렀다. 누구의 눈치도 볼 필요 없는 라이프 스타일을 포기할 수 없었기 때문이다.

바람이 몹시 불더니 이내 잦아들었다. 일기예보대로 하늘에서 수직

낙하하는 눈꽃이 보였다. 그해 겨울 기억이 떠올랐다. 영어 학원에 다닌다는 핑계로 서울에 머문 것인데 영어 학원은 핑계고 나를 서울에 붙잡아 둔 것은 내 마음을 사로잡은 한 사람 때문이었다. 처음으로 연애 감정을 느끼게 했던 사람이었다. 서울 토박이에다 동아리 2년 선배였는데 그를 처음 본 것은 2학기가 시작된 9월 초 동아리 신입회원 환영식 자리였다. 내가 자란 곳에는 없는 캐릭터였다. 하얀 피부에 짙은 갈색 머리, 청바지가 잘 어울리는 긴 다리를 가졌다. 손가락이 길고 가지런한 치아에 속눈썹도 길었다. 눈 주위가 움푹 들어가 이목구비가 분명했다. 마치 서양 배우를 보는 것 같았다. 말투는 초콜릿 광고모델처럼 달콤했다. 아무리 산골이라도 'H읍 퀸카'였던 자존심 때문에 무심한 척, 쿨한 척했지만 내 신경은 온통 그에게 가 있었다. 그가 나에게 말을 걸면 내 의지와 전혀 다른 말이 입에서 불쑥 나왔다.

"저 아세요?"

입을 꿰매 버리고 싶었다. 내 네가지 없는 말에도 아랑곳하지 않는 그의 미소가 내 심장을 자극했다. 마음 같아선 그에게 다가가 말하고 싶었다.

"왜 그런 미소를 보내시는 거죠? 저 좋아하세요?"

하지만 그의 대답을 확신할 수 없어서 외면 아닌 외면을 할 수밖에 없었다.

'매사 당당하고 똑부러진 성격의 내가 왜 이러는 걸까.'

말로 형용할 수 없는 감정들이 하루 종일 오락가락 변덕을 부렸다. 언제부터인가 나는 서울 사람이 되고 싶었나 보다. 볼펜을 입에 물고 책을 읽으며 서울말을 익혔다. 서울말을 쓰면 세련된 여대생으로 보인다고 생각한 것일까. 경상도 친구의 사투리는 참 귀여워 보이는데 저주받은 전라도 사투리와 억양은 투박하기 그지없어 보였다. 나의 피나는 노력에도 불구하고 나도 모르게 무심코 내뱉은 말에 현타가 오곤 한다.

"긍께 이렇게 하라니께"

그는 정치외교학과 3학년이었다. 그 때문에 동아리에는 여학생이 많았다. 순진한 산골 소녀는 상사병에 걸린 것 같았다. 입맛도 없고 잠이 너무 많아 고민이던 내가 통 잠을 이루지 못했다. 가끔 그가 나에게 보내는 미소 띤 눈길에 나는 불치병에 걸린 소녀가 된 것 같았다. 요동치는 심장이 멈춰 버렸다.

"아현아, 커피 마실래?"

"……"

그가 내민 자판기 커피를 받아 든 나는 어쩔 줄을 몰랐다. 심지어 주위에 시기 질투하는 여학생들의 눈총을 다 맞아야 했다. 그는 눈인사를 남기고 가을 속으로 사라졌고 나는 어릴 적 동화책에서 봤던 익숙한 장면에서 헤맸다. 일요일은 공식적으로 그를 볼 수 없는 날이다. 토요일은 동아리 정기모임이 있어서 그를 볼 수 있었지만, 일요일은 그를 그리워하는 날로 만족해야 했다. 우리 동아리 이름은 '목신의 오후'이다. '시대정신을 노래하는 젊은 문학인'이라는 부제가 뭘 말하는지 모르겠지만 거쳐 간 선배들의 자부심이 상당하다고 들었고 학교를 대표하는 유명한 동아리였다. 처음에는 '시가 있는 오후'였는데 오래전 프랑스 시인 말라르메가 쓴 동명의 시를 좋아한 분이 동아리 회장이 되면서 지금의 이름으로 바뀌었다. 신춘문예처럼 분야별 작품을 받아 가작까지 신입회원의 자격이 주어졌다. 중학생 때 화엄사에서 해마다 열린 지역 백일장에서 받아본 상만 믿고 시 한 편을 냈다. 그를 의식해서 지원한 것은 숨기고 싶은 사실이다. 60년 전통을 이어왔다는 동아리는 아무에게나 문호가 개방되지 않았다. 지원자가 너무 많아 별다른 기대도 안 했는데 나는 당당히 시 부문 장원으로 뽑혔다. 동아리에서 주목받는 신입으로 대접받게 되었고 나를 지겹게 따라다니던 주눅과 이별하는 계기가 되었다. 그도 나를 의식하는 것 같았지만, '만인의 연인'인 그의 곁에 다가가기 어려웠다. 마음만 졸일 뿐 아무것도 할 수 없었다. 애타는 마음을 아는지 모르는지 그는 나와 마주치면 여느 때처럼 따뜻한 미소를 보냈다.

'무슨 의미일까? 혹시 내게… 아니야, 아닐 거야.'

해가 바뀌고 2학년이 되었다. 신입생 티를 벗고 나는 어엿한 여느 서울의 대학생 같은 분위기를 풍겼다. 며칠을 고민하다가 그를 놓아주기로 했다. 물론 내 착각이며 지극히 내 관점이고 사실은 포기가 맞다. 외사랑은 아무나 하는 것이 아니었다. 그는 그냥 만찢남이었다. 이상이 아닌 현실의 남자를 만나라는 친구들의 권유로 소개팅에서 이 사람 저 사람 만나봤지만, 머리로만 그를 놓아주었을 뿐 마음은 아직도 그의 곁을 맴돌고 있음을 인정하지 않을 수 없었다. 그는 언제나처럼 나를 보면 따스한 미소를 보내고 나는 애써 외면하기 급급했다.

'어째야 쓰까. 암만혀도 느자구 없당께'

그해 봄축제 때였다. '문학, 그리고 인생'은 우리 동아리에서 일 년 중 가장 크고 중요한 행사였다. 졸업한 선배들과 함께하는 행사라서 문학계 거물들이 대거 참여했다. 이름만 대면 깜짝 놀랄만한 시인, 소설가들도 동아리의 선배 자격으로 참여했다. 가능성 있는 후배들을 발굴하는 장이기도 했다. 단편 소설이나 시를 모아 책을 출간하는데 작가가 되는 등용문이었다. 5월 축제의 마지막 날 밤, 하이라이트인 '시가 있는 밤'에 창작 시 낭송 시간이었다. 나는 그에 대한 애타는 마음을 담은 「그대, 내가 보이지 않나요.」라는 제목의 시로 낭송에 참여하였다. 선배들로부터 많은 박수갈채를 받았다. 행사가 끝나고 동아리 선배가 운영하는 대학로 학사주점에서 쫑파티를 했다. 그 자리에서도 내 시에 대한 호평이 이어지자 우쭐한 마음에 선배들이 주는 술을 다 받아 마셨다.

"누구를 얼마나 좋아하길래 시에서 단장(斷腸)의 냄새가 나더군. 자네에게 기대가 커"

칭찬에 인색하다는 백발의 노(老)시인에게 찬사를 들으니 기분이 한없이 올라갔다. 익숙지 않은 막걸리를 너무 마신 탓일까. '봄 처녀'의 이성은 마비되었다. 혼자 점잖을 빼며 조용히 있는 그가 내 시야에 들어왔고 그의 옆으로 가서 갖은 행패(?)를 부렸다.

"너 정도 얼굴은 우리 동네에서 명함도 못 내밀어 짜샤. 얼굴도 못생긴 게 어디서 잘난 척은. 야, 나 무시하지 마. 나 오아현, 우리 동네에서는 미스코리아라고"

제정신이 아니었다. 있는 진상 없는 진상 다 떤 것 같은데 이후 기억이 조각나 버렸다. 기억이 아예 없다면 오히려 잘된 일이지만 희미한 것이 더 문제였다. 동기에게 물어보았다.

"나 어제 기억이 안 나서 그러는데 실수 많이 했지?"

동기는 웃으며 대답했다.

"실수는 아니고 너, P선배에게 좋은 감정이 있는 거 같더라."

"어떻게 해"

나는 화끈거리는 얼굴을 두 손으로 감싸 쥐었다.

"하하하. 선배들이 너 귀엽다며 며느리 삼겠다는 분도 계셨어. 나이 드신 선배 한 분은 P선배에게 호통을 치셨어. 진심을 외면하면 벌 받는다고"

"난 몰라, 어떻게 해. 창피해서 동아리방에 이제 못 갈 것 같아"

"오히려 잘 됐어. 이참에 고백해 버려"

"야, 창피하게"

창피해서 동아리 모임에 더 이상 나갈 수 없었다. 그가 보고 싶었지만 어쩔 수 없었다. 혹시라도 그와 부딪힐까 두려워 먼 길을 돌아다녔다. 그러던 어느 날, 강의가 끝나고 나오는 나를 기다리는 P가 보였다. 나는 뒤돌아서 다시 강의실로 향했다.

"아현아, 나 좀 봐. 할 이야기가 있어."

대학 최고의 인기남 P의 돌출 행동에 지나가던 사람들이 나를 쳐다보았다.

"미스코리아 아가씨, 시간 좀 내주세요."

많은 사람 앞에서 고개를 들 수 없었다. 머릿속으로는 '뿅'하고 사라질 수 있는 법 100가지를 검색하고 있었다. 그를 피해 도망을 쳤지만 그는 조용히 나를 따라왔다.

"선배, 놀리시는 거예요?"

"보고 싶어서 용기 낸 사람에게 놀리는 거라니. 너무 하는군"

순간 머리가 하얗게 비어 버리는 첫 경험을 했다. 뭐라고 말하는지 되묻고 싶었다.

"무슨 뜻이에요?"

"네가 보고 싶었다고. 나, 아현이 많이 좋아해. 내 꿈을 포기하고 싶을 만큼……."

"진짜로요?"

"그래. 진짜야. 하하하"

그날 술에 취해 인사불성이었던 나를 끝까지 챙겨 준 사람이 그였다는 것을 그 자리에 있었던 동기에게 들었다. 내 치부조차도 사랑스러웠다고 말하는 그와 달콤한 연애는 시작되었다. 무엇보다 말이 잘 통했다. 그는 소설을 썼는데 주로 소외된 사람들의 얘기를 썼다. 내가 몰랐던 화려한 도시 이면에 조명이 비추지 않는 곳에 사는 사람들의 고단한 삶에 마음 아파했다. 나는 그에게 시로 그런 얘기를 쓸 수 있다는 걸 알려 주었다. 서로의 글쓰기에 자극이 되었다. 중·고등학생 때 입었던 교복 치마와는 다른 지극히 여성스러운 옷을 입었고 옅은 화장도 했다.

"아현아, 원피스가 참 잘 어울려. 너무 예뻐."

청바지에 중성적인 옷만 고집하던 나는 비로소 여자가 된 것 같았다.

'그에게 너무 빠져 있는 것은 아닐까? 조금의 거리가 필요해.'

아침에 일어나면 거울을 보며 나에게 다짐을 해보지만 그를 만나는 순간 심한 건망증을 앓았다. 취향이 비슷하다는 것은 새로운 대화의 소스가 되었다. 책을 많이 읽었다. 지적인 이미지를 그에게 주고 싶었는데 헤르만 헤세의 「수레바퀴 밑에서」와 「유리알 유희」가 감명 깊었다. 그와의 사랑 얘기를 글로 쓰면서 작가의 꿈을 키웠다. 처음에는 손발이 오글거리고 이불킥각인 얘기들이 점차 낭만적이면서도 세련된 글이 되었다. 내가 신춘문예에 당선된 것은 우리 사랑이 무르익을 무렵이었다. 그에게 사랑을 고백하는 마음을 담백하게 표현했는데 의외의 결과였다. 생각지도 않게 시인의 반열에 오르게 되었다. 모든 게 얼떨결에 이루어진 꿈같은 순간이었다. 우리는 약속하지 않아도 매일 만날 수 있었다. 우리만의 공간에서 말이다. 도서관 앞 벤치, 벚꽃이 우리를 기다릴 때도 있었고 녹음이 우거져 한낮의 볕을 피하기 좋았고 더위가 물러간 뒤 나뭇잎이 덮인 벤치를 먼저 온 사람이 치웠다. 그리고 소복이 쌓인 하얀 눈에게 자리를 뺏긴 채 서로를 기다리기도 했다. 만나면 헤어질 시간이 다가오는 것이 언제나 아쉬웠다. 헤어지기 싫어서 내 자취방 주위를 밤새 돈 적도 있었다. 그는 나를 언제나 중심에 두었고 나를 위해 양보했고 내 기분을 맞추기 위해 노력했다. 그가 4학년이 되면서 대학원 준비에 바빴지만 잠깐이라도 시간을 내서 나를 보러 강의실 앞으로 찾아왔다. 그의 손에는 샌드위치가 들려 있었다.

"아현아, 점심 안 먹었지. 우리 샌드위치 먹자."

"오빠가 만든 거야? 너무 예뻐서 못 먹겠는 걸"

"내가 만들었으면 좋겠지만 엄마가 너랑 같이 먹으라고 싸 주신 거야."

"어머니께서?"

"그래. 엄마가 너 보고 싶으시대. 언제 데려올 거냐고 물으셔"

"나도 뵙고 싶어. 중간고사 끝나고 인사드리러 가자."

짧은 시간이지만 그를 만나는 시간은 언제나 달콤했다. 그는 내가 얼마나 소중한 사람인가를 매일 매일 일깨워 주었다. 사랑하는 만큼 세상은 아름다웠고 새로웠다. 세븐틴이 부른 '아주 나이스'라는 노래가 나를 위해 만든 노래 같았다. 그리고 P의 부드러운 터치는 내 세포들을 하나하나 되살렸고 그의 속삭임은 감미로워 '찰리의 초콜릿 공장'에 풍덩 빠질 것 같았다. 5월 어느 날, 그가 아름다운 일몰을 보여주겠다며 나를 데리고 안면도에 갔다. 바다에서의 일몰을 처음 접하는 나는 그의 품에서 해를 삼킨 서해를 바라보았다.

"오빠, 사랑해. 저 해만큼 영원히. 노을에 물든 바다를 오빠랑 매일 보고 싶어"

그는 내 입에 가벼운 입맞춤을 했다. 서로를 만지고 느끼고 탐닉하고 싶었지만, 그는 조급하지 말자는 말로 나를 달래며 수많은 날이 우리에게 있으니 아껴두자고 말했다. 처음에는 나를 존중한다고 믿었지만 더 이상 진도가 나가지 않아 불안했다.

"오빠는 현실에 존재하지 않는 사람 같아. 아니면 내가 여자로서 매력이 없는 건 아닌지 묻고 싶을 때가 있곤 해."

"바보 같은 소리. 나도 아현이를 안고 싶어. 하지만 더 아름다운 날을 위해 서두르지 말고 아껴두자. 내 맘 알지?"

"오빠"

그의 품에 안겨 눈을 감았다. 눈을 감아도 보이는 그를 그려보았다.

2년을 하루 같이 만나 사랑의 언어로 얘기하고 사랑에 눈먼 사람처럼 서로만 바라보며 노래를 써 내려갔다. 그는 시력이 좋지 못해 보충역 판정을 받아 서초동 대법원에서 군 생활을 대신했다. 퇴근할 시간이 되면 나는 그를 기다렸다. 하루도 빼먹지 않았던 것 같다. 법원 정문을 지키는 경비 아저씨가 나를 기다릴 정도였다. 모두가 부러워했다. 잘생긴 남친 둬서 좋겠다는 사람들과 예쁜 여친 불안해서 어떡하냐는 사람들로 나뉘었다. 완벽한 커플이라고 생각했다. 복학 후 대학원 준비에 바쁜 그를 그전만큼 자주 만날 수는 없었지만, 우리는 카톡으로 사랑을 키워나갔다. 익숙할 때도 되었는데 그를 보면 여전히 가슴이 설레고 심장이 뛰었다. 그는 언제나 따뜻하고 스윗한 목소리로 나를 요조숙녀로 만들었다. 그에게 지나치게 빠져 있다는 의구심이 가시지 않았지만 이미 어쩔 수 없는 나를 불안하게 바라볼 뿐이었다. 밀당이 여자의 최대 무기라는 주위 친구들의 말에 웃기만 했다. 설령 이별이 찾아온다고 해도 감당할 수 있을 거라고 생각했다. 사랑은 머리가 아니라 마음으로 하는 것이라 믿었지만, 여자의 직감으로 느껴지는 복선을 여기저기에서 감지할 수 있었다. 나는 애써 외면해야 했다.

'아니야. 그냥 내 느낌일 뿐이야. 여전히 오빠는 나를 보고 웃잖아.'

그가 사라지는 꿈을 꿨다. 존재 자체가 없는 사람이라는 황당한 내용이었는데 불길한 마음에 그와 만남을 피했다.

노란 꽃이 진 자리에 진달래가 곱게 핀 날이었다. 그가 내 강의실로 찾아왔다. 내 불안한 눈빛과 어색한 말투를 그에게 들키고 말았다. 내 목소리는 한없이 움츠려 들었다.

"오빠, 어쩐 일이야. 바쁘…"

"아현아, 나 너에게 할 말이 있어"

그날의 분위기를 회상하게 된다. 나는 그 자리를 피하고 싶었다. 우리의 연애는 너무나 순조로웠기에 준비되지도, 예기치도 않은 이별이 내 앞에 와 있었다.

"나 유학 가. 오래전부터 예정된 것인데 너 때문에 미뤄왔어. 더 이상 미룰 수 없을 것 같아. 몇 년이 될지 몰라. 기다리라는 말 못 하겠어."

"무슨 소리야. 언젠가 돌아올 거잖아. 나 오빠 기다릴 수 있어"

"너를 위해서도 그래야 할 것 같아. 임용고시 준비해야 하는 네가 나만 바라만 보는 것 같아서 미안하기도 하고, 사랑이 전부가 아니라는 생각이 들 뿐이야. 난 네가 아는 것만큼 좋은 사람이 아닐지도 몰라. 나를 용서하지 마"

냉정하게 말하며 돌아서는 그의 뒷모습에서 사랑과 이별이 편의점에서 파는 1+1 상품처럼 느껴졌다. 예전에 좀처럼 볼 수 없었던 그의 뒷모습이 지금도 생생하다. 눈물이 나야 정상이건만 갑작스러운 이별에 아무것도 할 수 없어 그 자리에 굳어 버렸다. 순간 모든 게 멈춰 섰다. 거리에 차들이 모두 신호등에 걸린 것처럼 따가운 오월의 햇살도 라일락 향기도 멈춰버렸다. 공기마저 사라져 진공 상태가 되어 숨을 쉴 수 없었다. 거짓말처럼 찾아온 이별이었다. 영원할 줄 알았던 우리의 사랑이…….

그의 사랑한다는 말과 눈빛 그리고 나를 향한 미소, 어느 것 하나 절대 거짓일 리 없다고 생각했다.

'나를 용서하지 마'라는 말만 생각나고 이별의 합당한 이유를 알고 싶었다. 일주일은 그런대로 보냈다. 하지만 죽을 것 같은 한 달이 나를 기다렸다. 견디는가 싶더니 어느 날 하루 종일 울기만 한 날이 계속되었다. 그러다 이른 더위가 찾아온 날, 도망치듯 집으로 내려왔다. 그가 있는 서울만 벗어나면 될 줄 알았다. 하지만 미련이라는 놈은 이곳까지 따라와서 나를 괴롭혔다. 사랑을 시작하게 되면서 이별을 준비하는 사람이 어디 있겠는가. 이별이 현실로 다가올 무렵 나는 운무산 도립공원 관리사무소에 출근하고 있었다. 관리소장님은 30년 넘게 공무원 생활하시다 정년을 맞아 퇴직하신 후 이곳으로 오셨다. 온화한 성격에 산에 대한 애정이 남달랐고 식생에 조예가 깊은 분이었다. 군청이나 도청과의 관계도 원만해서 그들의 외압을 잘 막아주셨다. 관리소장님은 내가 어릴 때부터 알고 지낸 분이다. 손재주가 좋아서 이것저것 잘 만드셨는데 사람들은 '최가이버'라고 불렀다. 이유는 잘 모르겠다. 내가 태어나기도 전에 했던 미드(미국 드라마)에 나오는 주인공에서 따온 별명으로 알고 있다. 등산로 정비에 전문가인 이 씨 아저씨 그리고 친구 경애 아버지이신 민 씨 아저씨, 근처에서 초등학교 교장 선생님이셨던 윤 선생님, 물론 내게도 은사셨다. 그리고 서울에서 은행에 다니다 명예퇴직하고 이곳에 매료되어 정착한 권 씨 아저씨, 모두 6명이 큰 불협화음 없이 잘 지내지만 말투나 취향 심지어 식성까지 그들을 닮아 가는 것 같아 걱정이다.

'젊은 꼰대가 되면 곤란한데'

모두 아버지, 삼촌뻘 되는 분들이라 세대 차를 느끼는 것 말고는 큰 어려움은 없었다. 그나마 권 씨 아저씨가 제일 젊었다. 하지만 그마저도 오십 대 중후반이었다. 모두 나를 딸처럼 아껴주셨다.

"중늙은이들 속에서 처녀로 늙을래?"

엄마의 성화로 맞선을 보기는 했지만, 또래 남자들은 하나같이 경박하고 천박하기 짝이 없었다. 여유나 배려는 기대할 수 없었다. 이후 만남을 원하는 사람도 있었으나 그마저도 진정성을 보이는 사람은 없었다. 모두가 곧 군수가 될 거라는 아빠의 후광을 바라는 속물들이라고 해야 할 것이다. 무던한 남자 만나 알콩달콩 사는 딸을 기대하는 부모님의 바람을 모르는 바는 아니지만, 아직 내 마음은 다른 사람을 허락하지 않았다. 구조 장비를 수리하러 읍내 나갔던 사람들이 돌아왔다. 온통 새하얀 눈옷을 입은 채 말을 할 때마다 풍성한 입김을 뿜었다. 요즘 내가 제일 기다리는 점심시간이 다가왔다는 신호이기도 했다. 읍내 식당에서 점심을 해결했는데 사무실을 비울 수 없어서 여기에서 해 먹기 시작했다. 권 씨 아저씨가 우리의 점심을 맡아서 해 주었는데 음식솜씨가 보통이 아니었다. 군대에서 취사병을 했다고 둘러댔지만, 권 씨 아저씨가 군 면제자라는 것은 나만 알고 있는 비밀이었다. 우연히 아저씨의 이력서를 보고 알았다. 단순한 점심 한 끼가 아니라 나에게는 치유이자 힐링의 시간이었다. 아저씨의 칼질 소리가 오감을 자극하였다. 오늘 메뉴는 콩나물밥에 시금치 된장국, 계란찜 그리고 이름 모를 민물 생선조림이었다. 콩나물밥의 생명은 콩나물을 어떻게 삶느냐에 따라 너무 익혀도 식감이 좋지 않고 덜 삶으면 비리기 마련이다. 적당함이라는 애매모호한 말로 표현하기가 어려운 맛이었다. 특히 간장 맛은 윤 선생님 표현을 빌리자면 가히 압권이었다. 흔한 달래간장인데 이런 감칠맛을 낼 수 있을까. 모두 나와 같은 생각을 하고 있을 것이다. 오랜 타지 생활에 불규칙한 식사로 만성위염에 시달렸는데 아저씨의 음식을 먹은 후 씻은 듯이 나았다. 자취 경력에 남도 처자인 나도 음식솜씨만큼은 자신 있었는데 명함도 못 내밀 정도였다. 점심을 먹고 난 후 권 씨 아저씨는 모과차를 내왔다. 콩나물밥의 감흥이 채 가시지 않았는데 모과차는 우리 모두를 무장해제 시켜 버렸다. 아카시아 벌꿀에 절인 모과 특유의 향이 눈 오는 창밖의 분위기와 잘 들어맞았다.

"자, 잠깐 할 얘기가 있으니 이리 와서 앉아 봐요."

관리소장님이 우리를 불러 모으셨다. 하나, 둘 소파에 모이자 관리소장님이 말문을 여셨다.

"다들 알겠지만, 이번 설 연휴에 당직 근무표를 짜야 하는데 어떻게 하면 좋을까요? 얘기들 해보세요."

모두가 말을 잊은 채 권 씨 아저씨의 눈치만 살폈다. 지난 추석 연휴에도 근무를 자진해서 섰던 권 씨 아저씨가 이번에도 서주기 바라는 눈치였다. 권 씨 아저씨가 침묵을 깼다.

"제가 연휴 때 근무 설 테니 다른 분들은 가족과 함께 보내세요."

"권 씨 그건 아니지. 서울 다녀와야지. 저번 추석에도 못 갔는데…"

관리소장님은 권 씨 아저씨를 말렸다. 하지만 그는 희고 가지런한 치아를 드러내며 환하게 웃으며 말했다.

"할 일도 있고, 그냥 제가 근무를 서겠습니다."

모두가 권 씨 아저씨에게 고마움을 표했다.

"권 씨, 고마워. 자네 복 받을 거야."

"권 씨, 고마워."

내일부터 시작되는 연휴 탓일까. 한가한 오후의 시간은 더디게 지나갔다. 나도 자꾸 시계에 눈이 갔다. 더디게 가던 시계가 6시를 가리키자, 설 잘 보내라는 인사를 남기고 문을 나섰다. 눈은 그쳤고 체인을 감은 관리소장님 차로 함께 퇴근했다.

"권 씨 덕에 이번 설도 가족과 보낼 수 있겠어. 권 씨 고마운데 뭐라도 보상해야 하지 않을까요?"

이 씨 아저씨 말에 모두가 고개를 끄덕였다. 읍내는 설을 앞둔 서정이 거리에 가득했다. 공중목욕탕 앞에는 금방 목욕을 마친 사람들의 입김이 어두운 하늘로 오르고 미처 시장을 보지 못한 사람들로 읍내 농협 하나로마트는 붐볐다.

愛心 애심

Perhaps love is like a resting place
A shelter from the storm
It exists to give you comfort
It is there to keep you warm

And in those times of trouble
When you are most alone
The memory of love will bring you home
Perhaps love is like a window
Perhaps an open door
It invites you to come closer
It wants to show you more

.

.

And some say love is holding on
And some say letting go
And some say love is everything
Some say they don't know

– 1981, Perhaps love song by Placido Domingo & John Denber

설달그믐 아침, '폭설로 인한 입산 통제'라고 써진 입간판을 내걸었지만 기필코 등산하고 말겠다는 의지의 한국인들과의 실랑이로 적지 않은 에너지를 소비한 탓일까, 전에 없던 졸음이 밀려왔다. 잠깐 졸았다고 생각했는데 보이는 것은 온통 눈으로 덮인 산, 눈 열매가 달린 나무, 눈(雪)에게 잡아먹힌 자동차 그리고 뽀얀 서리가 낀 유리창 그 속에 갇힌 나. FM 라디오에서 Billie Holiday의 'Strange Fruit'라는 재즈 음악이 흘러나왔다. 재즈를 좋아해서 무교동에 있던 오래된 재즈바를 퇴근길에 들리곤 했는데 그 시절 재즈 바 사장에게 이 노래에 얽힌 사연을 듣게 되었다. 1950년대 미국 남부에서 있었던 실화를 바탕으로 만들어진 노래인데 백인들은 흑인들을 심심풀이로 때려죽인다고 해도 별다른 처벌을 받지 않았다. 특히 흑인이 백인 이성과 눈이 맞았다는 이유 하나만으로 죽임을 당한 후 나무에 그 주검을 걸어두었는데 이를 백인들은 '이상한 열매'라고 불렀다. 그들의 야만성을 호소력 짙은 음색에 담은 슬픈 노래였다. 내가 재즈를 좋아하는 것은 성대의 울림이 아닌 그 너머 가슴의 진동이 이심전심 통하기 때문이다. 그리고 재즈를 좋아한다고 말하면 나를 지적인 사람으로 대우해 주며 내게 관심을 보였다. 내 인터넷 아이디는 모두 jazz****이다. 50대가 된 후로 재즈의 깊은 의미를 알게 되었다. 재즈는 저항이며 살려고 투쟁하는 몸부림인데 내 삶과 많이 닮았다고 생각했다. 내 마음을 달래주는 DJ에게 박수를 보냈다. 재즈는 LP판으로 들어야 제 맛이라는 생각에는 변함이 없다. 요즘 진공관 앰프를 사기 위해 적금을 들고 있다. 한 달에 20만 원씩, 50번을 통장에 찍어야 가능했다. 그것도 중고가 그 정도였다. 남들이 들으면 비웃을지 모르지만 내게는 버킷리스트 중 하나다. 아직 갈 길이 멀다. 틈나는 대로 LP판을 사려고 중고 마켓을 이용하고 있다. 구하기 어려운 명반을 위해 대구, 대전, 광주까지 다녀왔다. 명퇴한 가장이라면 꿈도 못꿀 일이지만 독신의 특권 아닐까.

처음 이곳에 와서 읍내에 있는 민박집에서 살았다. 방세도 비쌌고 차가 없었기 때문에 불편했다. 하지만 내색을 할 수 없었다. 내 사정을 알게 된 사무실 분들이 내 거처를 마련해주셨다. 사무실에 딸린 작은 공간이 하나 있었는데 창고로 사용했다. 세윤이 형님이 아이디어를 내서 근사한 방이 되었다. 좁다면 좁은 공간이지만 나에게는 5성급 스위트룸 부럽지 않았다. 편히 누울 수 있는 나만의 공간이 주는 안락함에 매일 매일 감사하는 마음으로 산다. 언제 그만둬야 할지 모르지만 나는 태어나서 처음으로 내가 원하는 곳에서 하고픈 일을 하고 있다. 스트레스를 안고 살아온 나에게 꿈같은 나날이었다. 다 좋아서 살이 쪄야 정상인데 나날이 살이 빠지는 것이 불안하기는 했지만 매일 산에 오르다 보니 자연스러운 다이어트라고 생각했다.

일기예보에 따르면 내일까지 40~80Cm 적설량을 예보했다. 눈 오는 설도 나쁘진 않을 것 같다. 귀성객이나 귀경객들이 들으면 화를 내겠지만. 라디오에서는 귀성객을 위한 메들리 송을 송출하고 있다. DJ

는 직무 유기 중이다. 흘러간 트로트부터 7080 발라드, 졸음운전 방지용 댄스뮤직 그리고 요즘 아이돌 노래까지 세대를 아우르기 위한 노래가 흘러나왔다. 등유 난로 위 주전자는 증기 기관차처럼 수증기를 내뿜고 머그잔의 차는 다 식었지만 아무런 상관이 없었다. 그냥 아무것도 하고 싶지 않았다. 내 눈은 난로에 고정되었다. 요즘 SNS에 많이 회자되는 '불멍'을 본의 아니게 하고 있다. 멍 때리는 것이 정신건강에 좋다는 의사의 말이 생각났다. 졸음과 여유가 잘 어울리는 것 같았다. 난로의 불은 내 뇌세포를 빨아들여 과거 어느 날로 데려갔다.

"권석창!"

"네, 김 주임님"

"강남건설 대출 만기가 언제지?"

"88년 4월 29일입니다."

"고마워. 이자 연체한 적 있나?"

"두 번 있었습니다. 83년 4월과 85년 10월 두 달 연체 이력이 있습니다."

"최고야, 권석창"

뭐든 외워버리는 내 특이한 재주가 내 첫 사회생활을 빛나게 해주었다. 지점의 모든 행원이 나를 찾았다. 지점 내 굵직한 고객들의 정보는 내 머릿속에 있었기 때문에 나에게 많이 의지했다.

"윤 과장님, 선양 산업 박 사장님 생신이 모레입니다. 참고로 박 사장님 굴비를 좋아하십니다."

"고마워. 준비 좀 해주겠나?"

"이미 예약해 두었습니다."

"역시. 석창이가 없으면 안 된다니까."

이번 인사로 서대문 지점으로 전근을 가야 하는데 지점장님이 나를 못 보내준다고 인사부에 사정해서 남게 되었다. 기업을 대상으로 하는 은행 특성상 챙겨야 할 것들이 많았다. 모든 것을 문서로 보관하던 시절 나의 기억력은 대단한 경쟁력이었다. 22살 어린 나이지만 직장인이라서 조숙했나 보다. 대학을 다녔다면 3학년 나이라서 학생 또는 총각이라고 불렸을 텐데 사람들이 나를 아저씨라고 불렀다. 정장을 입어야 하는 은행원이기에 억울해도 어쩔 수 없었다.

1989년 어느 날, 지점에 신입직원들이 첫 출근을 하는 날이었다. 남자 직원 셋 그리고 여자 직원 한 명이었다. 다들 대졸 사원이었으므로 신입이지만 직급은 나보다 높았다. 신입 교육을 마쳤으나 아무것도 모르는 애송이에 불과했다. 남자 사원들은 군대를 다녀온 뒤라 나이가 나보다 2~3살 많았고 여자 사원은 나와 비슷했다. 나는 그들에게 일절 관심을 두지 않았다. 2년 후가 되면 그들은 대리로 자동 승진하지만 나는 주임에 불과하다. 그것도 없는 직책인데 내부적으로 붙여준 것에 불과했다. 학벌이 주는 차별에 관계가 좋지 못했다. 우연한 기회에 그들의 월급 내역을 보게 되었는데 그들은 수습인데도 5년 차인

나하고 차이가 없었다. 퇴근 후 동료와 술을 마셨다. 자연히 대졸 사원과의 월급 차이가 대화의 주제가 되었다.

"아무것도 모르는 수습 애송이랑 5년 차 베테랑과 월급이 같다는 거에 대해 석창씨는 어떻게 생각해?"

동기인 박선규의 물음에 그를 쳐다보지도 않은 채 대답했다.

"정확히 매월 23,347원 차이 나는군."

"누가 컴퓨터 아니랄까 봐."

"꼬면 대학 가던가. 야간 다니면 되잖아."

"공부할 시간이 어디 있냐. 매일 야근인데."

선규는 하품하며 말했다. 나는 그해 학력고사 3개월을 앞두고 대입 공부를 시작했다. 쓸데없는 것을 잘 외우는 것만 믿고 무모한 도전을 했는데 대학을 졸업하면 직급이 올라가는 것은 물론이고, 이후 진급과 퇴직금까지 연봉으로 계산하면 200만 원 이상 오를 수 있다는 계산이었다. 그 당시 200만 원은 지금과 비교할 수 없는 큰돈이었다. 공부는 곧 돈이었다. 틈나는 대로 책을 봤다. 처음에는 좀이 쑤셔서 오래 앉아 있지 못했는데 점점 책의 글들이 눈에 들어왔고 외워졌다. 시간이 조금만 더 있었다면 하는 아쉬움은 있었지만 그런대로 시험을 잘 본 것 같았다. 등록금이 싼 시립대 야간 회계학과에 장학생으로 합격하여 주경야독의 대학생이 되었다. 중도 포기할 수 있었기 때문에 아무에게도 알리지 않았다. 퇴근하기 무섭게 사라지는 나를 동료들은 이상하게 생각했다. 캠퍼스의 낭만은 낮에만 있는 것 같았다. 하지만 낭만이 사라진 늦은 캠퍼스를 밟는 것만으로도 나쁘지 않았다. 90학번, 내게도 학번이 생겼다. '90-01738' 나는 과에서 나이가 어린 편에 속했다. 30대가 제일 많았고 40대, 50대도 있었다. 나 같은 은행원도 있었지만 세무 공무원이 대부분이었다. 수업이 끝나면 삼삼오오 모여 생맥주 한 잔 하며 다양한 인맥을 쌓아 나갔다. 신입생이라고 하기엔 전혀 풋풋하지도 신선하지도 않았지만, 생맥주 값 걱정 없는 직장인들이라는 장점도 있었고 관공서를 상대할 때 그 인맥은 큰 도움이 되었다. 청춘의 꽃은 연애에 있다는 주위 사람들의 말에도 나는 한눈을 팔 수가 없었다. 하루빨리 달동네를 벗어나서 교통편이 좋은 곳에 전셋집을 장만하고 싶었다. 만기된 적금과 무이자에 가까운 직원 대출을 받으면 가능할 것 같았다. 10원 한 장 허투루 쓸 수 없는 각박한 삶이지만 목표를 위해 생각이라는 것을 하지 않으려고 노력했다. 하지만 가끔 밀려오는 외로움은 익숙할 만도 한데 시도 때도 없이 찾아와서 괴롭혔다. 딱히 그리워할 대상이 없는 것이 더 큰 문제였다. 돌아가신 아버지가 생각난다든지 어머니가 그립다든지 했으면 좋겠다. 혼자라는 현실이 주는 지독한 고독이 밀려올 때마다 한 번도 본 적 없는 바다를 동경했다. 마음만 먹으면 전철 1호선을 타고 인천 월미도에 가면 언제든지 바다를 볼 수 있겠지만, 마음의 여유가 없었다. 고등학생 시절, 그깟 이만 칠천 원이 아까워서 남들 다 가는 수학여행을 가지 못한 것이 두고두고 가슴에 한으로 남았다. 천만금을 주어도 다시 갈 수 없는 그때 친구들과의 수학여행이기 때문에 40년이 흐른 지금도 가장 후회하는 대목이다.

'이번 주말에는 열 일 제쳐두고 바다를 꼭 보리라.'

하지만 주말에 밀린 업무 때문에 결국 가지 못했다. 보지 못했기 때문에 바다는 여전히 동경과 미지의 대상으로 남는 것으로 만족하기로 했다. 나는 잘생긴 미남자도 아니고 기럭지가 긴 것도 아니라서 이성에게 어필할 매력은 없다고 생각했는데 나를 애매한 분위기로 몰아넣는 여자 동료가 여럿 있었다. 하지만 한눈을 팔 수 없었다. 지금 생각하면 게 중 한두 명은 아쉬울 만큼 괜찮은 여성이 있었다. 내게는 과분한 사람이었다. 야간대학에 다니다 보니 시간 없다는 얘기가 핑계 아닌 핑계가 되었고 다들 거절의 의미로 받아들였다. 어릴 적부터 사람과의 관계 설정이 어려웠다. 가족이라는 울타리는 안정된 보금자리인 동시에 사회성의 배움터인데 내게는 그런 가족이라는 사회의 최소 단위가 없었다. 모두가 잠깐 머물다 결국에는 떠날 사람이라고 생각했기에 곁을 내주지 않았고 진심을 내비치는 것을 극도로 경계했다. 아는 친구들은 있지만 벗이라고 할 만한 친구를 만들지 못했다. 그건 나만의 감정일지도 모른다. 하지만 그게 상처받지 않은 나만의 방어 전략이기도 했다. 하지만 피가 뜨거운 만큼 이성에 대한 갈망을 숨길 수 없었다. 회식 때마다 내 총각 딱지를 떼 주겠다는 상사들의 집요한 유혹에서도 난 동정을 지켰다. 한 번 경험하면 빠져들 것만 같았다.

성애를 만난 건 88년 12월이었다. 신입사원 교육 때 같은 조였기에 얼굴만 아는 정도였다. 오랜만에 나간 동기 모임 자리에서 그녀를 만났다. 성애는 성숙한 얼굴에 애교 넘치는 눈웃음으로 남자 동기들로부터 많은 관심을 받았던 것으로 기억된다. 3년 만에 만난 그녀는 더 세련된 옷차림에 농염한 여인으로 변해 있었다. 나와는 다른 세계에 사는 사람 같았다. 동기들이 그녀에게 관심을 보이는 것과 달리 나는 조용히 술을 마셨다. 속으로는 나도 그녀 곁에서 함께 술을 마시고 싶었지만, 그럴 용기도 자신도 없었다. 무심한 척했지만 그녀에게 신경이 쓰이는 것은 어쩔 수 없었다.

"석창 씨 오랜만이야. 나 알아보겠어?"

"어, 성애 씨. 잘 지내?"

"어, 덕분에"

"어느 지점에 있어?"

"나? 소공동 지점"

"나는 서대문 지점에 있어."

성애는 내게 이런저런 질문을 했고 마지못해 대답하는 분위기였다. 그때는 나에 대한 지나친 관심이 낯설던 시기였다. 보통 단답형으로 답을 하면 더 이상 말을 걸지 않는데 성애는 내게 비교적 긴 답을 받아낸 첫 사람이자 여자였다. 그녀의 행동이 단순한 호기심이라고 생각했다. 나는 그녀를 똑바로 쳐다볼 수 없었다. 부끄럽다기보다 그녀를 의식한다는 것을 들키고 싶지 않았다. 난생처음 느끼는 감정이었다. 어색함을 이겨내기 위해 평소보다 술이 과했다. 그녀 탓일까 아니면 과음한 탓일까. 얼굴이 달아올라 밖으로 나갔다. 찬바람을 쐬고 싶었다.

'이럴 때 담배라도 피울 줄 알았으면 좋으련만.'

12월 초지만 겨울이라기보다는 만추라는 단어가 어울렸다. 아직 남은 늦가을 감성이 거리에 있었다. 뒹구는 낙엽이 듣기 좋은 소리를 냈다. 한동안 느끼지 못했던 감수성이 술을 통해 나타난 것이다. 내 입에서 영시 한 편이 술술 밖으로 나왔다.

Autumn Fires

In the other gardens
And all up in the vale,
From the autumn bonfires
See the smoke trail!

Pleasant summer over,
And all the summer flowers,

The red fire blazes,
The grey smoke towers,

Sing a song of seasons!
Something bright in all!
Flowers in the summer,
Fires in the fall!

보물섬을 쓴 작가로 알려진 로버트 루이스 스티븐슨이 쓴 시인데 고등학생 때 외웠던 시였다. 낙엽을 보니 낙엽을 태우면 커피 향이 난다는 말이 생각났다. 수분을 모두 빼앗겨 바삭거릴 것 같은 붉은 잎을 태워보고 싶지만, 불행인지 다행인지 나는 낙엽을 태울 여타의 도구를 가지고 있지 못했다.

"석창 씨, 여기서 뭐 해? 석창 씨 간 줄 알았어."

성애가 밖으로 나왔다. 그녀는 내게 웃음을 보냈는데 눈웃음은 여전했다. 볼에 홍조가 띤 걸로 봐서 술을 좀 마신 것 같았다.

"뒹구는 낙엽을 태우면 커피 향이 난대."

나는 그날 제일 긴 문장의 말을 했다.

"석창 씨 커피 마시고 싶구나?"

"……"

"우리 커피 마시러 가자."

그녀는 우물쭈물하는 나의 팔을 잡아끌었다. 명동의 밤을 걸었다. 이른 크리스마스 캐럴이 들려왔는데 오히려 만추의 서정을 망쳤다. 이브 몽땅의 '고엽'이 어울리는 그날의 분위기를 기억하고 있다.

나는 그대가 기억해 주길 간절히 원해요.
우리가 연인이었던 그 행복했던 나날들을
그땐, 인생은 더없이 아름다웠어요.
그리고 태양은 오늘보다 더 찬란하게 빛났어요.
낙엽들이 무수히 많이 쌓여 있어요.
봐요, 난 아직 잊지 않았어요.

.

.

.

그러나 인생은 사랑했던 사람들을 갈라놓아요.
너무도 천천히, 아무 소리도 없이요.
그리고 바다는 모래 위에 지우네요.
헤어진 연인들의 발자국들을.

– 이브 몽땅의 고엽 중에서

그냥 그녀에게 들려주고 싶었다. 내 존재를 각인시키고 싶었던 마음을 들키고 싶었나 보다. 불어로 낭송 해주었으면 더 근사했겠지만, 불행히도 불어를 쓸 줄만 알뿐 읽는 법을 익히지 못했다. FM 라디오에서 불문과 출신 DJ가 낭송해 준 번역본이 생각났다. 그녀가 원한다면 며칠 안에 원어로 들려줄 수 있겠다고 생각하니 웃음이 나왔다. 이런 내가 낯설었다.

"석창 씨에게 이런 로맨틱한 면이 있었네. 멋져! 갈 때가 생각났어."

성애는 내 팔을 잡아끌었고 나는 그녀에게 모든 걸 맡긴 채 끌려가는 형국이었다. 그녀가 나를 데려간 곳은 명동성당 근처에 있던 찻집이었는데 찻집이라는 이름 대신 '음악 감상실'이라는 이름이 눈에 들어왔다.

'음악을 듣는 곳이 있었구나.'

지하로 내려가는 통로에는 감각적인 크리스마스 소품들이 마음을 설레게 했다. 앤틱한 출입문을 열고 들어가자, 홀 중앙에 유리 칸막이가 있었는데 그 안에 수를 헤아릴 수 없는 LP판이 책장에 꽂아놓은 책처럼 빼곡히 한 면을 차지하고 있었고 멋스러워 보이는 오래된 통기타가 스탠드 마이크와 함께 중앙에 서 있었다. 처음 보는 풍경이었다. 턴테이블에서는 검은색 도넛(?)이 일정한 속도로 돌아가고 있었다. 꽤 오래된 팝송이 흘러나왔다. 존 레논이 부른 'Imagine'이었다. 그날의 분위기에 어울리는 노래라고 생각했다. 잠시 음악에 빠져 성애라는 존재를 잊고 있었다.

"석창씨, 어때? 분위기 괜찮지? 고등학생 때부터 자주 오던 곳이야."

"이런 곳은 처음이야."

유리 부스 안의 DJ는 저음의 호소력 짙은 목소리로 신청곡을 소개하며 틀어 주었는데 적당한 만큼의 느끼함이 오히려 좋았다. 나는 DJ가 한없이 부러웠다.

'나도 저런 목소리를 가졌으면 좋으련만.'

나는 이브 몽땅의 '고엽'을 신청하였고 성애는 시 낭송 '목마와 숙녀'를 신청했다.

"한 잔의 술을 마시고
우리는 버지니아 울프의 생애와
목마를 타고 떠난 숙녀의 옷자락을 얘기한다.
목마는 주인을 버리고 그저 방울 소리만 울리며 가을 속으로 떠났다.
술병에서 별이 떨어진다.
傷心한 별은 내 가슴에 가벼웁게 부숴진다.

·

·

·

술병이 바람에 쓰러지는 소리를 들으며
늙은 여류 작가의 눈을 바라보아야 한다."

– 박인환의 목마와 숙녀 중에서

나는 술의 힘을 빌려 고등학교 1학년 때 책받침에 있었던 시를 외워 성애에게 들려주었다.

성애는 감탄하는 눈빛을 내게 보내며 입을 열었다.

"석창 씨, 문학 소년이었나 봐. 시를 너무 잘 외우는 것 같아."

"아니야. 그냥 뭘 외우는 것을 좋아할 뿐이야. 삶이 고달파질 때 시를 외우면 고단함을 잊을 수 있었어"

" 22살 청춘이 무슨, 삶이 고달프면 어떻게 해. 인생은 아름답고도 달콤한 건데."

그녀의 당당함에 주눅이 들고 말았다. 정상적인 가정에서 사랑을 받고 자란 사람들의 감성이 부러웠다. 그녀는 내가 고아라는 것을 알아도 지금처럼 관심을 가질까.

'쓸데없는 걱정을 왜…….'

식은 커피를 한 모금 마시니 창밖에 뒹구는 낙엽을 태워보고 싶은 충동이 더 강하게 일어났다. 커피가 오늘따라 유난히 썼다. 하지만 그 뒤에 오는 맛이 좋았다. 믹스커피가 없던 시절 커피 둘, 프림 둘, 설탕 둘이 보편적인 매뉴얼이었다. 나는 커피 맛도 모른 채 주는 대로 마시는 편이었는데 오늘은 성애와 보조를 맞추기 위해 블랙을 처음 맛보았다.

"석창 씨는 이십 대에 해보고 싶은 거 없어?"

뜻밖의 질문에 나는 당황을 했다.

"나는 시인 이상이랑 박인환을 좋아했어. 둘 다 걸작을 남기고 요절했잖아. 나도 걸작을 남기고 요절하는 꿈을 꾼 적이 있어."

성애는 내 입에서 요절이라는 말이 나오자, 말리는 시늉을 하며 말했다.

"걸작을 많이 남기고 멋지게 늙는 거를 꿈꿔봐."

"젊음으로 기억되고 싶은 마음 있잖아."

"그럴 수도 있겠네."

우리는 몇 곡의 노래를 들었다. 성애가 신청한 노래가 흘러나왔다. 이상이나 박인환처럼 요절한 가수의 노래라고 했다. 유재하의 '가리워진 길'이라는 노래였다. 지금도 그 노래를 들으면 그때의 성애가 떠오른다. 그날 이후 우리는 그곳에서 노래를 들으며 서로를 알아갔다. 나는 성애를 만날 때마다 시를 들려주었다. 윤동주, 김수영, 워즈 워드, 릴케 등 중·고등학생 시절 미친 듯이 외웠던 보람이 있었다. 그녀를 만날수록 행복한 나를 발견했지만, 어느 날 찾아온 행복이 한순간 물거품처럼 사라질지도 모른다는 불안도 함께 왔다. 나는 간이역의 대합실과 같은 삶을 산 것 같다. 목적지를 향해가는 사람들이 잠깐 머무는 공간이었다. 비어있어 채워지지만 다시 비는 공허함, 그 자체였다. 누구에게 마음을 준 적도 받은 적도 없었다. 먼발치에 서 있는 경계인이었다. 20대 내가 제일 듣기 싫었던 말이 '기특하다.', '잘 컸네.' 류의 말들이다. 내 삶에 개입하려는 그 자체가 싫었다. 어릴 때 친구인 태식이네처럼 술만 마시면 폭력을 일삼는 아버지가 없다는 것과 고등학교 때 친구인 민수네 어머니는 오랜 시간 병상에 계셔서 민수가 학업을 포기하는 것을 보며 책임져야 하는 가족이 없다는 것을 다행이라고 생각했었다. 성애를 만나면서 나는 한 번도 가져보지 못했던 욕심이라는 게 생겼다. 그녀와 다음을 바라는 욕심 그리고 그녀의 유일한 남자이고 싶은 욕망이 꿈틀댔다. 네 번째 만남에서 성애는 내게 말했다.

"석창 씨에 대해 아주 사소한 것까지 알고 싶어."

나는 그 저의를 알지 못했다. 나중에 알았다. 그것은 성애의 수줍은 고백이라는 것을. 당황한 나머지 그녀의 말에 딴청을 부렸다. 마땅히 떠오르는 말이 생각나지 않았기 때문이었다. 그냥 솔직한 심정을 그녀에게 말하고 싶었지만, 소리가 되지 못하고 입안에서만 맴돌았다.

'나도 요즘 성애 씨만 보여. 밥을 먹을 때도 잠을 청할 때도 출근 버스 안에서도 성애 씨만 보여. 나도 내가 왜 그런지 모르겠어.'

요즘 젊은 사람이라면 아주 간단하고 쿨하게 말했을 '우리 사귀자'라는 말 대신 삼십분 째 지루한 썸만 타고 있었다. 누가 먼저인지 모르게 서로가 서로에게 수줍은 고백을 하고 있었고 금방 알아차릴 수 있는 말 대신 곱씹게 만드는 말을 애써 찾고 있는 것처럼 말이다.

"석창 씨 부모님은 어떤 분들이셔? 석창 씨를 보면 좋은 분들이실 것 같아."

"글쎄, 주문해야지. 여기는 낙지볶음이 맛있어."

나는 서둘러 화제를 돌렸다.

"여기 소주 한 병 주세요."

성애가 소주를 시켰다. 소주를 잘 못 마시는 그녀가 소주를 시킨다는 것은 어떤 의미일까. 취하고 싶은 것일까. 많은 생각이 머릿속을 어지럽게 했다. 성애는 내게 소주를 따르며 비장한 표정으로 입을 열었다.

"석창 씨, 오늘은 대충 넘어갈 생각하지 마. 나는 석창 씨에 대해 아는 것이 너무 없어. 그리고 나를 어떻게 생각하는지 알고 싶어."

"……"

크리스마스가 낼모레인데 긴장했는지 이마에 번들번들 땀이 났다.

"석창 씨, 더워? 땀나잖아."

"아니…"

"자, 건배. 오늘 취하도록 마시는 거야."

성애는 한 번에 소주를 마셨다. 뒷맛이 썼는지 미간을 찌푸렸다. 그 모습이 상큼했다. 소주광고를 보는 것 같았다. 홍조 띤 그녀의 얼굴이 세상 무엇보다 아름다웠다. 그리고 안고 싶다는 불손한 생각을 했다. 마음의 동요가 밀려왔다. 술이 들어가니 그녀에 대한 내 감정이 솔직해졌다.

'그래, 이 순간 솔직해지자.'

술은 참 좋은 것이었다. 긴장이 풀리면서 약간의 스킨십이 가능해졌다. 그녀의 손을 만지고 싶었다.

"성애 씨, 손이 너무 예뻐 보여. 한 번 만져 봐도 돼?"

"그걸 물어보는 바보가 어디 있어. 자"

성애가 내 손을 잡았다. 난생처음 잡아보는 이성의 손이 포근하고 부드러워서 순간 놀랐다.

"손에 땀이. 석창 씨, 혹시 여자 손 처음 잡아보는 건 아니지?"

"……"

"맞구나? 세상에"

"호호호"

"하하하"

성애는 유쾌하게 웃었다. 나도 따라 웃었다.

"여기 소주 한 병 더 주세요."

"괜찮겠어?"

"괜찮아, 이제 시작인데…"

새로운 소주가 왔고 술을 통한 우리의 스킨십이 더욱 과감해졌다. 어느새 그녀의 손에서 느껴지는 따뜻함에 마음이 평화로웠다.

"석창 씨, 당신이 얼마나 매력이 있는지 모르지?"

"……"

그녀 말의 의미를 생각해 보았다. 한 번도 들어보지 못한 얘기였다. 학창 시절 통학버스에서 내게 수줍은 미소를 보내던 여학생이 있긴 했지만 그건 나만의 착각이라고 생각했었다. 내가 매력이 있다는 말에 가슴이 마구 뛰었다.

"석창 씨, 나 석창 씨 좋아해. 다른 사람에게 빼앗길까봐 두려워."

그녀의 고백은 거침이 없었다.

'이건 꿈일 거야. 성애처럼 예쁜 여자가 왜 나를…'

심하게 뛰는 심장박동에 어찌해야 할지 정신이 혼미했다. 내 기억에 처음 있는 일이다. 누가 나의 이름을 이토록 다정하게 불러준 적이 있었을까. 하지만 이럴 때는 어떻게 해야 하는지 배우지 못했다.

"성애 씨. 나, 가슴이 이상해. 너무 빨리 뛰는 거 같아. 이런 건 처음이야."

나는 그녀의 손을 내 가슴에 가져갔다. 성애는 내 입을 자신의 입으로 막아버렸다. 예상치 못한 사건이 연속으로 일어났다. 가만히 그녀를 느꼈다. 달콤하고 짜릿한 느낌에 내 몸의 모든 피가 서둘러 한곳으로 모여드는 것 같았다.

"석창 씨, 오늘은 여기까지"

나는 어쩔 줄 모르고 그녀만 쳐다봤다.

"오늘부터 다른 여자에게 그런 눈으로 쳐다보기 없기다."

그녀의 손을 꼭 잡았다. 우리의 돌출 행동(?)을 본 사람이 없는 것이 오히려 아쉬웠다. 누가 봤다면 맘껏 으스대고 싶었다.

"우리 음악 들으러 갈까?"

그녀의 말에 나는 그녀의 손을 놓지 않고 대답했다.

"좋아. 가자."

계산을 마치고 나오는데 사장님이 우리를 흐뭇하게 바라보며 말했다.

"보기 너무 좋아요. 잘 어울려요. 서로의 손 놓지 말아요."

우리는 미소로 대답을 대신했다. 무교동 낙지 골목을 나와 명동 쪽으로 향했다. 크리스마스가 코앞으로 다가와서인지 거리에는 우리처럼 손을 잡고 걸어가는 연인들이 많이 보였다. 지나가는 사람 중에 우리를 쳐다보는 부러운 눈빛이 전해졌다. 그녀의 손을 잡은 나는 세상을 다 가진 것 같았다. 성애는 팔짱을 끼며 내게 밀착했다. 내 심장박동이 오롯이 그녀에게 전해지는 걸 느낄 수 있었다. 그녀는 나를 쳐다보며 미소를 보냈다. 너무 따뜻했다. 그녀의 체온이.

우리는 자주 가던 음악다방 '로마의 휴일'에 들어섰다. 벽난로에서는 따뜻한 불꽃이 일렁거렸다. 처음 보는 것이었다. 자세히 보니 가짜 불이었다. 하지만 온기를 느끼기에 충분했다.

"너무나 아름다운 바퀴벌레 한 쌍이 이 노총각 염장을 지르긴가요."

DJ는 들어서는 우리를 보며 느끼한 멘트를 날렸다. 나는 웃으며 아는 체를 했다.

"자, 아름다운 저 여인에게 비엔나커피 한 잔 드리세요. 제가 드리는 선물입니다."

DJ는 성애를 가리키며 말했다. 홀 안의 사람들은 우리에게 박수를 보냈다.

"세상에 숨길 수 없는 것이 두 가지가 있는데 그게 뭔 줄 아세요?"

"그것은 사랑하는 사람들의 눈빛과 딸꾹질이라고 하잖아요. 두 분 너무 티 나네요."

DJ는 우리에게 신청곡을 주문했다. 갑자기 스쳐 지나가는 노래가 있었다. 메모지에 노래를 적어 뮤직 박스로 가서 DJ에게 전해주었다.

"와우~~~ 이런 센스쟁이. 자, 세상 복 받은 남자분이 신청합니다. 유재하의 '우리들의 사랑'입니다. 두 분 응원합니다."

성애가 내 볼을 쓰다듬으며 말했다.

"이런, 심장 훔치는 도둑을 봤나. 이뻐 너무 이뻐."

♬ 따르릉 소리 전화를 들면 들려오는 그대 목소리.
보고픈 마음 가눌 수 없어 큰맘 먹고 전화했대요.

햇님이 방실, 달님이 빙글
우리들의 사랑을
지켜봐 주는 것 같아요.

가슴으로 느껴 보세요.
난 얼마만큼 그대 안에 있는지
그 입술로 말해 보세요.
오래전부터 나를 사랑해 왔다고 말이에요.

– 1987년 유재하 1집, 우리들의 사랑 중에서

조용히 따라 불렀다. 우리를 위해 만들어진 노래 같았다. 홀 안에 있는 연인들도 자기 노래라고 생각하고 있으리라. 노래가 끝나자, 누가 먼저랄 것 없이 박수갈채가 터져 나왔다. 나는 그들에게 가벼운 인사를 했다. 성애는 그런 나를 사랑스럽게 바라보았다.

'오늘 이대로 죽어도 좋아.'

'이런 사랑스러운 사람이 내 애인이라니.'

우리는 눈으로 전하는 달콤한 밀어를 나눴다. 쳐다만 봐도 꿀이 떨어지는 우리의 밤은 아쉬웠다. 그녀를 바래다주었다. 그녀의 집이 더 멀기를 바랐는데 걸어서 한 시간밖에 걸리지 않아서 아쉬웠다.

'의정부나 동두천쯤 살았다면 얼마나 좋을까'

종로 거리를 따라 그녀의 집이 있는 혜화동을 향하고 있었다. 더 빠른 길이 있었지만 굳이 이 길을 택한 것은 조금이라도 더 함께 있고픈 마음이었다. 종로 3가에 이르렀을 때 포장마차가 눈에 들어왔다. 성애는 나에게 눈빛을 보냈다.

"성애 씨, 배고프구나. 우리, 우동 먹고 갈까?"

내 말을 기다리기라도 한 것처럼 금방 답이 나왔다.

"소주도 시키자."

"알았어."

말하지 않아도 이심전심으로 느끼는 부분에 동감했다. 소주 한 잔과 우동 국물이 뱃속에 들어가니 따뜻했다. 나는 얼마 전 해금된 백석의 시 '나와 나타샤와 흰 당나귀'를 그녀에게 들려주었다. 차가운 겨울바람에 눈이 왔으면 하는 바람을 담아서 말이다.

가난한 내가
아름다운 나타샤를 사랑해서
오늘 밤은 푹푹 눈이 나린다.

나타샤를 사랑은 하고
눈은 푹푹 날리고
나는 혼자 쓸쓸히 앉어 소주를 마신다.
소주를 마시며 생각한다.
나타샤와 나는
눈이 푹푹 쌓이는 밤 흰 당나귀를 타고
산골로 가자. 출출이 우는 깊은 산골로 가 마가리에 살자.

·

·

·

– 백석 1936년 시집 사슴 '나와 나타샤와 흰 당나귀' 중에서

소주 한 잔에 어울리는 시 한 구절, 오늘 밤 그녀와 아무도 찾지 못할 곳에 가고 싶은 내 마음이 그녀에게 전해지기를 바랐는지 모른다. 그녀는 내 마음을 아는지 모르는지 고개를 숙이고 내가 들려주는 시를 조용히 듣고 있었다. 다행히 손님은 우리밖에 없었기 때문에 우리의 밀어는 아무런 방해를 받지 않았다.

"성애 씨, 크리스마스 때 만날 수 있을까?"

"당연하지. 크리스마스 때 여자 친구 안 만나고 누구 만나려고?"

"하하하"

그녀는 목젖이 보이게 활짝 웃었다. 소주를 거푸 마시더니 나에게 물었다.

"마징가랑 로봇 태권브이랑 싸우면 누가 이길까?"

"뭐? 하하하."

나는 그녀가 너무 귀여워 어쩔 줄 몰랐다. 시간이 멈춰 버렸으면 좋겠다고 생각했다. 시간은 자정을 넘어가고 있었다. 우리는 포장마차에서 나와 택시를 탔다. 내일 출근하는 그녀를 위해 빨리 집에 데려다 주어야 했다. 그녀는 걷자고 했지만 나는 그녀의 손을 꼭 잡았다. 자정을 넘긴 도로에는 오가는 차가 없어서인지 순식간에 그녀 집에 도착했다. 그녀에게 잘 자라는 인사를 하고 내일 또 만나자고 했다.

"석창 씨, 잘 가. 그리고 택시 타고 가."

"알았어. 빨리 들어가. 부모님 걱정하시겠다. 어서"

"뭐야, 나 빨리 들여 보내고 싶은 거야."

"아니야, 진심이야."

"늦었어. 내일 출근 잘하고"

그녀가 집에 들어가는 것을 확인하고 밤길을 따라 걸었다. 모든 사물이 의미 있게 보였고 자꾸 웃음이 나왔다. 실성한 사람처럼 말이다.

'이런 게 사랑인 걸까. 하지만 나에 대해 알아도 나를 좋아해 줄까.

몰라! 지금 이 기분을 망치기 싫어.'

다음날, 평소 같으면 몸이 무거웠을 텐데 하늘을 날 수 있을 것 같았다. 아침에 그녀에게서 모닝콜이 온 것이었다.

"석창 씨, 퇴근하고 매일 만나는 곳에서 봐."

"알았어. 성애 씨, 싸~ 사...사랑해."

"나도, 사랑해."

출근길 모든 것이 예전 그대로인데 나만 새로웠다. 꽉 막혀 버스가 움직이지 않는데도 웃음이 나왔고 도심의 매연마저도 향기로웠다.

하루 종일 참으려 해도 웃음이 참아지지 않았다.

"56번 고객님, 2번 창구입니다."

"네"

이십 대 중반의 여성이 오랜 거래처인 삼정 건설 새로운 담당이라고 자신을 소개했다.

"회계 주임 박성애입니다. 잘 부탁드립니다."

"네? 아~"

나는 깜짝 놀라며 당황했다. 웃음이 나오는 것을 겨우 참았다. 상대도 당황하는 낯이었다.

"이름이 참 예쁘시네요."

"네? 감사합니다."

'휴~우 내가 왜 이러지?'

그녀는 나를 이상하게 여긴 것 같았다.

"석창 씨, 뭐야? 뭐 좋은 일 있구나? 혹시 연애해?"

"……"

"맞구나. 좋을 때다."

평소 작두를 탄다는 말을 듣던 최 주임이 금방 알아차렸다. 자랑하고 싶은 마음을 억지로 참았다. 평소의 내가 얼마나 과묵하고 경직되어 있었는지 알게 되었다. 딱히 웃을 일 없이 산 탓인가. 웃는 것이 정말 어색했다.

"석창 씨, 그렇게 웃지 마. 노처녀 심란해."

"하하하"

34살 노처녀 최 주임의 말에 주위 사람들이 웃었다.

"권석창, 그렇게 웃으니까 얼마나 좋아."

지점장님까지 거드셨다. 자랑하고 싶은 맘은 굴뚝같은데 더 물어보는 사람이 없어 조금은 서운했다. TV나 소설에서 봤던 얘기가 거짓이 아니었음에 신기했다. 시간이 정말 더디게 흘렀고 그녀를 만나기 4시간 34분 전이었다. 약속 시간에 늦지 않으려면 더욱 집중해야 했다. 대출 서류 점검을 다시 했고 당좌수표 관리도 미리미리 점검했다. 12월 22일 동짓날 해는 짧아 5시가 조금 넘었는데 밖은 이미 어둑어둑했다. 세밑으로 갈수록 겨울바람은 매서웠다. 낙목한풍(落木寒風)이라고 했던가. 고등학교 때 배웠던 사자성어가 생각났다. 가을이 미처 가지고 가지 못한 낙하물이 거리에서 뒹구는 소리를 냈다. 퇴근 시간이 다가올수록 심장박동수는 증가하고 그녀에게 향한 내 마음은 벌써 명동거리를 헤매는 것 같았다.

시곗바늘이 하나로 겹치는 것이 근사하게 보였다. 눈치를 살피는데 김 과장이 나를 불러 세웠다.

"석창아, 한 잔 해야지."

"과장님, 다음에 제가 모시겠습니다. 오늘은 선약이 있어서…"

"여자 만나는 거면 보내준다."

"과장님, 석창 씨 요즘 바빠요."

최 주임이 내가 할 얘기를 대신해 주었다.

거리로 나왔다. 퇴근 시간 거리는 잔물결이 흐르는 강처럼 보였다. 먼저 가려는 차와 막는 차가 실랑이를 벌이는 모습이 오늘따라 정겨웠다. 나는 빠른 걸음으로 길을 걸었다. 걷는 것에 특화된 내 다리는 도로의 차들보다 빨랐다. 약속 시간보다 10분 일찍 도착했다. 다행히 그녀는 아직 도착하지 않았다. 그녀가 퇴근하고 오는 시간을 염두에 두고 여유 있게 약속 시간을 잡은 것이다. 약속 시간이 지났지만 그녀는 오지 않았다. 10분이 지나 20분이 되고 한 시간이 지났지만, 그녀는 나타나지 않았다. 하지만 그녀를 기다리는 시간은 지루하지 않았다. 잠시 후 전화벨 소리가 울렸다. 그녀의 전화일지도 모른다고 생각했다.

"손님 중에 권석창씨, 카운터에 전화입니다."

"여보세요. 석창 씨, 오늘 지점에 사고가 있어서 못 갈 것 같아. 미안해서 어떡하지?"

은행 업무에서 흔히 있는 사고였다. 미안해하는 그녀를 내가 먼저 안심시켰다.

"괜찮아, 흔한 일인데 뭐. 이해해. 다음에 만나면 되지. 밥은?"

미안해하는 그녀는 내게 이해해 줘서 고맙다는 얘기를 남기고 전화를 끊었다.

힘은 빠졌으나 기분이 나쁘지는 않았다. 커피를 시켜 서둘러 마셨다. 바람맞은 사람처럼 혼자 그 자리에 머무르기 싫었다. 핸드폰이 없던 시절 흔한 풍경이었다. 그녀를 만나러 올 때는 춥지 않았는데 홀로 가는 길은 몹시 추웠다. 빈속이라 더욱.

포장마차가 눈에 들어왔다. 우동과 소주를 시켜 한 잔 마시니 몸은 따뜻해졌지만, 천막 사이로 비집고 들어오는 삭풍이 참으로 매서워서인지 국물이 금방 식었다. 하지만 소주 몇 잔을 마시기에는 부족하지 않았다. 술은 맛이 없고 쓰기만 했다. 걷고 싶었다. 그녀의 집 쪽으로 걸었다. 그녀의 집 앞으로 가서 기다리면 잠깐이지만 그녀 얼굴을 볼 수 있을 것 같아서 무작정 걸었다.

'그녀가 싫어할지도 몰라. 그냥 돌아갈까. 아니야. 멀리서 얼굴만 보면 되는데…'

다른 데는 괜찮았는데 발이 시려왔다. 어느덧 그녀의 동네에 다다랐다. 근처에 대학이 있는 만큼 내 또래 정도의 학생들이 청춘을 불사르는 모습이 너무 멋있었다. 당당하고 패기 있게 자신의 삶을 만끽하는 것처럼 보였다. 어린 나이에 돈의 노예로 세속의 때가 묻은 내가 부끄러웠다. 괜한 자격지심이 밀려왔다. 아직 그녀의 모습은 보이지 않았다. 은행 마감에 사고라면 자정을 넘길 수도 있었다. 무작정 기다리는 것이 무모해 보이지만 그녀 얼굴만 볼 수 있다면 보상이 되리라.

그녀를 만난 뒤 혼자라는 고독에서 벗어난 줄 알았는데 오랜만에 맛보는 고독이었다. 원래 없던 것과 있다가 없는 것의 차이가 극명하다고 느껴졌다. 성애의 집은 대학이 없는 대학로에서 혜화동 쪽으로 기와집이 밀집한 막다른 골목이었다. 혜화동, 참 예쁜 이름이라고 생각했다. 마로니에 공원은 겨울바람이 장악하고 있지만 젊음의 열기로 따뜻하게 느껴졌다. 지금은 사라진 풍경인 캐럴이 넘쳐나는 거리, 교회에 안 다니는 사람들조차 마음을 설레게 했다. 한 시간이 흘렀다. 삼십 분만 더 기다리자고 다짐했으나 이내 두 시간이 훌쩍 지났다. 그녀는 보이지 않았다. 따뜻한 곳이 그리웠지만, 그녀를 놓칠 수 있었다. 어느덧 자정이 가까웠다. 더 이상 기다리면 그녀가 부담스러울 것 같아서 돌아서려는데 승용차 한 대가 그녀의 집 앞에 멈춰 섰다. 직장 동료로 보이는 남자가 그녀와 함께 내렸다. 멀리서 봐도 근사해 보이는 자동차에 부잣집 도련님처럼 생긴 남자 같았다.

"안 대리님, 감사해요. 내일 뵙죠. 안녕히 가세요."

"성애 씨, 들어가요. 내일 봐요."

으레 늦은 시간 같은 방향의 동료나 상사가 여자 동료를 데려다주는 것은 상식적인 광경이었지만 나는 마음 한구석이 아려왔다.

'괜히 왔어. 귀티 나 보이는 사람이군.'

내 처지와 비교하니 나 자신이 한없이 초라했다. 그녀의 마음을 속단할 수 없지만 오지 말 걸 하는 후회가 밀려왔다. 택시가 눈에 들어왔다. 한시라도 빨리 벗어나고 싶었다. 형언할 수 없는 기분으로 눈앞이 흐렸다. 택시는 텅 빈 거리를 쉼 없이 달려 홍은동에 나를 내려주었고 더 이상 차가 가지 못하는 언덕을 오르는데 여느 때보다 숨이 가빴고 얼굴에 부딪히는 바람이 아팠다.

'내 주제에 연애가 가당키나 해.'

쉽게 잠이 올 것 같지 않았다. 색이 다한 연탄 대신 새 연탄으로 갈고 솥에서 뜨거운 물을 한 바가지 떠서 냉수와 섞어 낯을 씻었다. 바람맞은 낯에 비누가 닿으니 따가웠다.

'따뜻한 물이 나오는 기름보일러가 있는 집으로 빨리 이사를 해야지.'

살짝 느끼는 감기 기운에 눈을 붙이려고 노력한 끝에 잠이 들었다. 그날 나는 일산화탄소 중독, 다시 말해서 연탄가스에 중독되어 사경을 헤맸다. 그날 밤 내린 눈 탓이었다. 습기가 있는 날 주로 발생하는 연탄가스 중독은 당시만 해도 교통사고만큼 흔한 일이었다. 다행히 주인집 아주머니가 발견해서 요절의 꿈(?)은 실패로 돌아갔다. 응급실에 하루, 입원 치료 이틀, 사흘을 병원에서 보냈다. 보호자가 필요했는데 아무도 생각이 나지 않아서 숙부에게 알렸다.

"큰일 날 뻔했구나. 그만하기 다행이야."

"죄송해요. 마땅히 연락할 때가 없었어요."

아버지의 두 번째 동생인 그는 여느 때처럼 고압적이고 무서웠다.

"무슨 섭섭한 소리냐. 내가 네 숙분데. 연락 좀 하고 살아라."

"죄송해요."

혼자라는 것이 실감 나는 며칠이었다. 지점장님의 배려로 이틀 더 쉬기로 했다. 병문안을 오겠다는 동료들을 말렸다. 숙부가 택시를 잡아 줘서 겨우 집에 왔다. 후유증으로 기운이 하나도 없었다.

전화벨이 울렸다. 사무실에서 온 전화라고 생각했는데 그녀에게서 온 전화였다.

"석창 씨, 괜찮아? 연락이 안 돼서 지점에 전화해서 알았어. 너무해. 여자 친구에게 제일 먼저 알려야지."

"별거 아니야. 이제 괜찮아. 누워만 있어서 연락 못 했어. 미안. 금방 퇴원하고 집에 왔어."

"부모님은?"

"성애 씨, 나 부모님 안 계셔"

"무슨 말이야. 그럼, 고아란 말이야?"

"숨기려고 숨긴 건 아니야."

"그게 무슨 소리야. 석창 씨가 고아든 재벌이든 내가 석창 씨를 좋아하는 여자 친군데, 왜 내게 미안하다고 하는 거야. 당장 만나. 내가 그곳으로 갈게."

"아니야. 저녁에 퇴근하고 보자. 우리 만나던 곳에서"

"알았어. 나중에 봐"

성애가 화를 낼만도 했다. 바보 같은 내가 미웠다. 스물 두 살, 어린 나이에 저승 문턱까지 다녀온 뒤 혼자라는 외로움과 할머니에 대한 그리움에 절대 울지 않겠다던 다짐이 무너졌다. 내가 처한 현실에 눈물이 하염없이 흘렀다.

'내 눈물을 닦아 줄 누군가가 있었으면.'

처음으로 나를 버린 어머니를 원망했다. 한 번도 찾지 않는 매정한 그녀지만 지금 내 옆에 있었으면 좋겠다고 생각했다. 그녀와의 약속 시간보다 일찍 집에서 나왔다. 차가운 겨울바람이 얼굴을 사정없이 때렸다. 올 크리스마스는 남들처럼 보내고 싶었는데 현실이 원망스러웠다. 늦었지만 그녀에게 줄 크리스마스 선물을 사기 위해서 소공동에 있는 L백화점에 갔다. 크리스마스가 지나서인지 한산했다. 블라우스가 어울리는 그녀에게 줄 머플러를 샀다. 가지고만 다녔던 신용카드를 처음 썼다. 그 당시는 카드가 흔치 않았던 시절이었다. 한 달 치 월급과 맘먹는 금액이었다. 누구에게 해본 적 없는 선물을 사고 처음으로 꽃도 샀다. 지독한 구두쇠인 내가 말이다. 약속 장소에 미리 가서 그녀를 기다렸다. 내 처지를 안 이상, 성애는 나에게 뭐라고 할까.

'그녀가 그만 만나자면 어쩌지? 사랑을 믿어 보자. 암 믿고 말고.'

나는 내 자신에게 최면을 걸었다. 모든 걸 운명에 맡기기로 했다. 아직 회복이 덜 되었는지 어지러워서 앉아 있기조차 힘들었다.

문을 열고 들어오는 그녀가 나에게로 다가왔다. 며칠 못 봤는데 여전히 너무나 예쁜 그녀였다.

'매달려서라도 오늘은 넘기자.'

내 눈에서 눈물이 흘렀다. 할머니를 여읜 이후 처음으로 다른 사람에게 눈물을 보인 것이었다. 그녀는 내게 감동이었다.

"석창 씨, 흐흐흐 큰일 난 줄 알고 얼마나 걱정했는데. 석창 씨, 나빠."

"성애 씨, 보고 싶었어."

그날 우리는 긴 밤을 함께 보냈다. 나는 처음으로 성숙한 여성의 육체가 얼마나 아름다운지를 알게 되었다. 너무 아름다워 주눅이 든 나머지 그녀에게 미숙한 남자(?)로 남게 되었다.

사랑, 그 아픈 이야기

밤하늘의 별을 따서 너에게 줄래
너는 내가 사랑하니까 더 소중하니까
오직 너 아니면 안 된다고 외치고 싶어
그저 내 곁에만 있어 줘 떠나지 말아줘
참 많이 어색했었죠. 널 처음 만난 날
멀리서 좋아하다가 들킨 사람처럼
숨이 가득 차올라서 아무 말 하지 못했는데
너는 말없이 웃으며 내 손 잡아줬죠
.
.
그저 내 곁에만 있어줘 떠나지 말아줘
그저 내 곁에만 있어줘 떠나지 말아줘
많고 많은 사람 중에 너를 만나서 행복 하고 싶어
두 번 다시 울지 않을래
오직 내 눈에는 너만 보여 나를 아껴줘
이제부터 혼자가 아니야 우린 함께니까

-2010년 양정승 '밤하늘의 별을' 중에서-

차례라는 악습을 만든 사람은 대체 어떤 사람일까. 어릴 때부터 궁금했다. 추석, 설 차례와 8번의 제사, 이 땅에 유교 사상이 들어온 것은 언제일까. 삼국시대라고 배웠다. 하지만 유교가 사회규범이나 종교로서 지위를 부여받은 것은 조선시대다. 조선시대의 주자학은 고려시대 안향이라는 선비가 들여왔다고 배운 기억이 있다. 그가 없었다면 말도 안 되는 악습인 제사나 차례가 생겨나지 않았겠지. 죽은 영혼이 먹으면 얼마나 먹는다고 볶고 지지고 삶고 끝이 없다. 설 쇠고 난 후 몸살로 앓아눕는 엄마를 보면 화가 치민다.

'내가 대통령이 되면 제사나 차례를 금지할 것이다. 설 쇠는 사람들을 모두 감옥에 가두고 고문을 할 것이다.'

해마다 설이 되면 반복되는 망상에 빠져 허우적거린다.

"이거 누가 다 먹는다고 이렇게나 많이 하는 거야. 서울 사람들은 설 차례 음식 전부 사다가 올린다던데. 엄마, 우리도 사다가 하자."

"이놈의 지지배, 조상님 듣는데 못하는 소리가 없네. 가서 식용유랑 부침 가루 사 와."

"야, 가서 식용유랑 부침 가루 사 오라는 어머니 말씀이 안 들리는 것이냐?"

나는 아빠와 함께 전을 부치는 동생 은석이에게 떠넘겼다.

"네가 해. 이 지지배야. 하여튼 누구를 닮은 건지…"

엄마의 잔소리가 끝없이 이어지려는데 은석이가 나섰다.

"제가 다녀올게요."

은석이는 용수철처럼 일어나 밖으로 나갔다. 남존여비의 고리타분함이 남아 있는 집도 아닌데 엄마는 나만 시킨다. 그럼 나는 다시 동생에게 시킨다. 은석이는 한 번도 불평 불만 없이 심부름을 잘했다. 내 동생이지만 참 착한 녀석이다. 옛날 같으면 아들이라고 대우받으며 살았을 텐데 우리 집에서는 오히려 역차별을 받으면서도 언제나 웃는 얼굴로 허드렛일을 도맡아 한다.

"전 다 타네. 똑바로 좀 해."

엄마의 잔소리에도 아빠는 웃기만 한다. 우리 집 대장은 누구일까? 그건 당연히 최현정 여사, 엄마일 것이고 아빠는 나 다음 서열 3위라고 늘 투덜거린다. 엄마가 아빠보다 두 살이 많은 연상연하 부부다. 지금이야 흔하지만 두 사람이 연애할 때는 어림없는 일이었다고 한다. 할머니의 반대가 심했다는데 이유는 어이없게도 여자가 나이가 많으면 건강한 아이를 낳지 못한다는 것이다. 말도 안 되는 이유를 무릅쓰고 두 사람은 결혼했다. 신혼 때 일이었다.

"누나, 내 속옷 어디 있어?"

"이 무슨 해괴망측한 소리야? 제 처에게 누나라고 부르는 등신은 누구야?"

"이 사람이 저보다 두 살 많으니까 누나죠. 어머니도 참"

"새아가, 지아비가 어리다고 업신여기는 게냐?"

"그럴 리가 있겠어요. 어머니"

아빠가 엄마에게 누나라고 불러서 엄마가 할머니에게 여러 번 혼났다고 했다. 할머니가 돌아가시자마자 아빠는 엄마에게 충성을 다하는 부하가 되었다. 엄마, 아빠는 돌아가신 큰아빠를 대신해서 차례와 제사를 맡은 지 10년쯤 된 것 같다. 형제간의 우애가 남달랐던 아빠 형제들은 모두 모여 설을 함께 했다. 큰엄마, 작은 아빠네 부부 셋, 고모 셋 그리고 고모부 셋, 사촌들에 그들의 자식까지 셀 수가 없다. 매번 숫자가 늘어난다. 잔칫집을 방불케 하는 음식 준비에 설 명절을 쇤 후에도 기름진 차례 음식을 며칠 동안이나 더 먹어야 하는 것이 못마땅했다. 오후가 되어 큰엄마랑 작은엄마들이 와서 거들었다.

"아현이, 올해 몇 살이지?"

"임용고시 준비는 하고 있니?"

"만나는 사람은 있니?"

"내가 소개해 줄까?"

내가 명절을 싫어하는 이유가 내 사생활에 대한 지나친 관심에 대해 일일이 답을 해야 한다는 것이다. 내일이면 고모들까지 묻는 입이 늘어날 것이다. 이럴 때는 도망치는 게 맞다. 아까 살짝 운을 띄어 놓았으니 눈치 봐서 사무실로 도망치면 될 것이다. 음력 12월 30일, 잠이 들면 눈썹이 하얗게 된다는 미신을 믿은 탓인지 밤을 하얗게 지새웠다. 설 아침은 하는 것 없이 분주했다. 일가친척이 비슷한 시간에 밀려

들었고 저마다 배역을 맡은 배우들처럼 겹치지 않는 동선으로 차례상을 차렸다. 차례상은 이미 빈 곳을 찾을 수 없었고 읍내 오일장처럼 붐볐다. 엄마의 지휘 감독하에 차례는 신속하게 이루어졌고 조상님께 절을 올리는 행렬은 이어졌다. 나도 사촌들과 함께 조상의 은총을 빌었다. 차례는 끝이 났고 어른들께 세배한다. 아이들은 세뱃돈이라도 받는 재미에 들떠 있지만 과년한 나는 무의미한 관습의 하나로 여겨졌다. 어제 빚은 만두를 넣은 떡국으로 스무 명이 넘는 오 씨네 일가의 설 아침 식사 시간이었다. 나는 눈치를 살피다 엄마에게 말했다.

"엄마, 나 오늘 일직이라서 사무실 가야 해."

"무슨 소리야. 어제까지 아무 말 없었잖아. 너, 일하기 싫어서 도망가는 거지?"

엄마의 예리한 눈치가 비수처럼 내 가슴을 찔렀다. 하지만 당황한 기색을 숨기고 오히려 엄마에게 따졌다

"최현정 여사, 너무 하시는 거 아닌가요? 어제 분명 말했잖아."

엄마는 내게 눈을 흘기며 도무지 놓아 줄 것 같지 않았는데 옆에 있던 은석이가 도왔다.

"누나는 있으나 없으나 상관없잖아. 누나 어서 가."

도와줘서 고맙다고 눈인사를 건네는 순간, 은석이 녀석은 내게 알 수 없는 표정을 지었다.

'은석이 녀석, 다 아는 눈치군.'

집을 나와 사무실로 향했다. 어제 내린 눈은 어느 정도 녹아있었다. 차를 몰아 사무실에 도착하니 권 씨 아저씨가 무언가에 열중했는지 인기척을 못 들은 것 같았다. 나는 일부러 큰 소리로 아저씨에게 새해 인사를 했다.

"아저씨, 새해 복 많이 받으세요."

"오 작가도 새해 복 많이 받아요."

서로 간단한 새해 덕담을 나누었다.

"오 작가, 어쩐 일이야. 가족들과 함께 보내지 않고"

"설이 부담스러운 나이가 된 걸까요. 도망쳐 왔어요."

"하하하 잘 왔어. 밥은?"

권 씨 아저씨는 내가 머뭇거리니까 빈속이라는 걸 금방 알아차렸다.

"아침도 못 먹었구나. 좀 기다려 봐."

아저씨는 주방으로 들어갔다. 주방이라고 하기엔 협소한 곳이지만 아저씨에게는 아무런 문제가 되지 않는 것 같았다. 도마와 칼이 만들어 낸 화음이 여느 때와 다름없었다. 라디오에서 들리던 노랫소리가 아저씨가 내는 리듬에 묻혀버렸다. 20분이 지났을까. 아저씨는 잔치국수 한 그릇과 적당히 익어 군침이 도는 김장 김치 그리고 간장 한 종지가 담긴 쟁반을 들고 나왔다.

"떡국은 집에서 먹었을 테니 시원한 잔치국수 어때?"

"너무 좋아요. 아저씨"

따뜻한 국물이 들어가자, 어제 마신 술이 내 몸에서 완전히 사라지는 것 같았다. 첫맛은 싱겁게 느꼈는데 먹을수록 시원함에 몸부림칠 것 같다. 오늘부터 설날 아침은 떡국 대신 잔치국수를 먹는 풍습이 생겨났으면 좋겠다.

'어떻게 이런 맛이 나는 걸까? 이런 맛은 처음이다. 서서히 빌드업하다 마침내 포텐을 터트리는 베토벤의 교향곡 9번 합창의 '환희의 송가'가 떠오르는군. 내가 너무 오버한 걸까. 국수 하나에 베토벤 옹까지 소환하다니…'

"아저씨, 너무 잘 먹었어요. 이렇게 맛있는 국수는 처음이에요."

"맛있다니 다행이군."

아저씨는 식사가 끝난 것을 확인하고는 향이 좋은 차 한 잔을 내게 내밀었다.

"감잎차야. 비타민이 풍부해서 감기 예방에 좋아. 마셔봐."

커피 말고 차는 마셔볼 기회가 없어서 모르겠는데 끝맛이 참 좋았다. 속이 든든해서인지 따뜻함이 더해졌다. 아저씨는 등유 난로에 기름을 채우고 있었는데 오래된 난로 특유의 기름 냄새가 오히려 정겹게 느껴졌다. 날씨가 많이 흐려졌다. 아저씨는 장비를 챙기더니 등산로 점검을 해야 한다며 자리를 떴다. 한눈에 봐도 먹구름이 낮게 드리워져 답답하게 느껴야 하지만 따뜻한 차 때문인지 차분해졌다. 눈에 보이는 모든 것이.

나른함이 밀려와 잠시 졸았다고 생각했는데 깨고 나니 한결 개운했다. 매일 트로트나 올드 팝만 나오던 라디오에서 들리는 노래에 귀를 기울여 보았다. 음원 사이트에 내가 좋아하는 노래를 모아 듣던 습성 탓에 귀에 익숙한 노래만 들었는데 랜덤으로 틀어 주는 라디오에서 흘러나오는 노래에 빠져드는 경우가 종종 있었다. 그런데 그건 라디오가 아닌 카세트 테이프에서 나오는 것이었다. 어릴 때 봤던 것 같기도 하고 내게는 생소한 물건이었다. 옛날 노래 같아서 촌스럽고 지루할 거라고 생각했는데 그건 내 편견이었다. 세련된 전자음 대신 언플러그 기타의 느낌이 신선했다.

'Bridge over troubled water? 제목이 철학적이군.'

테이프의 노래가 끝났는지 침묵이 흘렀다. 그런 적막이 어색해서 라디오를 틀었다. 익숙한 노래인데 다른 버전의 노래였다. 리메이크한 노래라고 DJ는 소개했다. 원곡이 주는 감성이 좋았다. 그런 노래들을 검색해 보았는데 대부분 90년대 발표된 것들이었다. 진지하면서도 무겁지 않은 감각에 놀라곤 한다. 세계로 퍼져 가는 K-POP이 어느 날 갑자기 하늘에서 떨어진 게 아님을 알게 되었다.

"2020년 규현이 다시 부른 곡이죠. '화려하지 않은 고백'의 원곡을 들어보겠습니다. 이승환이 부릅니다. 1993년식 '화려하지 않은 고백' 뮤직 스타트"

고리타분한 DJ의 멘트가 촌스러웠지만, 오히려 옛 감성을 끌어내기에 적당했다.

'P와 함께 듣던 이 노래가 옛날 노래라니…'

나는 흥얼거리며 따라 불렀다.

"오 작가가 이 노래를 어떻게 알아?"

"어머, 언제 오셨어요? 아저씨도 이 노래 아세요?"

"이 노래, … 잘 알지."

아저씨는 상념에 잠긴 듯 먼 곳을 응시하며 노래에 집중하고 있었다. 사연이 있는 노래라는 걸 아저씨의 표정만으로도 어느 정도 가늠할 수 있을 것 같았다. 2020년이라는 과거를 회상하니 P와의 애틋함이 밀려왔다. 그해 봄은 아름다운 바람이 불었고 아름다운 비가 내리고 아름다운 꽃들이 경쟁하듯 피어났다. 그리고 P는 내게 아름다운 목소리를 들려주었다. 매일 자신이 나를 얼마나 사랑하는지를 알려 주었고 나는 그에게 나의 일상을 모두 바쳤다. 내가 자신의 전부라던 그는 언제나 나를 안심시켰고 나를 배려했다. 아무리 화가 나는 일이 있어도 그를 만나는 순간 단기 기억 상실 환자가 되었다. 그는 언제나 내 편이었고 나를 믿어주었다. 그는 교회 오빠가 더 어울리는 사람이었지만 천주교 신자였다. 우리 가족에게는 특별한 종교가 없지만 굳이 선택을 강요당한다면 불교에 가까웠다. 근처에 천년 고찰이 있었기에 절은 늘 친근한 곳이었다. 성당을 나간 건 그와 함께하는 것에 의미를 두었던 것 같다. 그와 함께라면 성당 아닌 이슬람의 라마단 금식기도

도 기꺼이 할 수 있었을 것이다. 지금은 성당에 나가지 않지만, 그에게 이끌려 성당에서 우리의 데이트는 계속되었고 그의 권유로 세례를 받았다. 내 세례명은 율리아나인데 4월에 태어난 나를 위해 그가 권한 이름이었다. 그는 분도라는 세례명을 가졌다. 집안 대대로 성당을 다닌다고 했다. 가끔 그가 써 준 편지는 '율리아나-분도 n번째 이야기'로 시작했다. 헤어지고 다음 날, 태워 버리려다 눈물로 지켜냈는데 꺼내보는 날은 울고 싶은 날이었다. 글을 정말 잘 쓰는 사람이었다.

율리아나- 분도의 9번째 이야기
그대, 오늘은 무엇으로 당신을 웃게 해야 하나요.
당신, 오늘은 무엇에서 그대의 의미를 찾을까요.
근심은 내게 주고 당신은 환희만 가지세요.
당신이 내게 환희고 감동입니다.

그가 내게 준 손 편지 중 잊지 못하는 대목이었다. 그의 유일한 핸디캡이었던 삐뚤거리는 글씨마저도 감동이었다. 2020년이라는 시간적 배경은 내게 너무 썼지만 깊은 향이 나는 에스프레소 더블 샷이다.

"아저씨에게 90년대는 어떤 의미인가요?"

"오 작가에게 2020년대와 마찬가지겠지. 너무 무책임한 대답이었나. 하하하"

30년을 사이에 두고 세대 간의 차이에 대해 말을 하고 싶었는데 아저씨의 답은 의외로 단순했다.

"제게 2020년은 현재인데. 그럼, 아저씨에게 90년대가 현실이라는 말씀은 아닌 거죠?"

"하하하 말이 그렇게 되네. 현실처럼 생생하다고 해야 맞겠군. 시간은 세상에서 가장 공평한 것 같아. 누구에게나 똑같이 부여되지. 하지만 시간이 자신을 어디로 데려가길 원하느냐고 묻는다면 나는 1992년 가을을 택할 것이고 오 작가는 2020년대 어느 날을 소환하겠지. 답변이 되었는지 모르겠네. 심오하게 생각해 본 적이 없어서……."

나는 아저씨 말에 고개를 끄덕여 동감을 표했다.

"이어지는 세대 간 대화 한 곡 더 들어보겠습니다. 이달의 소녀 츄가 부릅니다. '일과 이분의 일' 들어보겠습니다. 이 노래를 듣는 부모 자녀분들, 1588-****번이나 앱으로 사연 올려 주세요."

라디오에서는 설 특집 기획으로 세대 간의 소통을 주제로 하는 것 같았다.

"오~우 이렇게 부르니까 전혀 다른 노랜데 내 취향에는 이게 좋네."

아저씨는 라디오에서 나오는 노래에 큰 관심을 보이며 말했다.

"아저씨, 이 노래 원곡 아세요?"

"그럼, 1994년 그해는 무척 더운 여름이었어. 여름 내내 TV나 라디오를 틀면 이 노래가 나왔었지. 혼성 듀엣이 많았지만 조금 색다른 매력이 있었지."

나는 아저씨의 말을 듣고 유튜브에 검색해 보았다. 마르고 키가 큰 곱상한 남자 보컬의 예쁜 고음과 까무잡잡한 피부에 작고 앙증맞은 여자의 무표정한 춤이 어색하면서도 나름 잘 어울렸다.

"아저씨는 이 노래가 나올 때 어떤 모습이셨어요?"

"그때? 은행 일에 미쳐서 매일 야근하느라 정신없었어. 일에 파묻혀 살아서인지 특별히 기억나는 일이 없었던 거 같아. 그리고 … 아니다."

아저씨는 뭔가를 말하려다 서둘러 시선을 돌렸다. 떠오르는 기억이 있는데 유쾌한 기억이 아니라는 걸 난 눈치 챌 수 있었다.

"그때 아저씨는 여자 친구 없으셨어요?"

"연애할 시간이 없었다고 말하면 핑계겠지. 없었어. 그해는 사건 사고가 많은 해였어. 성수대교가 무너져 등교하던 학생들이 여럿 죽었고 지존파라는 무시무시한 살인마들이 연쇄 살인을 저질러 세상을 떠들썩하게 했고 그 해 배꼽티랑 미니스커트가 유행했는데……."

"아저씨는 기억력이 좋으신 것 같아요."

"내가 다른 사람과 다른 기억력을 가지고 있어. 뭐든 잘 기억해. 외우려고 외우는 것은 아니고 그냥 습관적으로 잘 기억하는 편이야."

"좋으시겠다. 제게도 그런 재주가 있었으면 좋겠어요. 그럼, 임용고시도 떨어지지 않았을 텐데……."

"좋은 것만은 아니야. 때론 잊지 못하는 내가 싫을 때가 더 많아."

"예를 들면요?"

"실연의 아픔, 뭐 그런 거 있잖아."

"아저씨도 그런 아픔이 있으셨어요?"

"그런 아픔 하나쯤 없다면 그 인생은 멋이 없는 삶일 거야. 부모님께 여쭤봐. 물론 제대로 답해주실지 모르겠지만. 다들 추억 팔이 하면서 오늘을 사는 나이가 된 것 같아."

"오 작가는 아픔을 주는 가해자 쪽이 아닌가?"

"아니에요. 아저씨도 참, 저도 순정을 아는 여자랍니다. 호호호."

"순정, 요즘도 순정이라는 말을 써? 우리 때 언어인 줄 알았는데…"

"요즘 쓰는 말은 아닌 것 같기는 해요. 우리 아빠가 술만 드시면 '사나이 순정'에 대해 말하시곤 했죠."

"어버님 연세가 어떻게 되셔?"

"아저씨랑 동갑이세요. 생일은 아저씨가 빠르시고"

"오 작가가 내 나이를 어떻게 알지?"

"아저씨를 포함해서 우리 직원 이력서를 제가 관리하는 거 모르셨어요?"

"아~아, 그렇군. 하하하"

오전 내내 찌뿌둥한 날씨에 눈 예보가 있었는데 눈이 내리기 시작했다. 눈과 함께 세찬 바람도 함께 했다. 텅 빈산에 내리는 눈은 고립을 의미한다. 아저씨는 장비를 챙겨서 등산로로 향했다. 이런 날 산에 오르는 사람들이 꼭 한두 명씩 있다. 지정된 등산로가 아닌 곳으로 올라와 길을 잃어버리면 사고로 이어질 수 있다. 아저씨는 바람에 날릴지 모르는 '입산 금지' 입간판을 고정하고 산으로 향했다. 등산로 중간에 유입될 수 있는 곳은 특히 점검이 필요했다. 정월 초하루인 오늘만큼은 아무도 없기를 바라는 마음이었다. 텅 빈 사무실에 다시 적막이 흘렀다. 라디오가 주파수를 찾다 포기한 것일까 잡음만 토해냈다. 나는 라디오를 끄고 에어팟으로 '겨울 노래 모음'이란 키워드로 검색하여 노래를 들었다. 뽀얀 입김을 불어 유리창에 그의 이름을 써보았다. P가 아닌 그리운 그 이름을…….

시도 때도 없이 떠오르는 그의 이름.

'얼마나 많은 시간이 필요한 것일까. 시간이 갈수록 기억은 또렷해지기만 하는데'

갑자기 눈물이 뺨을 타고 흘렀다. 비운의 여주인공처럼.

한 시간 반이 지났을까. 눈사람이 된 아저씨가 사무실 앞에서 눈으로 덮인 옷과 모자의 눈을 털고 있었다. 나는 난로 위에서 끓고 있는 물로 커피를 탔다. 아저씨가 들어오자, 아저씨에게 커피 잔을 내밀었다.

"추우시죠? 따뜻한 커피 한 잔 하세요."

"고마워."

"등산로는 어때요?"

"어~어, 발자국이 없는 것으로 봐선 등산객은 없는 것 같은데 모르지 뭐. 할 수 있는 것은 다 했으니……."

"수고 많으셨어요."

"커피가 맛있네."

아저씨는 뜨거웠는지 연신 불며 커피를 마셨다. 커피를 좋아하지 않는 아저씨가 맛있게 드시는 걸 보니 기분이 좋았다. 언제나 상대를 배려하는 그의 마음이 커피 한 잔에도 나타났다.

"오 작가, 우리 소주 한 잔 할까? 음복은 해야지."

술을 전혀 못 마시는 줄 알았던 아저씨의 제안에 나는 의외라고 생각했지만, 흔쾌히 답했다.

"좋죠. 밖에 눈도 오고 술맛 날 것 같아요."

"잠깐 기다려 봐. 안줏거리 좀 마련해 올게."

"제가 도와드릴게요."

"아니야. 오늘은 오 작가가 손님이고 설 준비로 힘들었을 테니, 오늘은 내게 맡겨."

"죄송해서…"

주방에서 도마를 두드리는 칼 소리가 경쾌하게 들렸다. 잠깐이라고 생각했는데 아저씨의 손에는 두부김치랑 맑은 계란국이 담긴 차반이 들려 있었다.

"자, 맛은 보장 못하지만, 비주얼은 괜찮지?"

"훌륭해요. 맛있겠다."

뽀송한 두부에서 흰 김이 모락모락 피어났고 돼지고기 기름에 볶은

김치는 새콤달콤한 냄새를 풍겼다. 국수를 먹은 지 얼마 안 되었는데, 입안에 군침이 돌았다.

"자, 한 잔 받아. 새해 복 많이 받고 올해 소원하는 거 다 이루길 바래."

"감사해요. 아저씨도 복 많이 받으시고 건강하세요."

"건배"

차디찬 소주가 식도를 타고 위장으로 내렸다. 짜릿함이 전해져 기분이 좋았다.

"아저씨, 술 드시는 거 처음 보는 거 같은데……."

"맞아, 은행 다닐 때 너무 마셔서 자제하는 중이었어. 하지만 오늘은 술이 땡기는구만."

"두부는 직접 만드신 거예요? 두부가 고소해요."

"지난 오일장에서 사 온 거야. 마트에서 산거랑 다르지?"

"네, 맛있어요."

아저씨의 빈 술잔에 술을 따랐다. 아저씨는 서둘러 두 손으로 술을 받았다.

"뭐예요. 한 손으로 편하게 받으세요."

"접대하던 버릇이 남아서. 이게 쉽게 안 고쳐지네. 하하하"

"편하게 하세요."

"오 작가는 술이 센 편이지? 술을 마실 줄 아는 것 같아"

"삶의 굴곡에 소주만한 친구가 있을까요"

"젊은 아가씨가 무슨 삶의 굴곡이, 가당치도 않은 것 같은데……."

"죄송해요. 제가 아저씨 앞에서 못하는 소리가 없네요."

"아니야, 생각해 보면 삶의 굴곡이 나이가 많고 적음을 가르는 건 아니잖아. 대하는 마음가짐의 차이가 아닐까. 삶의 일부로 바라보라고 말하면 꼰대가 되는 건가?"

"아니에요. 너무나 사랑했던 사람이 있었는데 헤어졌어요."

"많이 좋아했나봐."

"아프지만 내 인생의 일부라고 생각해요. 감미로울 때도 있긴 해요."

"예를 들면"

"그 사람이 들려준 글이라든지 그날의 분위기가 그래요."

아저씨는 말 대신 고개를 끄덕이며 동감의 표시를 했다.

"헤어진 지 얼마나 된 거야?"

"1년이 조금 지났어요."

"1년이라 아직 좀 더 아파야겠군. 그를 원망하는 단곈가?"

나는 쉽게 답을 찾지 못했다.

"시간이 약이라는 말은 너무 무책임한 얘기고, 다른 사람으로 그 사람이 잊혀질 거야. 그 사람에 대한 그리움도 있겠지만 그를 사랑했던 자신에 대한 연민도 무시 못할 이유잖아. 사랑할 때가 제일 행복한 시간이었다는 것을 느끼게 되면서 그를 대신할 사람을 찾을 것이고. 그럼, 그 사람이 아픈 사랑을 잊게 해 줄거야."

"아저씨 말씀이 맞는 것 같아요. 하지만 너무 빨리 잊는 것도 싫어요. 돌이켜 보면 그 설레던 시절을 오래 간직하고 싶어요."

"오 작가에게 지금 필요한 건 사랑할 수 있는 마음일 거야. 결과론이지만 만날 사람은 반드시 만나게 되어 있어. 그 사람이 짠하며 저 문을 열고 오 작가에게로 다가올지 모르는 일이야. 어쩌면 아주 가까이 있을지도 모르지."

"과연 그럴까요?"

아저씨는 소주를 맛있게 들이켰다. 술은 아저씨가 마셨는데 '카아' 하는 감탄사는 내가 내고 싶었다. 라디오에서 나오는 노래를 들으며 서로 다른 상념에 빠져들었다. 빈 소주병 대신 새 소주가 그 자리를 채웠다. 비록 음력이긴 하지만 헌 해와 새해가 바뀌는 지금처럼 말이다.

아저씨가 유튜브에서 검색한 노래를 들려주었다.

♬ 언젠가
마주칠 거란 생각은 했어.
한눈에 그냥 알아보았어. 변한 것 같아도
변한 게 없는 너

가끔 서운하니
예전 그 마음 사라졌던 게
예전 뜨겁던 약속 버린 게 무색해진대도

자연스러운 일이야 그만 미안해하자

다 지난 일인데
누가 누굴 아프게 했던
가끔 속절없이 날 울린
그 노래로 남은 너

잠신 걸 믿었어.
잠 못 이뤄 뒤척일 때도
어느덧 내 손을 잡아 줄 좋은 사람 생기더라.
사랑이 다른 사랑으로 잊혀지네.

.

.

.

– 하림 '사랑으로 다른 사랑이 잊혀지네' 중에서

내 마음을 알아주는 것 같은 가사의 노래였다. 혹시 스칠지 모르는 그를 위해 나는 무엇을 해야 하나. 바보처럼 울기만 한다고 돌아올 사랑이 아니라는 걸 알면서 기적 같은 걸 바란 것일까. 그와의 이별이 실감 나지 않을 때가 있다.

"아픔은 그 사람과의 과거이고 새로 다가올 사랑을 위해 건배"

나를 위해 애쓰는 아저씨에게 고마움을 표했다.

"오 작가 힘내. 이런 말을 하는 나도 30년째 헤매고 있는 걸. 문신처럼 내 몸에 새겨진 상처가 사라지지 않더군. 나잇값 못하는군. 쓸데없는 소리를 했어. 내가 취했나. 왜 이렇게 횡설수설하지."

"아니에요. 문신처럼 새겨졌다는 표현이 와 닿는데요."

"그거 노래 가사에 있는 것야. 잘못 쓰면 표절에 걸리니까 조심해야 해."

"호호호, 표절이요? 이 대목에서 그 말이 왜 이렇게 웃기죠?"

"하하하"

소주의 힘일까. 어떤 얘기를 해도 흉이 되지 않을 것 같았다. 눈은 어느새 소복이 쌓였다. 하얀 것이 지배하는 세상이 눈앞에 펼쳐졌다. 깨끗한 세상에 걸맞게 술상을 치우려 했으나 아저씨에게 빼앗기고 말았다. 아저씨는 내가 아는 사람 중 가장 깔끔한 사람이었다. 혼자 사는 사람이라고 믿기 힘들 만큼 깔끔한 옷차림과 특히 깨끗한 손이 인상적이었다. 부지런함이 몸에 배어 있는 분이었다. 정리 정돈이 취미라는 아저씨의 말을 안 믿었는데 이제는 믿기로 했다. 하지만 깔끔함을 다른 사람에게 강요하지 않았다. 아저씨는 자신의 노트북을 켜고 뭔가를 정리하는 것 같았다. 한가할 때마다 아저씨는 능숙한 솜씨로 문서를 정리하곤 했다.

"아저씨, 뭐 하세요?"

내가 물으면 웃음으로 답했다.

"아무것도 아니야."

평소와 다름없이 문서를 편집하고 포토샵으로 사진 편집까지 아마추어치고는 능숙한 솜씨였다.

"아저씨, 포토샵은 언제 배우신 거예요?"

"배우긴, 그냥 독학으로 깨우친 수준인 걸."

편집 기술을 따로 배운 내 눈에는 보통 이상의 솜씨라는 걸 알아차릴 수 있었다.

내 눈은 창밖으로 향하고 눈은 바람에 나부껴 하늘로 향하는 것처럼 보였다. 내리기가 무섭게 녹던 눈이 쌓이기 시작했다. 아저씨는 넉가래를 들고 밖으로 나가 입구부터 눈을 치우기 시작하였다. 길이 나고 양쪽으로 성을 쌓는 것 같았다. 능숙한 솜씨로 눈을 치워 나갔다. 하지만 치워진 자리에 다시 눈이 쌓였다. 몇 번을 반복하더니 아저씨는 숨을 몰아쉬며 안으로 들어왔다.

"오 작가 집에 어떻게 가지?"

"글쎄요. 눈이 좀 그치면 동생에게 데리러 오라고 하면 돼요."

"그쳐야 할 텐데."

눈은 쉽게 그칠 것 같지 않았다. 동생 은석이에게 전화했다.

"눈이 와서 내 차로는 못 갈 것 같아. 아빠 차로 나 데리고 가면 안 될까?"

"눈이 너무 와서 움직이지 못해. 지금 바쁘니까 나중에 전화해."

녀석은 서둘러 전화를 끊었다. 아저씨가 밖으로 나가 주위를 살피더니 전화로 콜택시를 불렀다. 잠시 후 택시 기사에게서 눈이 너무 와서 올 수 없다는 메시지가 되돌아왔다.

"오 작가, 택시도 못 온대. 오늘 내 방에서 자고 내일 가야겠는데."

"일단 눈이 그치면 동생에게 다시 전화해 볼게요. 저 때문에 불편하신 거 아니에요?"

아저씨는 걱정스럽게 눈 오는 창밖을 물끄러미 바라보며 말했다.

"괜찮아. 부모님 걱정하실 테니 전화 드려"

아저씨는 미소로 나를 안심시키고 다시 밖으로 나가 눈을 치웠다. 치운다고 다 치워지지 않겠지만, 더 쌓인다면 고립될 수 있다고 느꼈다. 나도 넉가래를 들고 아저씨를 따라 눈 속에 작은 길을 그렸다. 작은 길이 점차 커지더니 큰 길이 생겼다. 몇 개의 큰 길이 반복해서 생기더니 땀이 났다. 어린 시절로 되돌아가는 것 같았다. 눈만 보면 강아지처럼 뛰어놀던 그때로 말이다. 얼추 치워진 눈들을 쌓은 하얀 성들이 여럿 생겨났다.

"오 작가, 그만 해도 되겠어."

"네, 오랜만에 눈이랑 노니까 신나는데요."

"나도 간만에 동심으로 돌아간 기분이야."

아저씨는 등산 장비를 챙기더니 다시 산으로 향했다. 등산로 점검은 핑계고 나에게 편하게 씻으라는 일종의 신호 같았다. 나는 더운물로 씻고 화장도 고쳤다. 어두워야 할 사계가 환했다. 눈이 빛을 내는 등처럼 비추는 것 같았다. 집에 전화했더니 엄마가 받았다.

"엄마, 나 집에 못 갈 것 같아. 눈이 너무 쌓여서……."

"알았어. 밥은?"

"알아서 먹을게. 걱정 마쇼"

한참이 흘러 아저씨는 흰 눈을 뒤집어쓴 설인이 된 채로 나타나 웃옷을 벗어 눈을 털었다. 웃옷을 벗은 몸에서는 김이 모락모락 피어났다. 흠뻑 땀에 젖은 채 사무실로 들어온 아저씨는 웃으며 입을 열었다.

"산에는 눈이 더 왔어. 다녀간 발자국이 없는 걸 보니 안심해도 될 것 같아."

"수고하셨어요."

"저녁 먹어야지. 어제 먹다 남은 동태찌개 있을거야 데워 올게."

"저도 도울게요."

"아니야. 결혼하면 지겹게 할 일을 왜 미리부터 해. 쉬어"

아저씨는 주방으로 들어가 끓이고 볶고 무쳐서 한 상 차려냈다. 가지볶음과 취나물 더덕구이와 동태찌개가 색과 영양에서 조화를 이루었다.

"입맛에 맞을 지 모르겠어. 찬이 없어도 많이 먹어"

"어쩜, 맛있겠어요."

아저씨는 하얀 이를 보이며 웃었는데 왠지 웃는 모습이 그와 닮았다고 생각했다.

'왜 아저씨에게서 그가 보이는 것일까.'

동태찌개는 내장을 아무리 잘 씻어내도 쓴맛이 나기 마련인데 전혀 쓴맛이 나지 않았다. 조금 싱겁게 느껴졌지만 먹을수록 깊은 맛이 났다.

"동태찌개 너무 맛있어요. 비결이 뭐예요?"

"글쎄? 비결 같은 것은 없고 월동 무가 맛있어서 그럴 거야."

"아저씨, 설인데 댁에는 안 가셔도 돼요? 가족들이 기다리실 거 같은데."

내 질문에 아저씨는 한참 후에 답을 했다.

"오 작가, 몰랐어? 나 아직 미혼이야."

"죄송해요. 몰랐어요."

"괜찮아. 얘기를 안 했으니 오 작가가 알 수 없지."

아저씨는 주방으로 가서 낮에 마시다 남은 소주와 잔을 들고 왔다.

"오 작가 반주 한 잔 할래?"

"좋죠."

아저씨는 내 잔에 술을 따르고 자신의 잔에도 마저 따랐다. 소주 한 잔과 가지볶음이 참 잘 어울리는 조합이라고 아저씨가 말해주었다.

"오 작가, 요즘 글은?"

"써야 한다는 강박만 있지 잘 안되네요. 절필한 지 1년 넘었어요."

"글 쓰는 걸 포기한 것은 아니지?"

"네, 그냥 슬럼프라고 해두죠"

"슬럼프 없는 사람이 누가 있겠어. 인정하느냐, 인정하지 않느냐에 있다고 생각해. 오히려 사색과 관조의 시간을 가지면 새로운 힘이 생겨나지 않을까. 미안, 작가 앞에서 아는 척을 했네."

"아니에요. 아저씨 말씀이 옳아요. 긴 슬럼프에 빠져 헤어 나오지 못하고 있어요."

소주를 한 모금했는데 쓴맛이 올라와 미간을 찌푸렸다.

"이유를 물어봐도 돼?"

아저씨는 내 눈치를 살피며 조심스럽게 물었다.

"제 글을 좋아하는 사람이 있었어요. 그에게 잘 보이고 싶었어요. 그를 생각하면 밝은 언어가 저절로 시가 되고 이야기가 되었는데 그가 저를 떠난 다음부터는 아프고 절망스러운 언어가 제 뇌를 지배하고 있어요. 너무 아파서 꺼낼 수가 없어요. 어린 저에게 왜 이런 아픔을 주는 건지 하느님이 원망스러워요."

아저씨는 진지한 표정으로 내 얘기를 들었다. 어떤 얘기를 해도 다 들어줄 것 같은 표정이었기에 내 속마음을 다 털어놓았다. 친구에게도 하지 못했던 내밀한 얘기도 술술 나왔다.

삼류 연애소설의 여주인공이라고 폄훼할지 모르지만, 아저씨는 그럴 사람이 아니라는 확신 같은 것이 느껴졌다.

"오 작가, 그런데 혹시 그 사람 사랑한 것을 후회해?"

"아니요. 아름다운 추억이 많기에 후회하지 않아요. 추억이 알알이 맺혀 사진첩처럼 이 가슴에 있어요."

"그럼 아름다운 추억을 꺼내 하루에 한 편씩 글을 쓰는 거야. 만날 사람은 만나게 된다고 하잖아. 다시 만날 그날을 위해 글을 쓴다고 생각하면 좋은 글 쓸 수 있을 거야."

아저씨의 뜻밖의 말에 가슴이 뛰었다. 아프다고 숨기기만 했던 나를 돌아보았다.

"사실 그를 만날 때 썼던 글이 있었어요. 일기처럼 그를 만나며 느낀 감정들이 고스란히 담긴 글이에요."

내 눈은 이미 촉촉이 젖어 있었다.

"최근에 꺼내본 적 있어?"

"그가 그리운데 눈물이 나지 않을 때 꺼내보곤 해요."

아저씨는 난로처럼 따스한 미소로 내 얘기를 들어주었다.

"오 작가, 그 사람과 헤어지고 난 후 들었던 노래 중에 생각하는 노래가 있다면…"

"아저씨가 아실지 모르겠는데, 넬이 부른 노래인데"

"기억을 걷는 시간?"

"어머, 아저씨도 그 노래 아세요?"

"오 작가, 나를 트로트나 듣는 늙은이로 본 거야? 서운한 걸"

"호호호 죄송해요."

아저씨는 핸드폰 음원 사이트에서 노래를 검색하더니 틀어 주었다.

♬ 아직도 너의 소리를 듣고
아직도 너의 손길을 느껴
오늘도 난 너의 흔적 안에 살았죠.
아직도 너의 모습이 보여
아직도 너의 온기를 느껴
오늘도 난 너의 시간 안에 살았죠.
길을 지나는 어떤 낯선 이의 모습 속에도
바람을 타고 쓸쓸히 춤추는 낙엽 위에도
.
.
.

한없이 나를 울리던 노래라서 수도 없이 들었는데 리듬에 울었던 과거와 달리 오늘은 애잔한 가사에 눈물이 번졌다. 아저씨도 옛 사연이 생각나는지 상념에 젖어 노래를 조용히 듣다가 소주를 마셨다. 나도 아저씨를 따라 마셨다. 소주가 온몸을 타고 돌아 심장에서 부서질 것만 같았던 과거의 한 자락이 떠올랐다.

몇 년 전 4월, 여의도 윤중로에서 벚꽃 축제가 있던 날이었다. 가로

등에 비친 벚꽃은 너무나 낭만적이었다. P와 팔짱을 낀 채 하염없이 길을 따라 걸었다.

♬ 봄바람 휘날리며
흩날리는 벚꽃 잎이 울려 퍼질 이 거리를
우우 둘이 걸어요.

벚꽃 캐롤이라 불리는 이 노래가 지겨울 만도 한데 없으면 서운한 것 같다. 거리에는 수많은 사람 물결에 가다 서기를 반복했지만 나는 그런 더딤이 오히려 좋았다. 내 눈에는 그 사람만 보였다. 그는 옆모습만 보여주었을 뿐인데 나는 가슴이 마구 뛰었다. 처음 본 그의 옆모습은 참으로 근사했다. 오똑한 콧날, 잔뜩 날이 선 턱, 깊이를 알 수 없는 눈 그리고 긴 속눈썹까지 애간장을 녹이기에 충분했다. 따뜻한 그의 입김이 내게 전해져 조금은 싸늘했던 그날의 밤공기를 녹여주었다.

"오빠, 우리 솜사탕 먹을까?"

"우리 아현이, 솜사탕 먹고 싶구나. 잠깐 기다려 내가 사 올게."

언제나 '우리 아현이'라고 말해주는 그의 뒷모습에서 어찌 눈을 뗄 수 있을까. 미소 지으며 내게로 다가오는 그를 향해 나는 손을 흔들어 주었다. 그는 솜사탕을 조금씩 먹기 좋게 뜯어서 내 입에 넣어주었다. 달콤하다는 말보다 더 근사한 말을 머릿속으로 검색했지만, 더 아름다운 표현을 찾지 못했다.

'난 시인이 되기에 아직 멀었나 봐'

나도 솜사탕을 뜯어 그의 입에 넣어주었다.

"달콤해, 너의 입술처럼…"

그의 말은 시 그 자체였다.

"오빠, 달콤하다는 말보다 더 적당한 단어를 찾고 있었어. 그런데 안 떠올라"

그는 미소로 나에게 대답했다.

"아현이의 예쁜 표정이 답인걸."

그는 과묵하지만 따뜻한 사람이었다. 나뿐만 아니라 모든 사람에게 친절과 배려하는 마음으로 대했다. 겸손이 몸에 밴 사람이었다. 대답할 때는 언제나 미소와 함께했고 행동으로 표현하였다. '꽃이 참 예쁘다'라고 생각하면 그 꽃은 이미 내 손에 있었고, 내가 먹고 싶은 음식은 이미 그가 주문한 뒤였다. 여느 연인처럼 사랑다툼도 하고 싶은데 좀처럼 싸울 수가 없었다. 싸움이 보통 말로써 시작되는데 우리는 눈으로, 손길로 말했기에……. 그리고 자존심 때문에 다툰다고 하는데 늘 내 자존심을 세워 주는 그였기에 아무런 문제가 되지 않았다. 그를 보기만 해도 시간은 저만치 앞질러 갔다. 어둠이 내릴수록 사람들의 물결은 끝이 없었다. 그냥 그 길을 걷고 또 걸어서 땅끝까지 가고 싶었다.

"아저씨도 아픈 사연이 있다고 하셨죠? 아저씨 때에는 어떤 노래가 아픔을 달래주었나요?"

"달래준 것은 모르겠고, 후벼 파던 노래는 기억나는군."

아저씨는 핸드폰에서 검색하더니 들려주었다.

♬ 남들도 모르게 서성이다 울었지
지나온 일들이 가슴에 사무쳐
텅 빈 하늘 밑 불빛들 켜져 가면
옛사랑 그 이름 아껴 불러보네
찬바람 불어와 옷깃을 여미우다
후회가 또 화가 난 눈물이 흐르네.
누가 물어도 아플 것 같지 않던
지나온 내 모습 모두 거짓인가
이제 그리운 것은 그리운대로
내 맘에 둘 거야
그대 생각이 나면 생각 난대로
내 버려두듯이

·

·

- 1991년 이문세 7집 옛사랑 중에서

"저, 이 노래 알아요. 아빠가 술 드시면 가끔 부르는 노래에요. 아픔을 있는 그대로 간직하겠다는 가사가 우리 정서와는 다른 거 같아요.

참 근사한 노래를 아빠가 망쳐놓았네요."

"어떻게, 대답이 된 거 같은데……."

"아~아 아저씨도 사연이 있으시군요."

"맞아, 아프지만 아련한 기억이 하나 있긴 해. 딱 아름다운 만큼만…"

"아저씨 얘기 좀 해주세요."

"내 얘기는 재미가 없어. 들으면 실망할 텐데"

취향에 맞춰 다음 노래를 핸드폰은 들려주었다. 이별을 대하는 우리의 자세라는 주제로 선곡 해주는 것 같았다. 알고리즘의 끝은 어디까지일까. AI가 주선 해주는 사람을 만나 연애하는 미래에는 이별이 없으려나. 밤은 깊어 가고 눈은 그쳤지만 바람은 거세졌다. 창밖은 바람 소리가 지배한다면 창 안은 발라드가 지배하는 소행성 같았다. 소주는 마셨는데 취하지는 않고 더 깊은 상념이 찾아왔다. 아저씨는 거대하게 부푼 계란찜을 안주로 내놓았다.

"아저씨, 코스요리 안 시켰는데요."

"이건 주방장 서비스입니다. 하하하"

"호호호"

"졸리면 언제든지 들어가서 자. 신경 쓰지 말고."

"네, 오늘은 아무리 마셔도 취하지 않을 것 같아요."

보면 볼수록 아저씨에게서 그가 보였다. 뭐라 형용할 수 없지만 느낌으로 두 사람이 평행이론의 산물일지 모른다는 상상을 하니 웃음이 나왔다. 나는 아저씨에게 그와의 사랑과 이별을 얘기했다. 이야기하는 동안만큼은 그와 함께 있는 것 같아 기분이 좋아졌다. 아저씨는 하나도 빠트리지 않고 내 얘기를 들어주었다. 그리고 아무 말도 하지 않았다.

"아저씨에게 털어놓으니 답답함이 사라지는 것 같아요."

"잠시겠지만 시원했다면 다행이야. 그 사람이 보고 싶으면 마음으로 한 번 그려봐."

아저씨의 말대로 그를 그려보았다. 점으로 이어 윤곽을 잡고 뚜렷한 이목구비에 명암을 넣어 수려한 그의 얼굴을 완성하고 나니 눈물이 뺨을 타고 흘렀다. 아저씨는 못 본 척 소주를 마시며 시선을 피해주었다.

"아저씨, 제 얘기 들어주셔서 감사해요."

"오 작가, 그가 보고 싶으면 언제든지 내게 말해. 말하는 동안 내가 그 사람 대역해 줄게."

"네, 아저씨. 오늘 아저씨가 해주신 말씀 깊이 간직할게요."

"그래, 30년쯤 후에 사랑을 묻는 후배에게 오 작가는 무슨 말을 해줄까 궁금해."

"글쎄요. 그때도 애틋한 사랑이 남아 있다면 이런 말을 해줄 것 같아요. 사랑을 대신할 수 있는 것 없어. 두려워하지 말고 다시 시작해."

아저씨는 내 말에 박수로 화답했다. 나는 아저씨가 미혼이라는 사실에 많이 놀랐다. 아저씨 혼자만 이곳으로 주소를 이전했다고 생각했다. 남은 가족은 서울에 있는 줄 알았다. 다시 생각해 보니 이력서에 가족란이 비어 있었다. 기재의 의무가 있는 것은 아니었기에 대수롭지 않게 생각했다.

'이렇게 스윗한 분을 혼자 내 버려두다니.'

나는 아저씨가 묵고 있던 작은 방으로 갔다. 미리 이불을 깔아놓아서 따뜻했다. 창고로 썼던 곳이라고 믿기 힘든 아득함이 아저씨를 닮은 것 같았다. 남자 혼자 지내는 방에선 홀아비 냄새가 난다고 들었는데 전혀 느끼지 못했다. 포근함에 잠이 밀려왔다. 오늘 같은 밤이면 꿈속에 그가 다녀갔으면 좋겠다고 생각했다.

別離 별리

Though we've a got to say good-bye, For the summer
Darling, I'll promise you this I'll send you all my love
Every day in a letter, Sealed with a kiss
Yes, it's gonna be a cold, Lonely summer
But I feel the emptiness, I'll send you all my dreams
Every day in a letter, Sealed with a kiss
I'll see you, in the sunlight. I'll hear your voice everywhere,
I'll run to tenderly hold you. but darling, you won't be there.
I don't wanna say goodbye For the summer
Knowing the love we'll miss, Let us make a pledge
To meet in september And seal it with a kiss
Yes, it's gonna be a cold Lonely summer.
But I feel the emptiness, (well.) I'll send you all my love
Every day in a letter, Sealed with a kiss.

Sealed with a kiss

– 1962. 'sealed with a kiss' song by Brian Hyland

설 아침, 까치와 까마귀들의 영역 다툼이 한창이었다. 사람으로 치면 패싸움이라고 해야 할 것이다. 서너 마리씩 짝을 지어 치열한 전투가 벌어지고 있었다. 누가 이길까. 덩치로 봐서 까마귀들이 이길 줄 알았는데, 의외로 까치들의 집요한 공격에 까마귀들이 줄행랑을 치는 모습을 물끄러미 바라보았다.

"까~~악"

외마디를 남기고 달아나는 까마귀의 날갯짓이 애처로워 보였다.

'뭐든 간절한 놈들이 살아남는군.'

사소한 것에 관심을 가질 만큼 한가했다. 향이 좋은 국화차 한 잔과 내가 듣고 싶은 노래 그리고 오랜만에 맛보는 고독이 감미로웠다. 훼방꾼이 없기를 바라며 고즈넉한 창밖 풍경을 감상하였다. 눈발이 바람에 날리고 있었다. 예년에 비해 눈이 많은 겨울로 기억될 것이다. 작년에는 산 정상에나 가야 겨우 눈을 볼 수 있었다. 남쪽 지방이라서 그런지 쌓인 눈을 구경하기란 쉽지 않았다. 이곳에 와서 실감하게 되었는데 서울은 참 추운 곳이다. 여의도지점에 있을 때 대방 전철역에서 내려 KBS 별관 앞을 지날 때 눈물 콧물 다 빼놓던 삭풍의 위력이 지금도 생생하다. 등유 난로가 밥 달라고 보채는 소리가 조금은 신경질적으로 들리는 것은 나만 여유로운 걸 시기 질투하는 것 같았다. 허기진 난로에 백등유를 주자 다시 평온을 되찾았다. 평온을 깨지 않는 것이 또 하나 있었다. 울리지 않는 핸드폰이다. 내가 먼저 새해 인사를 하면 답장이 오는데 나도 오기가 생겨 문자 한 통 보내지 않았더니 핸드폰은 꿀 먹은 벙어리다. 연휴가 아니었다면 보험권유 전화라도 한 통 받았을 텐데. 아니면 카드론 대출 전화라도 말이다. AI가 발전하면 내게 가끔 전화해서 안부를 물어봐 주는 콘텐츠가 나왔으면 좋겠다. 외롭다는 말보다 공허하다는 말을 자주 썼다. 다른 이유는 없다. 좀 더 유식하게 보이고 싶기 때문이다. 그리고 외로움의 실체나 대상에 대해 정확히 알지 못하기 때문일 것이다. 나에게 외로움은 추상적인 의미라고 생각했다. 17살부터 혼자 살기 시작한 것이 올해로 40년이 되었다. 첫 연인이었던 성애를 만나기 전까지는 그냥 하루를 견디면 된다고 생각했다. 배고플 때 찬밥 한 덩이라도 있으면 좋았고 빨랫줄에 내일 입고 갈 와이셔츠가 널려 있으면 한없이 풍요로웠다. 겨울이면 연탄 보관 창고에 가득찬 연탄을 보면 갑부가 된 것 같았다. 좋아하는 사람을 만나고부터 외롭다는 구체적인 감정을 알게 되었다. 보고 싶은 마음이 그리움이 되고 그리움이 병이 되면 깊은 외로움으로 연결되었다. 하지만 부정하고 싶었다.

'나는 아무렇지도 않아. 외롭지도 고독하지도 않아. 집도 사야하고 저축도 해야 해.'

하지만 밀려오는 허무에 팔다리의 힘이 빠져 서 있기조차 힘들었다. 어릴 때 먹지 못해 생겼던 버짐이 새로 생기기 시작했다. 라면이 주식이고 식은 밥이 부식이었다. 과일은 사 먹을 엄두가 나지 않았다. 고등학생 때는 도시락을 싸야 했기에 이것저것 반찬을 만들었는데 은행원이 된 후에는 점심 한 끼만 제대로 먹을 뿐 나머지는 대충 때웠다. 그나마 회식 때 먹는 삼겹살이 내 뼈와 근육을 유지하는 중요한 영양소가 되었다. 먹는 것은 대충 넘겼지만, 입는 것은 신경을 많이 썼다. 업무 특성상 늘 흰 와이셔츠를 입어야 했기에 세탁과 다림질에 많은 시간을 썼다. 다른 사람에게 꼬질꼬질한 모습을 보이기 싫었고 누구도 내가 고아라는 사실을 몰라야 했다. 동정 받는 것은 죽기보다 싫었다. 그래서 언제나 깔끔함이 몸에 배었다. 지금도 스트레스를 받으면 청소하는 습관을 버리지 못했다. 방바닥이 닳아서 구멍이 날 때까지 미친 듯이 쓸고 닦았다. 그리고 한가락의 머리카락도 용납하지 못했다. 다행히 깔끔을 남에게 강요하지는 않았다.

첫 연인이었던 성애는 이벤트를 좋아하고 다른 사람에게 나를 소개하고 싶어 했다. 그녀의 친구들은 내게 물었다.

"성애의 어떤 면이 좋으세요?"

바보 같은 질문이라고 생각했다. 나는 그들에게 반문했다.

"당신은, 부모님을 왜 사랑하시는 거죠?"

"그건 다른 얘기 아닌가요?"

"다르지 않아요. 성애를 좋아하는 건 이유가 없어요. 당신이 부모님을 사랑하듯 말이죠."

나는 성애가 듣고 싶은 말을 잘 알았다. 그리고 늘 강요당했다. 가끔 마음에 없는 말을 하게 되었고 다툼이 되는 경우가 잦았다.

"석창씨 말에 영혼이 하나도 없는 거 알아?"

"아니야. 진심이야."

"아니야. 빈말인 거 다 알아."

손이 발이 될 때까지 빌어서 겨우 성애의 마음을 돌려놓았지만 그리 오래 가지 않았다. 나는 있는 그대로 그녀의 연인이고 싶었다. 하지만 그녀는 '나를 소유하려는 것은 아닐까'하는 느낌을 받았다. 정녕 자신만을 바라보는 남자를 소유하고 있다는 것을 자랑하지 못해 안달이 난 것처럼 말이다. 나는 점점 지쳐갔다. 하지만 그녀를 향한 내 마음은 조금도 변하지 않았다.

'내 말 안 들으면 나 떠날 거야.'

협박하는 듯한 그녀의 표정에 나는 그녀를 만나는 것이 두려웠다. 홀로 된다는 것과 그녀에게 받은 스트레스의 총량을 비교해 보았다. 결론을 내리지 못했다.

'성애 씨, 사랑을 믿어봐. 나는 언제나 성애 씨 안에 있잖아.'

수백 번도 넘게 그녀에게 이 말을 해주고 싶었는데 기회를 얻지 못했다. 내 마음 깊숙이 그녀를 안고 싶은 욕망에 갇혀 나를 나 스스로 가스라이팅 하는 것은 아닌지. 어느 순간 그녀는 내게서 멀어졌고 그녀가 나보다 더 조건이 좋은 사람과 곧 약혼한다는 소문을 동기에게 듣게 되었다. 여자를 믿지 못하게 되는 계기가 되었다. 누가 차고 차이는 것이 중요한 나이였다. 그놈의 자존심이 뭔지. '먼저 이별을 말하느냐보다 누가 더 상처를 받았나'가 기준이 되는 것이 맞는 것 같다. 그렇다면 내가 차인 게 맞다. 그녀는 나와 헤어지기 전에 이미 다른 사람이 있었다. 예전 성애네 집 앞에서 봤던 그 사람이었다. 연애와 결혼을 별개로 생각하는 것 같았다. 그 누구도 만나지 않겠다고 다짐했다. 첫사랑이 내게 준 건 '양다리와 저울질' 뿐이었다. 새로운 사람을 만나는 것이 두려웠다. 나의 첫 연애는 그렇게 나쁜 기억만 남기고 말았다. 사람 만나는 것이 힘들다고 여긴 만큼 더 이상 연애는 사치라고 생각했다.

'감정의 사치는 이제 그만'

성애와 헤어진 후 흐트러진 마음을 곧추세워 예전의 나로 돌아갔다. 적금을 하나 더 들고 전세 대출금을 신청했다. 시중금리가 10%를 훨씬 넘었던 시절이었는데 은행 직원에게는 1%대 이자로 빌려주었다. 고객이 알면 난리가 날 만큼 큰 특혜였다. 드디어 홍은동 산비탈에서 벗어날 수 있었다. 연희동에 16평짜리 빌라로 이사를 했다. 혼자 살기 좋은 집이었다. 하루라도 빨리 대출금을 갚고 싶었다. 그때나 지금이나 빚지고 못사는 성격이었다. 대학 다니면서 내 씀씀이는 더 줄었다. 가끔 성애의 전화가 신경 쓰였다.

"석창 씨, 그 사람이 나를 너무 힘들게 해. 석창 씨를 버린 벌을 받고 있나 봐. 석창 씨, 우리 다시 시작할까?"

"늦었어. 나중에 통화하자."

나는 전화를 서둘러 끊었다. 뻔뻔한 그녀의 행동에 다시는 연애 따위는 안 하겠다고 다짐을 더 공고하게 했다. 며칠 안 되어서 그녀가 파혼했다는 소문이 파다하게 퍼져 나갔다. 그녀를 한껏 놀려주고 싶었다. 하지만 한때 내가 좋아했던 여인이기에 마음이 편하지 않았다.

'나 버리고 갔으면 잘 살 것이지.'

나는 천사표는 아니지만 저주를 퍼붓는 악마가 아님은 분명해 보였다. 무교동에 유명한 jazz bar를 드나들던 때였다. 그곳은 나에게 유일한 사치였다. 와인 한 잔이나 진토닉 한 잔이면 늦은 시간까지 재즈의 선율에 취할 수 있었다. 일주일에 한 번 수업이 없는 목요일, 저녁도 거른 채 어김없이 그곳에 갔다. 재즈를 즐기는 시간은 나만의 세상이었다. 그때 Ella Fitzgerald와 Louis Armstrong이 부른 summer time에 흠뻑 빠졌다. 그리고 내 생애 '최고의 디바'라고 생각하는 Billie Holiday를 알게 되었다. 그때의 감흥을 어떻게 표현해야 할까. 특히 I'm a fool to want you를 너무도 좋아했다. 빨리 진공관 앰프와 명품 스피커를 사서 그녀의 목소리를 영접하고 싶다. 하지만 현실은 아득하기만 하다. 이후 Sarah Vaughan, Clifford Brown을 알게 되었다. 좋아하는 연주자로는 Miles Davis가 있었다. 지금 돌이켜 생각해도 다시 돌아가고 싶은 순간이다. 아픔이 없던 시절이기에 말이다.

어느 봄날, 운명의 그녀를 만났다. 대학 2학년 때 학교에서 만난 사람인데 나보다 다섯 살이 어린 사람이었다. 그녀는 수강 신청을 잘못 해서 야간 교양수업을 듣게 되었다고 당당하게 밝혔다. 앳된 얼굴에 우윳빛 하얀 피부를 가진 소녀였는데, 앵글로 색슨족이라고 해도 믿을 것 같았다. 짧은 단발머리에 청재킷이 무척 잘 어울렸다. 싱그러워서 한눈에도 그녀가 신입생이라는 걸 알아차릴 수 있었다. 당돌하다고 느낄 만큼 자신의 마음을 잘 표현했다. 무엇보다 정말 귀여운 사람이었다. 당시 공전의 히트 친 영화 '귀여운 여인'에 나오는 줄리아 로버츠보다 키는 작지만 얼굴은 그녀가 훨씬 더 예뻤다. 엉뚱하지만 사랑스러운 이미지가 많이 닮았다. 지금 연예인 중에 닮은 사람이 누가 있을까. 아직 못 봤다. 그런 이미지를 가진 연예인이 나오지 않았으면 좋겠다. 나만의 기억에 남기를 바란다. 그녀를 곁눈질하는 남학생들의 시선 중 나도 예외는 아니었다. 하지만 나랑 다른 차원에 사는 사람이라고 생각했다. 부잣집 외동딸처럼 곱디곱게 자란 사람이 분명했다. 어느 날이었다. 그녀가 내게 말을 걸어왔다.

"아저씨, 저 책을 안 가져왔어요. 책 좀 같이 보면 안 될까요?"

나는 몹시 당황했다. 1991년 3월 24일, 봄볕이 따뜻해 그 온기가 저녁까지 남았던 날이었다. 시간까지 정확하게 기억난다. 7시 2분, 초까지 재는 시계가 없어 여기까지만 기억한다. 나와 불과 20Cm를 사이에 두고 나란히 앉은 그녀는 풋풋함이 물씬 풍겼다. 가는 체크무늬 남방에 남색 재킷, 청바지에 흰 운동화가 참 잘 어울렸다. 흰 양말에 파란

색 줄이 두 개였다. 내 심장박동 횟수가 1분 기준으로 123회, 나는 별걸 다 기억하는 사람이기에 누구도 이의를 제기하지 못할 것이다. 옆에 있는 그녀를 의식하지 않으려고 무진 애를 썼지만, 그날 받았던 수업 내용이 하나도 기억나지 않았다. 기억력이 남달랐던 내가 말이다. 그날 이후 나는 그녀를 의식하게 되었다.

일주일 내내 수업 시간을 기다리게 되었고 그녀를 먼발치서 보면 기분이 좋아졌다. 지금 생각해 보면 지금의 걸그룹 아이돌을 본 것과 비슷한 느낌이라고 해야 하나. 성애가 섹시한 이미지로 욕망을 자극하는 반면 그녀는 귀엽고 사랑스러워서 자꾸 눈이 가는 스타일이었다. 어깨에 살짝 닿는 단발이 참 잘 어울렸고 화장기 없는 맨얼굴이 참 예뻤다. 내 눈에는 요즘 핫한 Black Pink의 지수만큼. 내 사심이 드러나 버렸다.

"아저씨, 커피 한 잔 하세요. 저번에 책 안 가져왔을 때 보여주신 분 맞죠?"

그녀가 내게 자판기 커피 한 잔을 내밀었다. 망설이며 받으려다 그녀의 손에 내 손이 부딪히자 나도 모르게 사과했다.

"미안합니다. 고의가 아니었어요. 커피 잘 마실게요."

나는 당황해서 고개를 숙여 사과했다. 더 이상 말을 시키지 않기를 바라며 고개를 돌려 버렸다.

"혹시 예비역이세요?"

"아니, 전 면제입니다."

"그럼, 나이가?"

"26살인데요."

"동안이시네요."

예비역이냐고 물었을 때 그냥 '예'라고 대답했어야 했다. 쓸데없이 솔직한 나를 책망하고 싶었다. 그녀가 나를 띨띨한 사람으로 느꼈을 것이다. 동안이라는 말을 자주 듣는 편이긴 했다. 어색함 때문인지 아직 겨울의 여운이 남은 쌀쌀한 오후, 이마에 땀방울이 맺혔다. 그녀는 내게 가벼운 목례를 하고 자기 자리로 갔다. 그녀에게서 상큼한 과일 향이 났다. 냄새에 민감한 편인데 무슨 과일인지 알 수 없었다.

'이건 살구 향인데.'

그날 이후 비누를 살구 비누로 바꿨다. 하지만 내게는 그녀에게서 나는 향이 나지 않았다. 나는 그녀를 훔쳐보았다. 그러다 그녀와 시선이 마주치면 못 볼 것을 본 사람처럼 고개를 티나게 돌렸다. 그런 일이 자주 있었다. 그녀의 시선이 나를 향한다는 느낌을 받을 때 그녀를 쳐다보면 어김없이 눈길이 마주쳤다.

'왜 나를 쳐다보는 걸까. 혹시? 설마…. 석창아, 착각이야. 네가 모자라 보여서 쳐다보는 거라고. 정신 차리자. 권석창, 성애에게 그렇게 당했으면서.'

마음속에 자리 잡은 그녀를 애써 떨쳐 버리려 할수록 그녀는 내 마음에 조금씩 들어왔다.

'Miss 공대'

그녀의 이름을 모를 때 그녀를 그렇게 불렀다. 사실 내가 지은 것은 아니고 같은 과 동기 형님이 붙여 준 별명이었다.

"석창아, 저렇게 예쁜 여자가 공대에 있다는 걸 알았다면 나 공대 갔을 거야."

그 형님이 부르기 시작하면서 나도 '미스 공대'라고 불렀다. 그녀가 인문대였다면 그녀는 '미스 인대'였을 것이고 법대였다면 '미스 법대'라고 불렀을 것이다.

'이 얼어 죽을 기억력은 나이를 먹어도 그대로이니.'

드라마에서는 흔하디흔한 기억상실증이 현실에서는 일어나지 않음이 원망스러웠다. 어느 화창한 봄날 점심시간에 잠깐 짬을 내서 학교에 재학증명서를 떼러 갔다가 그녀가 남학생이랑 걸어가는 것을 보았다. 너무나 잘 어울렸다. 핸섬한 얼굴에 귀티가 나는 남학생이었다. 한눈에 남자 친구라고 짐작했다.

'그럼, 저렇게 예쁜데 남자 친구가 없겠어. 오히려 잘 됐다. 허튼 맘 먹지 마라. 제발, 석창아'

남자 친구가 있다는 사실에 오히려 그 애를 그전보다 편하게 대할 수 있었다. 보면 볼수록 이런 여동생 하나 있었으면 하는 생각이었다.

"아저씨, 동전 있으세요? 커피 마시게 좀 빌려줘요."

"여기요. 안 갚아도 돼요."

나는 그 애에게 동전을 내밀었다.

"아아저씨도 마실 거죠?"

"아니요, 전 커피 안 마셔요."

"저는 건축공학과 91학번 Q에요. 아저씨는요?"

"회계학과 야간 90학번 권석창이라고 합니다."

"군대도 안 갔다 오셨는데 나이가 많으시네요. 삼수, 사수쯤 하셨어요?"

"아니요, 저는 J은행 다녀요."

"주경야독하시는 분이구나. 죄송해요. 난 아저씨가 궁금했어요."

'내가 왜 궁금해?'

나는 무슨 말을 해야 할지 생각이 나지 않았다. 내 머릿속은 성숙한 여인인 성애랑 그 애를 비교했다. 그 애는 아직 호기심 많은 아이라고 해야 할 것이었다. 그 애가 여동생처럼 친근하게 느껴졌다. 차츰 그 애와 친해졌다.

"아저씨가 뭐예요?"

"그럼, 석창이 오빠라고 불러도 되죠?"

오빠라는 말을 들어본 적이 없지만 듣고 싶었던 호칭이었다. 고개를 끄덕여 동의했다.

"석창이 오빠, 수업 끝나고 저녁 사주세요."

"두 시간 더 기다려야 하는데, 괜찮겠어요?"

"기다릴게요."

수업이 끝나고 9시가 조금 안 된 시간에 그 애랑 늦은 저녁을 먹었다. 아이 입맛이라며 떡볶이 먹고 싶다고 해서 학교 앞 분식집에서 떡볶이랑 튀김을 시켜 먹었다. 시장할 시간이었는지 그 애는 맛있게 잘 먹었다. 저녁을 먹고 그 애를 빨리 집으로 보내야 할 것 같았다. 어린 동생이 늦은 밤에 다니게 할 수 없었다. 하지만 그 애는 커피 마시고 싶다고 했다.

"커피 마시고 집에 가야 해요. 부모님이 걱정해요."

"석창이 오빠, 나 어린애 아니에요. 그런데 왜 계속 존댓말 하세요."

"습관이 돼서요. 아니 그럼, 이제부터 말 놓는다. 어린이는 일찍 자고 일찍 일어나야지."

"피~~이, 나도 이제 스무 한 살이란 말이에요."

"오빠 말 들어요. 너처럼 예쁜 애들 잡아가는 무서운 사람들이 있다구."

"석창이 오빠, 지금 나 예쁘다고 한 거예요? 그럼, 우리 애인할까요?"

"너는 동생이잖아. 동생이랑 연애하는 오빠가 어디 있어? 그리고 너 남자 친구 있잖아."

"석창이 오빠, 나 남자 친구 없어요."

"보려고 본 건 아니고, 저번에 정말 멋진 남학생이랑 환하게 웃으며 가는 거 봤어. 너무 잘 어울리던 걸"

"석창이 오빠, 나 공대생이야. 우리 과는 여자가 나뿐이라고. 그럼, 과 친구들이 다 남자 친구란 말이야? 하긴 우리 과에 괜찮은 녀석들이 많긴 하지."

"애인은 싫어. 사귀다 헤어지면 너 못 보잖아. 그냥 너는 예쁜 동생으로, 나는 밥 잘 사주는 오빠 어때?"

"진심이세요?"

"……"

그렇게 그 애와 첫 만남에서 난 분명한 선을 그어 한계를 두었다. 무조건 Q와 오래 만나고 싶다는 생각만 하기로 했다. 하지만 나에게 애인하자는 그 애의 당당함에 생각할수록 미소가 번졌다. 일주일에 한 번 약속 하지 않아도 그 애를 만나 늦은 저녁을 함께 먹고 차를 마셨다. 그 애는 대학로에 새로 생긴 소극장에 가고 싶어 했다. 좀처럼 시간을 낼 수 없어서 차일피일 미루다가 어느 토요일 오후 공연을 함께 봤다. '학전'이라는 이름의 소극장에서는 통기타를 맨 젊은 가수들이 서정적인 노래를 불렀다. 밥 딜런을 좋아하는 사람들처럼. 팝송만 듣던 내가 K-POP에 빠지는 계기가 되었다. 이 백석 남짓 좁은 공간에 가수랑 관객이 하나가 되어 호흡하는 것이 좋았다. 87년 6월 명동성당 앞에서 최루탄을 맞으며 들었던 노래도 불렀다.

'긴 밤 지새우고 풀잎마다 맺힌 진주보다 고운 아침이슬처럼… '

대학로는 내가 꿈꿔왔던 연극이 있는 곳이었고 나만의 바람이 이루어질 수도 있을 것이라고 생각했다. 그 애는 메마른 내 일상에 윤활유와 같은 존재였다.

1991년은 내 인생의 터닝 포인트였다. 누군가가 내 곁에 오래 머물기를 바라는 마음이 생겨났다. 그것이 사랑은 아니라고 할지라도 간절함이 클수록 욕심이 생겼다. 내 마음의 그 애가 그녀가 되고 급기야 그대가 되어가는 내내 나는 내 마음을 나에게조차 숨겼다. 그 애는 나를 더욱 난처하게 만들었다. 어느 날이었다. 내게 전화가 왔다며 내 자리로 전화를 돌려주었는데 예쁜 목소리의 여자라고 조경춘이가 다 들리게 떠벌렸다.

나는 성애의 전화라고 생각했다.

'무슨 핑계를 대지'

전화를 받는 순간 나는 내 귀를 의심했다.

"여보세요. 나 Q에요. 전화번호도 안 가르쳐주는 오빠가 어디 있어."

"내가 여기 있는지 어떻게 알았어?"

"J은행 전 지점에 전화를 할 작정이었어. 근데 일곱 번째 만에 오빠가 있는 곳 찾았지 뭐야. 석창이 오빠, 나 오빠 보고 싶어 죽겠어. 퇴근하고 만나."

"그래, 알았어. 학교 앞 목마와 숙녀에서 봐."

"석창이 오빠, 기다릴게."

그 애의 전화에 사람들이 웅성거렸다. 조경춘이가 주위에 떠벌리고 있었다. 2년 후배 놈인데 이놈은 그냥 스피커였다. 있는 대로 중계해 주는 그런 친구였다. 하지만 가릴 줄 아는 녀석이다. 지금도 가끔 전화가 오는데 여의도지점 지점장을 하고 있다. 나도 못 해본 지점장인데 말이다.

"아까 전화 온 여자분, 석창이 형 애인이래."

"조경춘, 너 거짓말 할래."

"아니야 형, 진짜야. 내가 누구라고 전해드릴까요 하고 물었는데 권석창 씨 애인이라고 하던데……."

"그냥 아는 동생이야."

조경춘은 내 신상에 대해 관심이 많은 녀석이었다. 신입 때 내게 많이 혼나면서 일을 배웠다. 머릿속이 혼란, 그 자체였다.

'나더러 애인이라니. 경춘이가 시끄럽게 떠들긴 해도 거짓말을 할 녀석은 아니다.'

오후 내내 일이 손에 잡히지 않았다. 매사에 컴퓨터라고 불리는 내가 실수의 연속이었다. 김 과장이 나를 불러 심각한 표정으로 말했다.

"야, 석창이 너 오늘 왜 그래. 나사가 하나 빠진 놈처럼. 이거 다시 해. 안 맞잖아."

"과장님, 석창이 형 저녁에 애인이랑 데이트 약속 있어서 그런 거니까 오늘만 좀 봐주세요."

"석창아, 경춘이 말이 사실이야. 그런데 경춘아, 너는 석창이 대변인이냐?"

"모르셨어요. 저 석창이 형 졸개이자 대변인이잖아요."

"하하하"

경춘이 녀석 때문에 마감 시간 분위기가 처지지 않았다.

"석창이 너, 빨리 가봐. 오늘따라 엉망이야. 하던 거 경춘이한테 넘겨. 너 내일 혼날 줄 알아."

김 과장은 내게 윙크를 보냈다. 경춘이에게 나중에 한 잔 사겠다는 손짓을 하고 서둘러 퇴근했다. 마음은 급한데 버스가 오지 않았다. 지하철을 타기엔 더 멀었다. 나는 뛰었다. 넥타이가 자꾸 얼굴을 때렸다. 맞바람을 맞으며 종로 거리를 뛰었다. 피카다리와 단성사가 내 뒤로 지나갔다. 멀리 동묘가 보이는 걸로 봐서 곧 동대문이 보일 것이다. 그리고 신설동, 제기동을 지나 청량리역이 보였다. 나는 전농동 쪽으로 내달렸다. 평소보다 빨리 왔다고 생각했는데 오히려 많이 늦었다. 나는 결코 마라토너가 될 수 없다는 사실을 확인했다. 그 애를 만난다는 일념으로 뛰고 또 뛴 것이다. 멀리 학교가 눈에 들어왔다. 목마와 숙녀가 교문 근처에 있는 줄 알았는데 생각보다 멀었다. 온통 땀범벅이 되었다. 일단 손수건으로 땀을 닦았다. 다행히 4월 말 초저녁 바람에 금방 땀은 사라졌다. 하지만 이놈의 숨은 왜 이리 가쁜 것일까. 찻집창 너머 한 떨기 찔레꽃처럼 고운 그 애가 보였다.

'미치겠다. 왜 저렇게 예쁜 거야. 오늘따라 더 예쁘잖아. 신이시여, 나 오늘 저 애를 가져도 벌하지 마소서.'

문을 열고 그 애에게 다가갔다.

"석창이 오빠, 생각보다 늦었네. 바빴구나. 자 앉아. 난 커피 마셨고 오빠는?"

"녹차 주세요."

주인으로 보이는 중년의 여성에게 서둘러 주문했다.

"사실 나 여기까지 뛰어왔어. 버스가 안 와서 조금이라도 일찍 오려는 마음에…"

"진짜? 오빠 내가 그렇게 보고 싶었어?"

"어, 아니. 그게…… , 맞아."

나는 그 애의 지능적인 취조에 사실대로 불고 말았다. 땀을 다 닦은 줄 알았는데 비 오듯 내렸다. 긴장 초조 강박이 동시에 밀려왔다. 그 애가 내 이마의 땀을 닦아주었기 때문에.

"석창이 오빠, 나 아무리 생각해도 오빠 동생 하기 싫어."

"그럼?"

"나 권석창씨 애인할래."

"무슨 그런 농담을 진담처럼 해."

"석창이 오빠도 나를 좋아하는 거 다 알아. 석창이 오빠는 티가 나도 너무 나."

"……"

나는 꿀 먹은 벙어리처럼 아무 말도 하지 못하고 그 애의 싱그러운 얼굴에서 눈을 떼지 못했다.

"너 언제부터 안 거야?"

"수업 시간에 나만 쳐다본 거 내가 모를 줄 알았어? 석창이 오빠, 그때 오빠랑 눈이 마주칠 때 결심했어. 석창이 오빠의 애인이 되겠다고 말이야."

"넌 아직 나이도 어리고 주위에 좋은 사람 많잖아. 난 별 볼 일 없는 은행원에 불과해. 나중에 후회하지 않겠어?"

"후회는 내가 왜? 석창이 오빠는 거울도 안 봐?"

"무슨 말인지 모르겠어. 쉽게 말해야 난 알아들어."

"이렇게 예쁜 사람이 어디 있다고"

그 애는 내 뺨을 두 손으로 감쌌다.

"아니야. 네가 잘못 본 거야. 예쁜 건 너야."

나는 수줍게 내 속마음을 그 애에게 털어놓았다.

"석창이 오빠는 오빠의 착한 마음이 얼굴에 드러나 있어. 오빠 같은 사람을 어느 여자가 좋아하지 않을 수 있어?"

"얘가 무슨 소리를 하는 거야. 그런 얘기 처음 들어봐. 그리고 왜 석창이 오빠라고 부르는 거야? 다른 오빠가 있는 거처럼"

"난 오빠 같은 사람을 만나게 해달라고 빈 적이 있었어. 그리고 석창이라는 이름이 너무 좋아. 이름만으로도 사랑스러운 석.창.이 오빠"

"너 혹시 돈 필요해?"

나는 당황해서 말이 헛나왔음을 곧바로 알아차렸다.

'그걸 개그라고…'

다행히 내 썰렁한 개그를 그 애가 인지하지 못한 것 같았다. 그 애가 불러 주는 내 이름이 너무나 자랑스러웠다. 그리고 너무 좋았다.

'드디어 내 이름을 다정하게 불러 주는 사람이 생긴 것이다.'

"호호호, 그리고 내가 사기꾼이라는 말이야?"

"아니 미안, 말이 헛나왔어. 어설픈 개그였는데……. 그리고 나는 네가 아는 그런 착한 사람이 아니야."

"석창이 오빠 연애해 봤어?"

"어, 근데 내가 차였어. 내가 너무 재미없게 굴었나 봐. 좋은 사람이었는데. 다 내 잘못이었어."

"다행이야. 그 언니에게 평생 고마워할 거야. 얼굴은 모르지만"

성애도 그 애와 비슷한 얘기를 했다. 조각 같은 미남자는 아니지만 왠지 보호해 주어야만 하는 천연기념물 같은 사람이라고 말한 적이 있었다. 물론 헛소리라고 무시했지만.

"석창이 오빠, 나는 오빠가 너무 궁금해. 오빠의 습관이나 오빠가 쓰는 치약은 어떤 회사 제품인지 하루에 몇 번 내 생각을 하는지 야한 생각은 몇 번 하는지 몇 번 버스를 타고 출근하고 퇴근 후 집에서 무얼 하는지 모든 게 알고 싶어. 내게 알려줘."

"Q야, 네가 아직 어려서 사람을 볼 줄 몰라서 그래. 내가 지금 네게 거짓으로 '나 좋은 사람이야'라고 말할 수 있어. 하지만 만날 때마다 내게 실망할 거야. 가정형편도 어렵고. 나 욕도 잘하고 예쁜 여자 지나가면 뒤돌아볼 정도로 형편없는 놈이야. 그리고 중요한 건데 너는 내게 너무 과분해. 너를 보고 있으면 숨이 멎을 것 같아. 나 심장마비로 요절하고 말거야."

나는 말을 해놓고 가슴을 치고 싶었다. 내 의지와 다른 말을 내가 아닌 또 다른 자아가 하고 있음을 느꼈다. 내 얘기를 재미있게 듣고 있던 그 애가 활짝 웃으며 예쁜 입을 열었다.

"호호호 이런데 내가 어떻게 오빠를 안 좋아할 수 있어? 권석창 씨 나 책임져."

"내가 좋아? 왜?"

"오빠는 생각이 얼굴에 드러나는 사람이야. 오빠는 흰 도화지 같은 사람이라서 오빠를 더럽히지 못하게 해야 할 거 같아. 나는 천연기념물을 보호하는 마음으로 오빠를 지킬 거야. 오빠, 나 배고파. 오늘은 오빠랑 술 마시고 싶어. 내가 쏠게. 오빠가 찻값 내."

"학생이 돈이 어디 있다고. 내가 살게. 먹고 싶은 거 있음, 다 말해."

"아니야. 나 오늘 돈 많아. 은행 털었거든. 호호호"

"하하하 알았으니까 나가자. 나도 배고파."

춘분이 지난 사계는 적당한 밤낮의 비율로 나뉘었다. 석양이 지면 곧 어두운 밤이 올 것이고 밤은 끝이 아니라 시작이라는 생각이 들었다.

그 애가 그녀가 되고 다시 그대가 되는 시작은 1991년 4월 21일 오후 6시 40분에서 45분 사이였다. 찻집의 시계와 내 시계의 오차가 있었기 때문에, 특정하기 어려워서 6시 43분이라고 내 전두엽에 기록되어 있다.

그 애를 만날수록 내 마음의 평화가 새록새록 자랐다. 성애를 만날 때 느꼈던 격정이 아닌 존재만 했던 나에게 의미를 부여하여 비로소 '나'를 발견하게 했다. 서두르지도 않았고 갑작스러운 이별이 온다 해도 하나도 아플 것 같지 않았다. 나는 그 애와 선을 넘지 않으려고 애를 쓴 반면 그 애는 호시탐탐 틈을 노리다 내게 들켰다. 겉으로 싫은 척을 했지만, 그 애를 안고 만지고 느끼고 싶었다. 남자들은 좋아하는 사람과 관계를 맺은 후 사랑이 식는다는 얘기를 정설처럼 믿어왔기 때문에 아껴두기로 했다. 그 애를 만날수록 쌓이는 행복만큼 불안함을 떨쳐 버릴 수 없었다. 나보다 멋진 사람이 그녀를 데려갈 것 같은 못난 생각이 나를 괴롭혔다.

술에 취한 어느 날, 나는 그 애에게 내 불안한 마음을 털어놓았다. 내 말에 그 애는 커다란 눈망울로 나를 응시할 뿐 아무런 말도 하지 않았다. 한참을 바라보다 내게 말했다.

"그쯤 하면 됐어. 석창이 오빠가 나를 얼마나 아끼는지 아니까. 이제부터는 감정의 낭비일 뿐이야. 오빠, 너무 비겁해. 뭐가 그리 두려운 거야. 예쁜 나를 두고 말이야. 권석창 씨 실망이야. 우리 석창이 오빠는 제발 거울 좀 보고 사세요. 오빠가 얼마나 괜찮은 사람인지 몰라서 그래? 상처를 받아도 내가 받을게. 아님, 내가 싫은 거야?"

"아니야. 하늘에 맹세하는데, 절대 아니야."

"애꿎은 하늘에 맹세할 필요 없어. 오빠 얼굴에 씌어 있어. 이 바보야"

내가 그녀의 친오빠라면 어떻게 했을까. 사랑은 결과가 아니라 긴 여정이라고 그 애가 내게 말했다. 사람과의 만남이 사람의 의지대로 되는 것이 아니라는 것쯤은 나도 안다. 사람이 사람을 이토록 사랑할 수 있을까. 설령 새드 엔딩이 된다고 해도 오늘 하루만 살더라도 그녀에게 최선을 다하리라 마음먹었다. 앞에 있는 그녀만 생각하고 사랑하다 보면 내 여자가 될 것이라고 생각했다. 남녀 간의 밀당도 포기한 채 나는 그 애에게 내 모든 걸 맞췄다. 공주마마 모시듯 최선을 다했고 때론 변덕스러운 고집을 부릴 때에도 나는 웃음을 잃지 않았다. 죽으라면 죽는시늉이 아니라 죽을 각오까지 했던 것 같다. 그러면서 그 애는 그녀가 되어갔고 그녀는 내가 건강한 남자라는 걸 일깨워 주었다. 처음으로 그녀에게 동정을 바쳤고 그녀도 마찬가지였다. 너무나 자연스러운 과정이었다. 그녀를 안은 후 그녀에 대한 내 마음은 더 숭

고하고 거대해져 갔다. 서로를 탐닉하는 것이 얼마나 아름다운 행위인지 서로에게 알려 주었다. 시도 때도 없이 입 맞추고 속삭였고 서로를 만지며 시간을 보냈다.

'사랑은 이렇게 말없이 다가와 내 온 마음을 사로잡네. 이거 멋진걸. 하지만 입 밖으로 내뱉는 순간 사랑 표절꾼이 되겠지. 하지만 그녀는 이 노래를 모를 거야'

그녀를 만나 이 노래 구절을 꼭 들려주고 싶었다. 하지만 만날 시간까지 기다릴 수가 없었다. 늦은 밤 전화를 했다. 우리만의 암호가 있었다. 3번의 다이얼이 울리고 끊으면 내 전화라는 신호였다. 그날은 그녀가 직접 전화를 받았다.

"여보세요. 석창이 오빠?"

"너에게 하고 싶은 말이 있는데."

"뭐야? 해봐."

"사랑은 이렇게 말없이 다가와 내 온 마음을 사로잡네. 별빛 밝은 밤이면 그리움도 짙어 어이 홀로 세울까 견디기 힘든 이 밤을 그대 오소서 이 밤길로 달빛 아래 고요히"

"흐흐흐 넘 감동적이야. 오빠, 나 이제 갈게 오빠 곁으로 고요히"

"무슨 소리야. 너무 늦었어. 너 혼나게 할 순 없어. 내일 보면 되잖아."

"뭐야, 나 안 보고 싶다는 거야?"

"나도 너무 너무 너무 보고 싶어. 하지만…"

"나, 지금 출발할게. 지금 오빠에게 가지 않으면 두고두고 후회할 것 같아."

"이런 대책 없는 아가씨를 어찌해야 하나."

"사랑한다고 말해주면 돼."

"사랑해~"

그녀는 자정이 넘은 시간, 택시를 타고 내 집에 왔다. 낮에 몇 번 온 적은 있었지만 야심한 밤에 온 것은 처음이었다.

"오~~~, 나 온다고 청소한 거야? 내 방보다 깨끗하잖아. 아님, 나 몰래 우렁각시라도 둔 건 아닌지 살펴봐야 할 거 같아. 석창이 오빠, 강박증 같은, 그런 거 있어? '적과의 동침' 영화에 나오는 그 남편처럼 말이야."

"그 정도는 아니고, 혼자 살다 보니 습관이지. 누가 치워줄 사람이 있었으면 나도…"

"커피 마실래? 아님, 뭐 다른 거 줄까?"

"맥주 없어?"

"맥주는 없고 소주는 있는데. 빨리 가서 사 올게. 큰길 사거리 가면 문을 연 슈퍼가 있을 거야."

"아니야. 석창이 오빠 보고 싶어 왔는데 시간 가는 게 너무 아까워. 그냥 소주 마실게."

"다음에 맥주 사다 놓을게. 대신 맛있는 안주해 줄 테니 기다려."

나는 계란말이를 하다 냉장고를 뒤져보니 다행히 어묵이 있었다. 숙달된 자취생의 솜씨가 발휘되었다.

"어머, 세상에. 이걸 오빠가 한 거야? 너무 근사해 보여. 난 라면도 제대로 못 끓이는데. 오빠한테 시집가면 오빠가 밥해줄 거지?"

"그래, 누가 하든 잘하는 사람이 하면 되지. 아니, 내가 다 해줄게. 말만 해."

"신난다. 남자가 해주는 음식 처음 먹어봐. 우리 집에 하나 있는 남자 어른은 손 하나 까닥 안 해. 우리 아빠는 특히 더 심해."

"그래도 넌 화목한 집안에서 자란 것 같아. 참 맑고 건강해. 유복한 가정에서 자란 티가 나."

"오빠는 가족 얘기를 한 적이 한 번도 없는 것 같아. 오빠네 가족도 화목하고 부모님이 교양 있는 분들일 것 같아."

나는 말문이 막혔다. 거짓말은 하기 싫었다. 하지만 사실대로 말할 용기가 나지 않았다.

"어묵탕 식겠다. 소주 받으세요. 대책 없는 아가씨. 부모님께는 뭐라고 말씀드린 거야? 늦은 시간에 나오기 쉽지 않았을 텐데."

나는 내 가족을 묻는 그녀의 질문에 주제를 돌렸다.

"조별 과제 못해서 학교 간다고 거짓말을 했어. 우리 부모님은 내 말이라면 뭐든 믿어주셔서 의심 안 하고 택시비까지 주시던데."

"하하하 진짜 못 말리는 아가씨네."

"오빠, 어묵탕에 뭐 넣은 거야? 혹시 마약 같은 거 넣은 거 아니지?"

"뭐라고? 무슨 소리야."

"오빠, 그만큼 맛있다는 소리야. 순진하기는"

"하하하, 많이 드셔. 다음에는 제대로 해줄게. 오늘은 재료가 없어서 솜씨 발휘가 좀……."

"오빠, 최고야."

그녀는 엄지손가락을 펴 보이며 예쁜 눈웃음을 내게 보냈다. 내 마음은 촛농처럼 다 녹아 버렸다. 소주 반병밖에 못 마시는 그녀인데 오늘은 더 마셨다. 술에 취하면 더 귀여워지는 게 문제인 그녀였다.

"석창이 오빠, 시 한 편 들려줘. 오빠 외우는 시 많잖아. 이 분위기에 맞는 시면 좋겠다."

"내가 제일 좋아하는 시 한 편 들려줄게. 영랑이 쓴 시인데 본명이 김윤식인 거 알지?"

"그럼, 나도 알아. 학력고사 본 지 얼마 안 됐거든. 오빠, 배경음악 틀어봐."

나는 카세트 테이프를 모아놓은 바구니에서 잡히는 대로 틀었다. 다행히 배경음악으로 적당한 것이었다.

내 마음을 아실 이
내 혼자 마음 날같이 아실 이

그래도 어데나 계실 것이면
내 마음에 때때로 어리우는 티끌과
속임 없는 눈물의 간곡한 방울방울
푸른 밤 고이 맺는 이슬 같은 보람을
보밴 듯 감추었다. 내어드리지

아! 그립다
내 혼자 마음 날같이 아실 이
꿈에나 아득히 보이는가

향 맑은 옥돌에 불이 달아
사랑은 타기도 하오련만
불빛에 연긴 듯 희미론 마음은
사랑도 모르리 내 혼자 마음은

- 김영랑, 내 마음을 아실 이

"와~아, 너무 예쁘다. 시가 있고 술이 있고 이쁜 오빠가 있는 이곳이 천국이네. 짝짝짝!!!"

"뭐든 말만 해. 오빠가 다 해준다."

"그럼, 오빠에 대한 모든 걸 내게 말해줘. 얼렁뚱땅 넘어갈 생각 말고"

나는 머뭇거리다 소주를 한 잔 들이켰다. 맨정신으론 내 암울한 과거를 털어놓을 수 없었다. 어릴 적부터 그녀를 만나기 전까지 있는 그대로 말했다. 어머니의 재혼은 숨길까 하다가 그녀에게는 솔직하고 싶었다. 성애에 대해서는 말하지 않았다. 내 얘기를 끝까지 듣던 그녀의 눈에 눈물이 고였다. 이내 그녀의 예쁜 뺨을 타고 흘렀다.

"석창이 오빠, 이제 내가 오빠 책임질 거야. 외롭지 않게 할게. 오빠가 어떤 마음으로 나를 밀어내려고 한 건지 다 알겠어. 오빠, 나 오빠에게 반했어. 사고뭉치가 되어 있어야 할 사람이 이렇게 반듯하게 살 수 있다니. 그러면서 우리 오빠는 얼마나 외로웠을까. 이리 와. 안아줄게."

그녀는 내게 다른 시 한 편 들려주기를 청했다. 그때 내가 왜 그 시를 그녀에게 들려준 것인지 이유를 알 수 없었다. 단지 내 이름을 불러주는 그녀에게 이름이 가득한 시를 들려주고 싶었던 것 같다.

"별 헤는 밤 윤동주 계절이 지나가는 하늘에는 가을로 가득 차 있습니다. 나는 아무 걱정도 없이 가을 속의 별들을 다 헤일 듯합니다. …… 내 이름자 묻힌 언덕 위에도 자랑처럼 풀이 무성할 게외다 끝."

"너무 멋져. 권석창 씨. 짝~짝 짝"

그녀의 박수 소리가 엇박자를 내는 것을 보니 취한 것이다. 그녀가 술에 취하면 손뼉을 치는 버릇이 있는데 항상 엇박자가 났다. 이제 그녀를 보내야 한다. 보내고 싶지 않지만, 부모님 품으로 무사히 보내줘야 할 것 같았다.

"Q야 이제 집에 가야지. 너무 늦으면 부모님 걱정하셔. 오빠가 데려다줄게."

"싫어, 석창이 오빠에게 우렁각시가 있는 게 확실해. 내가 오늘 담판을 지을 거야. 우리 오빠에게서 떨어지라고 호호호"

"이런 귀여운 너를 어떻게 해야 하니."

"사랑한다고 말해주면 돼. 나 학교에서 밤샐 거라고 말씀드렸어. 나 오빠 품에서 잘 거야. 왜 오빠는 나랑 자는 거 싫어?"

"그럴 리가."

"석창 씨 건배. 나 어묵탕 먹여줘."

"자, 아~ 아이고 착해라."

그녀와 나는 마치 소꿉놀이하듯 서로 먹여주고 받아 마셨다. 가슴이 두근두근 심하게 뛰었다. 내일은 토요일이라서 오전만 견디면 될 것이고 아니면 한 번도 안 써본 월차휴가를 써도 될 것이다. 내일 일은 내일 아침에 걱정하면 될 것이고 오늘은 그녀와의 시간을 보내는 것에 집중하고 싶었다.

"소주 한 잔 더 줘."

"괜찮겠어. 많이 마신 거 아니야?"

"뭔 걱정? 오빠가 있는데."

"가만있어봐. 안주 좀 더 해올게."

"아니야. 괜찮아. 오빠는 그냥 내 옆에 있어 줘."

"알았어."

나는 그녀 옆에서 그녀가 최대한 편히 기댈 수 있도록 어깨를 내주었다. 그녀의 머릿결이 내 얼굴에 닿았다. 그녀에게서 여느 때처럼 상큼한 향이 났다. 그건 결코 살구 비누 향이 아니었다. 사랑하는 사람에게 나는 고유한 향이었다. 과학적 근거는 없지만 사랑하는 사람과 있으면 호르몬 분비가 왕성해져서 그런 향이 난다고 나는 우길 것이다. 그런 향을 그녀 이외의 사람에게서 전혀 맡아보지 못했다.

"오빠, 노래 불러 줘."

"미안, 내가 노랠 부르면 난 너에게 버림 받을거야."

"무슨 소리야? 오빠 음치구나. 호호호 그럼 내가 불러 줄게."

그녀는 나를 보며 노래를 시작하였다. 지금도 눈물을 왈칵 쏟는 그 노래를.

♬ 화려한 불빛으로 그 뒷모습만 보이며
안녕이란 말도 없이 사라진 그대
쉽게 흘려진 눈물 눈가에 가득히 고여
거리는 온통 투명한 유리알 속
그대 따뜻한 손이라도 잡아볼 수만 있었다면
아직은 그대에 온기 남아 있겠지만
비바람이 부는 길가에 홀로 애태우는 이 자리
두뺨엔 비바람만 차게 부는데
사랑한단 말은 못해도 안녕이라는 말은 해야지
·
·

아무 말도 없이 떠나간 그대가 정말 미워요.

– 1989, 박선주 '귀로' 중에서

"짝짝짝!!!"

"오빠 운 거야?"

"아니야. 내가 왜?"

나는 고개를 돌려 눈물을 훔쳤다. 이별을 노래한 아픈 노래임이 틀림없었다. 내 기억의 시작이 아버지를 묻는 날이었고, 어머니의 재혼 그리고 어머니가 데리고 간 형, 집에서 키우던 나와 동갑인 메리라는 개의 죽음, 할머니와의 이별 그리고 성애까지. 활동사진처럼 스쳐 간 이별을 떠올렸지만 그녀의 고운 목소리에 이별도 감미로울 것 같았다.

"오빠도 한 곡 해봐. 음치라도 봐줄게. 불러 봐."

"흉 안 본다고 맹세해, 그럼 불러 볼게."

그녀는 눈웃음으로 답을 대신했다.

♬소리 없이 어둠이 내리고
길손처럼 또 밤이 찾아오면
창가에 촛불 밝혀 두리라
외로움을 태우리라
나를 버리신 내님 생각에
오늘도 잠 못 이뤄 지새우며

촛불만 하염없이 태우노라
이 밤이 다 가도록
.
.
.
차갑게 식지 않는 미련은
촛불처럼 타 오르네
나를 버리신 내님 생각에
오늘도 잠 못 이뤄 지새우며
.
.
.
촛불만 하염없이 태우리라.
이 밤이 다 가도록

– 1979, 정태춘 1집 '촛불' 중에서

"와~아, 멋져. 다른 여자 앞에서 이 노래 부르면 가만 안 둘 거야. 알지?"

"오빠 제발 다른 여자에게 그런 눈으로 쳐다보지 마. 나만 바라봐 줘."

"너만 사랑하고 너만 바라볼게. 너만 느끼고 언제나 네 안에 있을게."

"요런, 귀여운 우리 석창이 오빠, 사랑해."

깊은 입맞춤을 했다. 서로를 빨아들이려 갈망하는 사람처럼 그녀의 입에서 나는 술 냄새와 음식 냄새조차 감미로워 내 혀에 각인되어 지금까지 남았다. 그녀를 꼭 안았다.

"아가씨, 자기 전에 양치랑 세수는 해야지. 가만있자. 칫솔 여유분이 없는데. 아무래도 슈퍼에 다녀와야 할 것 같아."

"오빠 거 쓰면 안 돼?"

"안 되긴, 써도 되지만……."

내 칫솔을 쓰겠다는 그녀의 말에 묘한 기분이 들었다. 그 기분을 그녀에게 들키고 싶었다.

'나를 이처럼 사랑해 주는 사람이 있었을까?'

칫솔에 치약을 묻혀 여러번 헹궜다. 혹시라도 날지 모르는 냄새 때문에.

"그만 해, 괜찮아."

그녀는 아무렇지도 않게 내 칫솔로 양치했다. 그 모습이 거울을 통해 내 눈으로 들어와 뇌에 자국을 남겼다. 평생 잊지 못할 행복한 순간으로 말이다. 화장기 없는 그녀의 얼굴이 더 사랑스러웠다. 눈 밑에 보이는 죽은 깨가 특히 나를 사로잡았다. 때마침 빨아 두었던 침대 보를 새로 갈고 깨끗한 이불로 바꿨다. 싱글 침대라는 게 아쉬웠다. 그녀가 편히 잘 수 있도록 바닥에 요를 깔았다.

"오빠, 이리 와."

"침대가 좁아 불편할 거야."

"석창이 오빠, 이리 와서 나 재워줘야지."

"이런… 아이처럼"

좁은 침대지만 우리에게 아무런 문제가 되지 않았다. 그녀를 꼭 안았다. 잘못하면 침대에서 떨어질 것 같았다. 그럴수록 우리는 하나가 되었다. 초가을 선선한 바람이 창문으로 들어와 청량함을 더했다. 그녀는 내 품에서 행복을 느끼고 나는 그녀 품에서 아이 같았다. 왜 군대 간 사내들이 엄마 생각에 눈물을 흘리는지 이해하지 못했는데 이제 알 것 같았다. 군 전산이 잘못돼서 군대에 가게 된다면 그녀의 품이 그리워 울 것이다.

'시간이 멈춰 버리면 무슨 일이 벌어질까. 부디 하느님, 이 여인과의 이 순간을, 그대의 권능으로 멈춰주신다면 내 기꺼이 그대를 믿겠소.'

미세하게 들리는 그녀의 귀여운 코골이 소리가 내 오감을 마비시켰다. 하지만 그녀를 깨우기 싫었다. 나는 그녀의 달콤한 정수리 냄새를 맡으며 그녀를 내 동공에 저장했다.

"오빠, 안 잤어. 내가 재워 줄게."

"내가 아기냐."

나를 품에 안은 그녀는 거친 숨을 내 얼굴에 토해냈다. 그리고 내 손이 자유롭게 그녀를 탐닉하게 해주었다. 그녀의 몸은 나를 받아줄 준비가 끝나 있었다. 옷은 이미 거추장스러운 껍데기에 불과했다. 고통이 없는데도 신음 소리가 나는 것은 무엇일까. 그녀의 입 밖으로 나온 신음 소리가 나를 더 자극했다. 서두르지 않으려고 입술을 깨물었다.

서로를 갈구하는 행위가 이처럼 아름다울 수 있을까. 그리고 긴 잠을 잤다. 영원한 행복을 바라며……

그녀를 위해 살았던 1991년 여름, 많은 학생이 목숨을 바쳐 진정한 민주주의를 위해 싸웠다. 분신하는 학생과 노동자들이 늘어가는 걸 안타깝게 느꼈고 대구에서 개구리를 잡으러 갔던 다섯 명의 아이들이 돌아오지 않아 사람들을 애태웠다. 그녀와 나는 연인이면 해야 하는 모든 걸 해보았다. 그중에서 아무것도 안 하고 그녀를 바라만 보는 것이 제일 좋았다. 나중에 나온 유행가인데 보고 있어도 보고 싶다는 노래 가사가 내 얘기라고 느꼈다. 꿈 같은 시간은 저만치 서둘러 가고 나는 붙잡고 싶었다. 1992년은 더 행복했던 한 해였다. 그녀가 좋아하던 '서태지와 아이들의 해'라고 말하는 사람들이 있을 정도였다. 내게는 좀 버거웠지만 그들을 좋아하기로 했다. 그녀가 좋아하기에 말이다. 그 해 하계 올림픽이 열린 스페인의 바르셀로나의 풍경을 TV로 보게 되는데 함께 가자고 적금을 들었다. 그해 10월 31일 지구의 종말이 와서 선택받은 사람만 휴거를 통해 하늘나라로 간다고 신문광고까지 낸 사이비 종교 목사의 황당한 주장이 나에게는 고맙기 그지없었다. 종말이 온다면 그녀와 맞고 싶었다. 나에게 그녀와 함께 밤을 보낼 핑계거리를 제공했다. 그리고 그해 내가 응원하는 프로 야구팀이 우승했고 우승의 순간 그녀와 잠실야구장에 함께 있었다. 그해 365일, 모든 날이 내게는 기념일이었다. 3월 2일 처음으로 그녀와 살짝 다툰 날,

4월 15일 그녀가 결혼하자고 조른 날, 5월 10일 그녀와 바다를 처음 본 날, 6월 25일 그녀가 전쟁이 슬프다며 밤을 함께 보낸 날, 7월 2일 목마 태워 달라고 졸라서 태워 주려다 그녀 때문에 허리를 삐끗한 날, 9월 15일 그녀와 처음 여행 간 날, 10월 14일 그녀가 나를 닮은 아들을 낳겠다고 해서 많이 당황한 날, 기타 등등. 무수한 날이 아직도 기념일로 저장되어 있다. 지나고 보니 많은 일들이 있었다. 하지만 해보지 못한 것이 더 많았다. 그녀를 위해 시를 한 편 쓰고 싶었는데 그녀를 떠올리다 보면 두 구절 이상 이어갈 수가 없었다.

'그녀를 위해 표절할 수는 없다.'

행복이 그리운 날 그녀는 내 곁에 있었고 사랑이 필요한 날 그녀는 내 품에 있었다. 하지만 알 수 없는 불안이 항상 그림자처럼 따라다녔다. 우리는 애써 외면했다. 1992년 6월 28일 지금은 복합문화공간으로 변했지만, 그때는 많은 영화가 상영되던 명보극장 H열 33, 34에서 '연인(L'Amant)'이라는 프랑스 영화를 보게 되었다. 너무 야한 영화라서 민망했지만, 지금까지도 잊혀 지지 않는 여운이 남았다. 30년이 지나 넷플릭스로 다시 보게 되었는데 욕정도 사랑의 일부라는 것을 다시 한 번 상기시켜 주었다.

'보고 싶다. 미칠 만큼'

사랑도 가끔 지겨울 때가 있는 법. 1993년 2월 10일 우리는 처음이자 마지막으로 심하게 다투었다. 답이 없는 문제이기에 화해가 싶지 않았다. 그녀를 위해 내가 떠나야 한다는 생각과 무슨 일이 있어도 그녀를 잡아야 한다는 갈림길에 서 있었다. '사랑에도 배터리나 브레이크가 있었다면…' 이라는 애매모호한 말로 얼버무렸다. 혹시라도 그녀를 욕되게 할까 두려워 차마 아무 말도 할 수 없었다. 그냥 내가 너무 모자란 사람이고 찌질하고 형편없었다. 그리고 결정적으로 비겁했다. 땅을 치고 싶을 만큼 후회했지만, 나는 되돌릴 수 없다는 것을 이미 알고 있었다. 사랑을 잃어버리고 하루 종일 찾아다녔다. 며칠을 울다 비로소 잊은 줄 알았는데 내 능력 밖의 일이었다. 사랑을 잃은 사람은 티가 나나 보다. 숨이 잘 쉬어지지 않았다. 숨이 멎으면 다 평온할 것 같았다. 아무런 미련도 없고, 내 이름을 다정하게 불러 줄 사람이 없어졌다는 것이 견딜 수 없었다. 그리고 아무도 나를 위해 울어 줄 사람이 없다는 것이 큰 용기로 다가왔다. 수면제인 졸피뎀을 사기 위해 시내 약국을 돌았다. 그때만 해도 의사의 처방 없이도 약을 살 수 있었던 때였다. 그날 처음으로 여자 접대부가 있는 룸살롱이라는 곳에 가서 비싼 양주를 마셨다. 가진 돈을 다 쓰고 가고 싶었다. 진한 화장에 아리따운 여자가 내 술 시중을 들어주었다. 내 의지에 따라 그 여인을 Q 대신 품을 수 있었다. 살구 향이 나던 Q를 떠올렸다. 수수하지만 자극적인 그녀의 향을 더 이상 맡을 수 없다는 것이 살고 싶지 않다는 마음을 더 견고하게 했다.

뭔지 모를 향수 냄새가 내 옆의 여자에게서 났다.

“아가씨, 향수 뭐 써요?”

“보통 샤넬 No 5 많이 써요.”

“어떤 사람에게서 살구 향이 나는데 그런 향수도 있나요?”

“그건 비누 냄새에요. 살구 비누 있잖아요.”

‘모르는군. 그건 사랑하는 사람에게만 나는 냄샌데. 살구 향이 나지 않는 사람과 몸을 섞을 순 없지.’

나는 그녀와 술을 마셨다. 하지만 술을 마시면 마실수록 정신이 멀쩡했다. 화장실에서 약을 먹으려 했지만, 저속한 술집에서 내 시체가 발견되는 것은 자존심이 허락하지 않았다. 집으로 와서 유서를 썼다. 한 장은 나를 발견할 사람에게 그리고 한 장은 그녀에게 썼다. 그리고 졸피뎀 50알을 소주와 함께 목에 털어 넣었다.

‘깨어나면 안 된다. 한방에 고통 없이 가는 거야. 할머니가 나를 알아볼까.’

긴 잠을 잤다. 알 수 없는 꿈을 꾸었다.

“이게 무슨 일이야. 왜?”

삼도천이 눈앞에 아른거리는데 속세의 소리가 들리는 것은 무슨 이율까. 나를 깨운 것은 성애의 목소리였다. 닷새 만에 깨어난 것이고 죽음보다 더 큰 고통이 나를 기다렸다. 왜냐는 물음에 일일이 답을 해야 했고 누구 때문인지 묻는 사람들의 궁금증에 시달려야 했다. 사는 것이 지옥이었다. 그녀 없는 현실이.

하필 나를 깨운 것이 성애라니 운명을 탓하고 싶었다.

'하느님 당신은 역시 사기꾼이야.'

지점으로 전화한 사람이 성애인데 Q인줄 알고 내 소식을 성애에게 알린 것이었다. 시도 때도 없이 내 인생에 끼어드는 성애가 야속했다.

"의사 말이 석창 씨가 먹은 약 중 절반이 짝퉁이라서 산 거래. 나 때문이야? 죽긴 왜 죽어"

그녀의 착각은 변함이 없었다.

"아니야. 성애 씨 때문이 아니야."

그녀는 내 손을 잡으며 한참을 울었다. 나는 퇴원을 하고 사표를 냈다. 평소 나를 좋게 보았던 과 선배가 W은행으로 이직을 권했다. 나는 참혹한 현실에서 벗어날 수 있는 기회라고 생각했다. 그리고 서둘러 이사를 했다. 그녀가 아는 곳에 살면 안 될것 같았다.

사랑이 키운 사랑

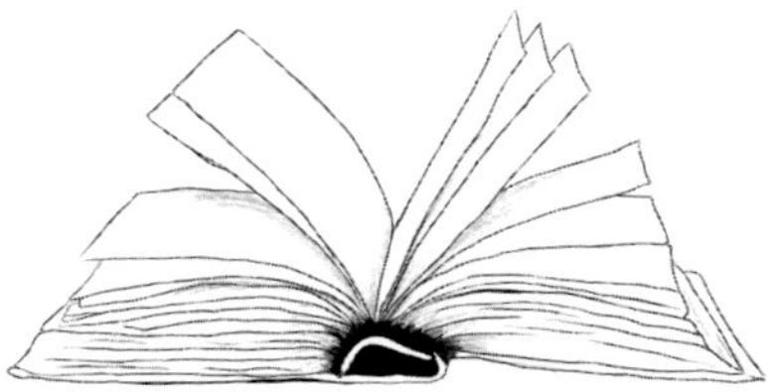

날 스치는 그대의 옅은 그 목소리
내 이름을 한 번만 더 불러 주세요.
얼어버린 노을 아래 멈춰 서 있지만
그대 향해 한 걸음씩 걸어갈래요.
Still with you
.
.
하루를, 그 순간을
이렇게 될 걸 알았다면 더 담아뒀을 텐데
언제쯤일까 다시 그댈 마주한다면
눈을 보고 말할래요.
“보고 싶었어요.”
황홀했던 기억 속에
나 홀로 춤을 춰도 비가 내리잖아
이 안개가 걷힐 때쯤 젖은 발로 달려갈게
그때 날 잡아줘

– 2020 정국, Still with you

권 씨 아저씨의 잠자리를 뺏은 죄일까. 쉽게 잠을 이루지 못했다. 아저씨에게 털어놓을 때만 해도 후련했지만, 술이 깨면서 공허하고 창피한 기분은 왜일까. 날이 밝으면 아저씨를 어떻게 봐야 하나 걱정이 앞섰다. 아저씨가 나를 남자에게 목메는 한심한 애라고 흉보면 어쩌나.

'술이 웬수야'

하지만 아저씨는 왠지 내 마음을 이해해 주실 것 같았다. 그냥 느낌이 그렇다. 꿈에 그가 나타났으면 좋겠다는 마음으로 잠을 청해 봤지만 쉽게 잠이 오지 않았다. 에어팟으로 노래를 들었다. 듣고 싶은 노래보다 들려주는 노래가 필요한 밤이었다. 함께 부르고 싶었던 노래를 혼자 듣는 현실이 너무 미웠다. 울지 않겠다고 다짐했는데 밤새 눈이 퉁퉁 부을 만큼 울었다.

'몰래 빠져 나가야겠다.'

조심조심 이불을 정리하고 나가려는데 아저씨가 나를 불렀다.

"오 작가, 어디 가. 해장하고 가야지. 그 얼굴로 집에 가면 부모님 걱정하셔."

내 치부가 들킨 게 창피했지만, 그대로 집에 가는 것이 더 창피할 것 같았다.

아저씨는 달걀이 듬뿍 들어간 황탯국과 두부조림 그리고 나물로 차린 아침상을 내게 건네주었다.

"아저씨는 안 드세요?"

"나는 아침 안 먹은 지 40년쯤 된 것 같아. 속 풀고 가. 그리고 울 수 있을 때 울어. 울고 싶어도 눈물이 마르면 그땐 더 슬퍼. 알아들었을 거야. 미안해, 꼰대 같은 소리를 해서"

아저씨의 진심이 느껴졌다. 어제 아저씨가 해준 얘기가 생각났다.

'아파서 꺼내지 못한 내 진심을 글로 남길 거야. 그리운 마음 오래 간직해야지.'

술을 좋아하는 아빠 때문에 집에서도 자주 먹던 황탯국이지만 아저씨가 끓여준 것은 조금 달랐다. 국간장으로 간을 하는 엄마와 달리 새우젓으로 간을 한 맑은 국물에 달걀이랑 파가 많이 들어가 시원해서 마음을 달래주기에 충분했다. 엄마도 끓여주지 않는 속풀이 해장국을 끓여 준 아저씨의 자상함이 큰 위안이 되었다. 아저씨의 마음처럼 따스한 아침 햇살에 눈은 거의 녹았다. 내 차를 덮고 있던 눈은 말끔히 치워져 있었다. 아저씨의 배려였다. 고맙다는 인사에 아저씨는 손을 흔들어 답을 했다. 집으로 돌아오는 내내 마음에 묵은 숙취가 몸 밖으로 사라지는 이 느낌, 오래 간직하고 싶었다.

"저 왔어요."

아무도 내 말에 답이 없는 걸 보니 모두가 할아버지 할머니 묘소가 있는 구례에 간 모양이다. 저녁이 되어야 돌아올 것이다. 내 방으로 와서 노트북을 열고 1분의 망설임도 없이 폴더명을 'P- Story'로 정했다.

'일기 쓴다고 생각하면 되겠지. 치우치지 않았으면 좋겠다. 다시 만

나 이 글을 그가 보게 되면 살짝 웃어 주었으면 좋겠다.'

행복 – 첫 번째 이야기

아픈 시간 대신 행복한 시간을 보내고 있어요.
그대를 그리워하는 마음을 하나하나 이어 붙여 보려고요.
보고 싶은 마음을 구슬에 하나하나 꿰어 내 몸에 감으려고요.
내가 할 수 있는 것이 그대를 기억하는 일밖에 없어요.
잊어야 한다고, 잊어야 견딘다는 말은 다 거짓이에요.
그대를 잊는 것은 행복을 잃어버리는 거잖아요.
그냥 내가 하고픈 대로 할게요.
그대는 부디 그 시절 그대로 남아 주세요.

역시 기, 승, 전, P로 귀결되는 이 현실이 내 자화상이다. 유치할 수밖에 없는 내 감성을 숨기지도 과장하지도 않을 것이다.

'울고 싶을 때 울지 말고 글을 쓰자. 더 이상 슬픔을 낭비하지 말자. 슬픔을 아껴 돌아올 그대에게 이겨낸 나를 보여주자.'

갑자기 밀려온 희망에 기분이 좋아졌다. 보이지 않는다고 그대를 향한 내 사랑이 변하면 더 큰 슬픔이 밀려올 것이다. 변치 않기를 바라는 마음이면 좀 더 나은 글을 쓸 수 있을 거라는 자신감이 생겼다. 아주 오랜만에 생각과 말이 글이 되는 순간이었다. 내 새로운 다이어리에 2023년 2월 2일을 '새로운 도전'으로 기록했다. 그리고 짧은 메모도 덧붙였다.

'더 이상 낭비할 슬픔은 없어.'

오후에는 읍내에 사는 고등학교 동창들의 모임이 있기에 서둘러 공중목욕탕에 갔다. 설 다음 날, 차례 음식 장만으로 지친 몸을 달래려는 사람들로 붐볐다. 특히 한증막은 입추의 여지가 없었고 상대적으로 한가로운 온탕에서 반신욕을 즐길 수 있었다. 서울에서는 자유롭게 다녔던 사우나였는데 이곳에 오면서 자주는 오지 못했다. 아는 사람을 만나면 같은 여자끼리지만 창피할 때가 많았다. 특히 동네 할머니들을 피해 다녀야 했다. 혹 마주치면 낯 뜨거운 말을 들어야 했다.

"익을 대로 익어서 터지겠다. 아현이 가슴 좀 봐."

"방댕이는 어떠쿠. 아이 순풍 순풍 잘 낳겠네."

"아현이 올해 몇 살이냐? 시집은 갔지?"

동네 할머니들은 방년 26살 꽃다운 처녀를 애 엄마로 만들어 버렸다.

"곧 시집갈 테니 국수 잡수러 오세요."

처음에는 민망해서 서둘러 나가버렸는데 이제는 나름의 노하우가 생겼다고 해야 하나. 2시간을 꽉 채웠다. 이상하게 2시간을 못 채우면 손해 봤다는 느낌이 드는데 어릴 적부터 엄마에게 배운 것이다. 나도 어쩔 수 없는 촌년인가 보다. 목욕을 마치면 꼭 먹어야 하는 것이 있는데 그것은 구운 달걀이랑 시원한 식혜 한 잔이다. 지친 심신을 달래주는 소확행이었는데 이곳은 서울의 사우나가 아닌 60년 된 낡은 '수정탕'이다. 직장이나 동네나 온통 나이 많은 사람들뿐이라서 그런지 나도 모르게 그들의 말을 쓰고, 아무 생각 없이 혐오한다고 말하던 트로트를 따라 부르는 나를 발견하곤 한다. 엄마가 입버릇처럼 나에게 했던, '욕하며 닮는다.'는 말이 생각났다. 오늘은 오랜만에 또래 청춘들을 만나는 날이다. 고등학교 동창 모임이지만 초등학교 동창 모임, 중학교 모임, 심지어 병설 유치원 모임이라고 해도 차이가 없다. 유치원부터 고등학교까지 함께 해온 친구들이다. 게 중에 중학교 때 전학을 온 친구가 2명이 있고 반대로 전학을 간 친구가 1명 있기에 그들의 참석 여부에 따라 모임의 이름이 변한다. 오늘은 중학교 2학년 때 전학을 온 찬규가 참석하기 때문에 중학교 동창 모임이 되었다. 보통 스물에서 스물다섯 명이 참석하는데 오늘처럼 명절이 낀 경우는 서른 명이 넘을 수도 있을 것 같다. 얼굴에 로션만 바르고 편한 복장으로 나가려다가 엄마에게 잡혀 잔소리를 들어야 했다.

"얼굴에 분도 바르고 립스틱이라도 좀 바르고 나가. 이쁜 얼굴로 낳아주면 뭐 해. 너 좋아서 따라다니던 희성이도 나올 거라는데 혹시 아니? 희성이가 아직도 널 마음에 두고 있는지 모르잖아. 희성이 이번에 여고 체육 선생으로 온대."

"어머, 그 땅꼬마 희성이가?"

"땅꼬마? 키가 180이 넘는 땅꼬마가 어디 있어."

"희성이는 내 불알친구야."

"이런, 기집애가 엄마 앞에서 못하는 소리가 없어."

엄마가 눈을 흘기며 말했다. 어릴 때부터 볼 거, 안 볼 거 다 보고 자란 친구라서 우리는 스스럼없이 불알친구라고 했다. 희성이는 어릴 때 키가 작아서 친구들이 그를 땅꼬마라고 불렀다. 육상에 소질이 있었는데 중학교 때 광주로 전학 가서 체고를 나와 서울에 있는 대학 체육교육과에 진학해서 이번에 졸업과 동시에 체육 교사가 된 것이다. 1년 만에 희성을 본다고 생각하니 마음이 들떴다. 엄마 말대로 가벼운 화장에 차분한 코트를 입었다. 카멜색 코트에 P가 사준 감청색 목도리를 했다. 본디 키가 크고 비율이 좋다는 말을 많이 듣던 나였기에 아무 옷이나 걸쳐도 이런 시골에서는 눈에 띌 것이다. 이런 걸 군계일학이라고 했던가.

'중증 환자야. 내 잘난 멋에 사는 재수 없는 나르시시스트'

약속 장소인 창식이네 호프집에 도착하니 영희랑 윤재가 먼저 나와 있었다. 둘은 고등학교 1학년 때부터 사귀어 온 오래된 연인이었다.

"얘들아, 새해 복 많이 받아. 영희는 그새 더 예뻐졌는걸. 윤재는 더 의젓해진 것 같아. 둘은 언제나 보기 좋네."

"오 작가, 어서 와. 새해 복 많이 받아. 올해에는 베스트셀러 작가로 거듭나길 바래."

"고마워"

자잘한 일상을 묻고 답하는 판에 박힌 대화지만 서로에게 진심이기에 불편하지 않았다.

“아현아, 오랜만이야.”

창식이가 나를 보더니 반갑게 맞아 주었다.

“창식아, 어머니 편찮으시다며. 괜찮으셔?”

“어~, 많이 좋아지셨어.”

약속 시간이 가까워지자, 하나둘씩 모습을 드러냈다. 솜털이 뽀송했던 그 시절 남자 녀석들이 이젠 코밑과 턱은 파리한 면도 자국이 선명하여 남자의 향기가 물씬 풍겼다. 6시가 되자 밖은 칠흑 같은 어둠이 내리고 자리는 어느 정도 찼다. 성질 급한 녀석들은 이미 음주를 시작한 뒤였고 옛날 개구쟁이 시절의 얼굴이 나왔다. 서울에서 무수한 모임과 술자리에 참석해 보았지만, 이 자리만큼 편한 자리는 없었다. 웃고 떠들지만 선을 넘지 않는 영악함에 군중 속의 고독을 뼈저리게 느껴야만 했던 서울에서의 불편하던 술자리가 생각났다. 하지만 고향 친구들과의 술자리는 날것 그대로다. 이 자리에 나는 대체로 만족한다. 게 중에는 오랜만에 보는 친구들도 있었다. 서울에서 직장생활을 하는 선규나 울산 자동차 공장에 다니는 태식이, 세종시에서 공무원을 하고 있다는 희정이, 공시생 혜진이…….

나름 같은 추억을 공유한 어릴 적 친구는 동질성이라는 끈으로 만나는데 반해 대학에서의 인간관계는 나의 노력 여하에 따라 관계의 질이 달라진다는 점에서 차이가 있었다. 시시껄렁한 얘기를 해도, 술 마시고 좀 실수한다고 해도 괜찮은 친구들인데 많이 소원했다. 내려와서 몇 번 모임이 있었는데 참석하지 않았다. 내 슬픔이나 불행을 행여 그들에게 들킬 것 같아 그랬던 것 같다. 어제 권 씨 아저씨에게 들었던 얘기를 곱씹어 보니 만날 사람은 반드시 만난다는 말에 용기를 얻었다. 앞으론 이렇게 친구들을 만나 수다 떨며 살기로 했다.

"아현이가 왔으니까 다 온 거나 마찬가지네. 근데 희성이도 오기로 했잖아. 희성이가 오면 중학교 동창 모임이 아니라 초등학교 동창 모임으로 바꿔야 하는 거 아닌가? 희성이는 중학교 때 전학 갔잖아."

동창 기수 대표를 맡은 진석이가 말하자 모두 고개를 끄덕여 찬성의 표시를 했다.

"그게 무슨 의미가 있냐. 오랜만에 친구를 만난다는 것에 의미를 두면 되지."

"그래, 진석이 말도 창식이 말도 다 일리가 있어. 오늘은 옆에 있는 친구에게 집중하자."

"아현이 말이 맞는 것 같아. 그런데 희성이가 좀 늦네."

"희성이는 아현 바라기 아니었나?"

"맞아, 아현이를 많이 좋아하긴 했지."

희성이와 나는 생일도 비슷하고 어릴 때부터 같이 자랐다. 각기 엄마 손에 이끌려 목욕탕에서 매번 만났다. 물론 여탕에서 만나 우리는 물장구치며 함께 놀던 친구다. 진짜 볼 거, 안 볼 거, 다 보고 자란 불알친구가 맞긴 하다. 그때 생각하면 내가 황당해서 피해야 하는데 오히려 그 녀석이 여탕 가기 싫다며 울고불고 하다가 제 엄마에게 많이 맞았다. 나를 피해 다녔고 나는 함께 놀자고 녀석을 따라다녔다. 희성이는 아빠가 안 계셔서 엄마 따라 목욕탕에 온 것이다. 그때 생각하면 미소가 저절로 입가에 번졌다. 희성이랑은 못할 얘기가 없는 사이였다. 동성 친구에게도 못하는 얘기를 희성이에게는 할 수 있었다. P와 헤어진 뒤 힘들 때 끝까지 함께 아파해 준 친구였다. 출입구를 의식했다. 롱코트를 입은 희성이가 출입문을 열고 들어왔다. 다른 친구들은 희성이를 오랜만에 보는 것이었다.

"오~우 이게 누구야, 땅꼬마 희성이가 언제 키가 이렇게 큰 거야. 몰라보겠네."

"와~ 너무 멋지다."

여자애들이 희성이에게 큰 관심을 보였다. 훤칠한 키에 훈남 스타일인 그는 서울에서도 인기가 많았다. 운동을 해서 균형이 잡힌 몸매도 뭇 여성에게 관심의 대상이 되기에 부족함이 없었다.

"희성아, 어서 와."

"아현이 옆자리는 비워놨어야지. 진경이는 정학이 옆으로 가고 희성이는 아현이 옆에 앉아."

진석이가 자리 정리를 했다. 진경이는 흔쾌히 자리를 희성이에게 내주었다.

"자~ 술잔을 채우고 건배사 같은 구시대 꼰대 문화는 반대하는데 오랜만에 희성이나 아현이를 보니 반가워서 건배사 한 번 할게. 건배사는 드숑! 마숑!"

진석이의 재기발랄한 건배사로 분위기는 활활 타올랐다. 고등학교를 졸업한 지 7년이 지나 만나는 애들은 그대로였다. 빠르게 변하는 우리의 일상에 지나간 시간이 합쳐져 새로운 공간에서 어릴 적 기억을 찾기 바빴다. 기억의 교집합을 찾아 나누고 싶었던 것이었다. 예전에는 민망했던 순간이 적당한 MSG가 가미되어 큰 웃음이 되었다. 우리가 10년 후 30년 후에도 다르지 않을 것이라고 확신이 드는 것은 비슷한 환경에 특별히 잘난 사람 없고 딱히 모자란 사람 없는 정서적 평등도 한몫한 것이다. 오랜만에 맛보는 자유에 술은 술술 내 몸을 적셨다.

"아현아, 잘 지내지? 너 걱정 많이 했는데."

희성이는 낮은 소리로 내게 물었다.

"응, 잘 지내."

"네 얼굴 보니 마음이 놓인다. 잘 이겨낼 거라 믿었어. 넌 현명한 친구니까."

"희성아, 축하해. 구례여고 체육 선생으로 온다며. 잘됐어."

"너도 임용고시 준비는 잘 돼?"

"아니, 나 포기할까봐. 이대로 사는 것도 나쁘지 않을 것 같아."

"그래, 억지로 하지는 마. 아직 우리 젊잖아."

"고마워, 희성아. 한 잔 할까?"

우리는 건배했다. 말하지 않아도 통하는 친구가 있다는 것은 큰 행운이었다. 예전에 희성이에게 엉뚱한 얘기를 한 적이 있었다.

"희성아, 네가 게이였으면 좋겠다고 생각한 적이 있어. 그럼, 여행도 같이 가고 남 눈치 안 보고 좋을 텐데."

나의 이기적인 말에 희성이는 웃으며 말했다.

"한 번 생각은 해보겠는데 나는 여자가 좋은걸."

"농담이야. 진지하게 말하니까 미안하잖아. 나 정말 밥맛 없지? 이기적이고 나르시시스트의 전형인가 봐. 내가 봐도 나 재수 없어."

"자책하지 마. 그만큼 내가 편하다는 증거니까."

희성이랑 베프라고 말하면 엄마는 친구라는 좋은 말 놔두고 이상한 말을 한다고 했다. 무작정 줄이기만 하는 언어문화에 반성이 필요한 대목이다. 적어도 시인이라는 내가 말이다.

술이 조금 오르자 삼삼오오 뜻이 맞는 친구들끼리 어울렸다. 간혹 언쟁이 벌어지기도 한다. 남자들은 아이브 파와 르세라핌 파로 나뉘어 다투기는 하지만 결국 목소리가 큰 창석이가 좋아하는 르세라핌 파가 이긴다. 나이가 나이인 만큼 연예인의 가십거리가 대화의 주제가 되는 경우가 많다. 사춘기때 아주 잠깐, 서로가 다른 性에 대한 어색함이 있었지만, 곧 인정하고 금방 회복하는 친구들이었다. 생리대를 안 가져와서 고민할 때 학교 담을 넘어가서 사다 준 친구가 바로 희성이었다. 나만이 아니라 다른 여자애들도 그런 경험이 한 번쯤 다 있었다. 지금 생각하면 창피해야 하는 일인데 그때는 자연스러운 일이었다. 예민한 시기에 누가 누구를 마음에 두고 있는지 알면서도 모른 척 해주는 배려심 깊은 애들이었다. 게 중 선하지 않은 녀석들이 없었던 것은 아니었지만, 그들은 알아서 우리 기억에서 사라졌다. 술은 대화의 폭을 넓혀주지만, 이해를 전제로 하지 않았다. 진지하고 의미 있는 말만 해야 한다면 술은 억압의 상징이 되지 않을까. 무슨 말을 해도 상대에게 상처가 되는 말만 아니라면 휘발되어 뇌리에 남지 않았다. 우리가 술을 찾는 이유가 아닐까.

"희성이는 만나는 사람 있어?"

영희의 질문에 희성이는 내 눈치를 살폈다. 희성이가 여전히 내게 마음이 있다는 것을 알면서도 티를 내지 않았다. 친구 이상의 감정의 변화가 일어나지 않기도 하지만 어쩌면 그런 희성이의 마음을 즐기는 것은 아닐까. 가까운 친구들은 내게 입장을 분명히 밝히라고 했었다.

"아직은 없지만 좋아하는 사람은 있어."

희성이의 애매한 대답에 궁금증은 증폭되었다.

"혹시, 너 아현이를 아직도 좋아하는 거니?"

진숙이 말에 희성이는 긍정도 부정도 아닌 표정으로 분위기를 바꾸려고 애썼다.

"술이나 마시자. 아현이는 내 오랜 친구야. 더 이상 애매한 분위기

안 만들었으면 좋겠어."

희성이에게 다른 사람이 있다고 했으면 내 기분은 어떨까? 사실 조금 서운했을 것이다. 오늘따라 희성이라는 존재에 자꾸 신경이 쓰였다. 2차 가서 한 잔 더 하자는 무리와 노래방 가자는 무리로 나뉘었다. 술을 마실 수 있는 노래방이 얼마 전 오픈했다며 그쪽으로 옮기는 분위기였다. 어제 잠을 설친 탓에 졸음이 밀려왔다. 슬쩍 빠지려고 눈치를 봤다. 화장실을 들르는 척하다가 집으로 향했다. 희성이가 나를 따라왔다.

"모른척 해줘. 나 집에 가려고. 어제 잠을 못 자서 너무 피곤해."

"내가 바래다 줄게."

"아니야, 애들하고 놀아. 혼자 가도 돼."

"이곳은 여전히 어두워. 지금 시간, 서울에서는 초저녁인데 말이야."

"여기는 시골이잖아. 8시만 되면 어둠이 지배하는 것 같아."

코끝이 쌩하는 바람이 닿았지만 춥다는 느낌보다는 청량함이 얼굴에 느껴졌다.

"아현아, 요즘 어때? 너무 좋아했기에 쉽지는 않을 거야."

"씩씩하게 이겨내고 있다고 생각했는데 가끔 가슴이 무너지는 고통이 밀려오면……."

"아현아, 잊으려고 애쓰지 말고 받아들여."

"고마워"

어느새 우리는 집 앞에 와 있다.

"희성아, 항상 고마워. 언제나 내 편이 되어주는 너를 보면 든든해."

"고맙긴. 우린 불알친구잖아. 하하하"

"호호호"

현관에 불빛이 들어왔다. 엄마가 기척을 느꼈는지 현관문을 열고 아는 척을 했다.

"아현이 왔니? 어머 희성아, 추운데 들어와서 차 마시고 가"

"어머니 너무 늦었어요. 환할 때 놀러 올게요. 안녕히 계세요."

희성이의 뒷모습을 모녀가 함께 바라보았다.

"희성이, 잘 컸네. 너희들이 어릴 때부터 희성이 엄마랑 나랑 사돈 맺기로 약속했는데."

"엄마, 그 소리 그만하셔."

어릴 때부터 엄마는 희성이를 많이 아꼈다. 앞집 뒷집이라는 지리적인 거리에다 희성이 엄마랑 엄마는 고등학교 선후배 사이이기도 했다. 엄마 말로는 한강 이남에서 제일 명문이라고 했는데 그건 다분히 엄마의 뇌피셜에 불과하다. 광주에 있는 여고를 졸업한 엄마는 서울에 있는 사립 여대를 나와서 지금은 사라졌지만, 서울역에 내리면 제일 먼저 보였다는 큰 빌딩의 대기업에서 직장생활을 했었다. 지금은 임영웅만 좋아하는 아줌마지만 영어영문학을 전공했다. 지금도 영시를 잘 외워 우리 가족을 놀라게 한다. 희성이 아빠는 전도유망한 직업군인이었는데 사고로 순직하셨다는 말만 들었다. 희성이네 가족이 이곳에 온 것은 세 네 살 그 무렵이었다. 키가 작고 몸이 왜소하지만, 큰 눈에 흰자위가 아주 맑았던 어릴 적 기억이 났다. 희성이는 어릴 때부터 인사성이 밝고 말을 참 예쁘게 해서 어른들이 좋아했다. 한 번도 희성이가 남자라는 생각을 안 해봤다.

"아현아, 희성이 너무 괜찮지 않니?"

"괜찮으면 엄마가 데리고 사시던가."

엄마의 설레발에 일침을 가해야 했다.

"선생에다 키도 훤칠하고 성격도 좋고 무엇보다 애가 밝아서 좋아."

나는 더 이상 엄마의 독주를 막을 방법이 생각나지 않았다. 자리를 피하는 게 답이라고 생각했는데 아빠의 목소리가 들렸다.

"누구? 희성이가 왔어?"

초저녁잠을 자던 아빠가 깨어 대화에 동참하였다.

"이 양반, 자다가 봉창을 두드린다더니. 가서 주무셔."

"아현이 왔구나. 저녁은?"

"아빠, 맥주 한 잔 할까?"

"싫어. 소맥이면 콜?"

"읍장이라는 양반이 채신머리 좀 챙기시지"

엄마의 핀잔에도 아빠는 순진무구한 얼굴로 엄마에게 애교를 부린다. 나는 이런 아빠의 모습을 영상으로 남겨 협박하고 싶다는 엉뚱한 생각을 했다. '근엄한 척 오달서 읍장의 이중생활'이라는 썸네일로 유튜브 방송하면 대박 날 것 같다. 은석이가 보이지 않았다.

"은석이는 어디 갔어?"

내 질문에 아빠가 대답했다.

"은석이 알바 갔어."

"그 녀석, 오늘 같은 날도 알바를 해. 곧 군대 갈 놈이 놀아야지."

"그러게 말이야."

"아빠, 은석이 용돈 좀 많이 주세요."

"주면 뭐 하니. 쓰지 않는데."

은석이는 어릴 적부터 애 늙은이라는 소리를 듣고 자랐다. 할아버지에게 한문을 배워서인지 고리타분한 말만 골라 하는 세상에서 제일 재미없게 사는 청춘이다. 명석하지는 않지만 공부밖에 모르는 녀석은 무려 서울대생이다. 물론 농어촌 특별전형이라는 혜택을 입었지만 대학 가서도 공부를 열심히 하는 모양이었다. 물리천문학부에 다니는데 꿈이 물리학 교수라고 한다. 평생 연구실에서 썩을지 모른다고 부모님은 안 해도 될 걱정을 한다. 아무튼 은석이는 우리 마을의 자랑인 건 분명하다. 아빠는 나랑 술 마시는 걸 좋아한다. 내가 술 상대를 안 해줘서 서운한 모양이었다. 엄마가 가끔 내게 말한다.

"너, 아빠랑 술 좀 같이 마셔줘. 아빠가 그렇게 바라시는데 좀 들어드려."

"알았어."

"이 기집애, 말 만…"

아빠는 어린아이처럼 신나서 냉장고를 열고 시원한 소주와 맥주를 꺼냈고 엄마는 황태포를 석쇠에 구웠고 나는 오이랑 파프리카, 당근을 먹음직하게 썰어 예쁜 그릇에 담았다.

"엄마, 아빠 새해 복 많이 받으시고 더 건강하세요."

"맞아. 너, 세배도 안 했구나."

"아현이는 지금처럼만 하면 돼."

"너, 임용고시 준비는 하고 있니?"

엄마는 아빠보다 현실적인 얘기를 했다.

"걱정은, 아현이가 알아서 하겠지. 그지?"

아빠는 엄마의 잔소리를 막아주었다.

풍성한 거품이 부드러워 목 넘김이 편했다. 아빠는 소맥을 즐겨 마시는데 3잔 이상은 절대 마시지 않는다. 읍장이라는 지위 때문에 더더욱 항상 조심해야 한다는 아빠의 의지 표현이었다. 매사 몸을 낮추는 아빠의 성격에 주위의 평판이 좋아서 차기 군수감이라는 얘기가 나오고 있었다. 그런 아빠의 명성에 누가 되지 않으려고 우리 남매는 처신에 신경을 썼다. 그런 아빠가 자랑스럽다고 생각하면서도 침해당하는 자유(?)에 대한 서러움은 남아 있었다. 단지 말을 안 했을 뿐이다.

사사로운 얘기를 했다. 언제나 대화의 주도권은 엄마에게 있었고 아빠는 미소로 답했다. 엄마, 아빠를 보며 평화를 배웠다. 아빠는 우리 남매에게 늘 여유를 말했고 엄마는 겸손을 가르쳤다. 나름 반듯하게 자란 이유일 것이다. 실연의 아픔에 힘들어할 때도 나를 지켜주는 것은 가족이었다. 사랑하는 사람도 필요하고 친구 역시 없으면 안 되는 존재이지만 모든 것에 기본은 가족이라는 것을 요즘 많이 느끼게 된다.

"다녀왔습니다."

은석이가 알바를 마치고 현관으로 들어왔다. 특유의 유쾌함으로 항상 웃지만, 지친 내색을 숨기지 못했다.

"너는 군대 갈 놈이 무슨 알바냐. 그렇게 돈 벌어서 뭐 하려고?"

"아무리 알바라도 맡은 바 최선을 다해야지. 누나, 새해 복 많이 받아."

"그래, 은석이 너도."

은석이는 욕실로 가서 씻고 나왔다. 내 동생이지만 참 잘났다. 아빠, 엄마의 장점만 물려받아서 이목구비가 웬만한 여자애들보다 예뻤다. 키가 조금 작은 게 흠이라면 흠이었다. 은석이는 자기가 마실 맥주잔을 들고 와서 합석했다.

"너도 술 마시게?"

"누나, 나도 이제 만으로 스무 살이야."

아빠는 은석이 잔에 맥주를 따랐다. 은석이는 무릎을 꿇고 잔을 받았다.

'저 유학자 꼰대 같은 녀석은 인생 참 피곤하게 산다.'

은석이는 고개를 돌려 맥주를 시원하게 마셨다. 옛날에 태어났으면 오히려 더 좋았을 것이다. 샌님의 전형적인 모습을 타고 났다.

은석이는 겉옷 주머니에서 통장과 도장을 꺼내 아빠에게 내밀었다.

"아버지, 과외 알바해서 틈틈이 모은 거예요. 저 똥차, 그만 타시면 안 돼요?"

"인석아, 무슨 소리야. 아직 멀쩡한데"

"이걸로 새 차 사세요. 요즘 군대 가면 월급 많이 주니까 할부금은 제가 갚을게요."

나는 녀석의 통장을 열어보았다. 꽤 오랜 시간 모은 것이라는 걸 알 수 있었다. 천만 원이 조금 넘는 돈이었다.

아빠는 은석이의 손을 잡으며 부드럽게 말했다.

"은석아, 아빠는 이 돈 못 써. 아들이 알바로 번 돈으로 어떻게 차를 사. 아빠는 네 마음만 받을게"

"아버지, 검소하신 것도 좋지만 저 차는 수명을 다했어요. 환경오염의 주범이라고요."

"그건 은석이 말이 맞아. 친환경을 실천하셔야 할 읍장님이 대기 오염의 주범이라니. 이참에 저 똥차 폐차하시고 새 차 사세요."

내 말에 아빠는 수긍하는 눈치였다.

"그럼, 백만 원만 받을게. 나머지는 네가 써."

"이런 훈훈한 분위기는 뭐야. 그럼 나도 돈을 내야지. 아빠, 저는 누나니까 이백만 원 보탤게요."

"하하하"

"여보, 당신은 얼마 보태줄 거야?"

아빠는 엄마에게 손을 내밀었다.

"알았어. 나머지는 내가 알아서 해야지."

"우리 아현이랑 은석이 덕분에 아빠만 신났네."

"하하하"

"호호호"

오랜만에 웃음꽃이 피어났고 아빠는 3잔의 룰을 깨고 다섯 잔이나 마셨다. 하지만 하나도 취하지 않은 모습이었다. 은석이의 깜짝 발표가 세상에서 가장 맛있는 안주가 되었고 가족이 주는 행복이라는 나무를 마음에 심었다. 연휴가 하루 남은 탓일까. 늦은 시간까지 우리는 깨어 있었다.

自殺 자살

Knife, cuts like a knife,
I will I ever heal
I'm so deeply wounded
knife, cuts like a knife
You cut a way the heart of My life

When I pretend Where's my fool my dearest friend
I wonder if they knowIt's just a show
I'm on a stage Day and night
I go through my charade
But how can I disguise What's in my eyes

knife, cuts like a knife,
How will I ever heal
I'm so deeply wounded
knife, cuts like a knife you cut away
the Heart of my life

– 1984. 'Knife' song by Rockwell

간밤에 잠을 설친 탓일까. 오 작가가 돌아가고 난 뒤 깊은 잠을 잤다. 생전 낮잠을 모르고 살았는데 나도 나이를 먹나 보다. 자고 일어나니 눈은 이미 다 녹아서 아래로 흘러내렸다. 눈이 올 때는 예쁜데 녹을 때는 마땅치 않다. 때 묻은 순수가 불편하다. 누구나 겪는 20대의 아픔과 방황을 이겨내면 더욱 성숙하리라. 오 작가를 보는 내내 경외감마저 든다. 젊음이 주는 부러움을 아무리 말해도 그녀는 모를 것이다. 나에게도 그런 시절이 있었는데 이제는 한없이 침전하는 내가 거울에서 자주 목격된다. 지금 생각해 보면 무모하리만큼 내 마음을 숨기고 살았다. 항상 괜찮은 척 가면을 썼다. 그것이 나를 지키는 것인 줄 알았지만, 한없이 나를 가두는 족쇄가 되기도 했다. 누구에게 속 시원하게 털어놓고 싶다는 생각조차 하지 못했던 나였는데 그녀는 스스로 털어내며 자정하는 건강함을 보여주었다. 다시 그 시절로 되돌아간다면 어떤 선택으로 어떤 삶을 추구했을까? 취업보다는 대학을 택했을 것이다. 비록 많은 시간을 알바로 보내야 하는 고달픈 학생이겠지만 자유와 낭만을 느낄 수 있지 않았을까. 야간대학생에게 자유와 낭만은 사치에 불과했다.

그녀와 헤어진 후 나는 시간에 쫓겼다. 새로운 환경에 적응도 해야 했고 옮긴 W은행은 내게 중책을 맡겼다. 바쁘지 않았다면 아마도 무너졌을 것이다. 학과 공부도 소홀할 수 없었다. 지독하게 나를 독려한 탓에 우수한 성적으로 졸업했고 내 직급은 올라갔다. 중도에 포기하는 동료들이 많았는데 나는 고졸 행원의 모범사례가 되었다. 하지만 채워지지 않는 빈 가슴은 어쩔 수 없었다. 함께 기뻐해 줄 사람도 없이 혼자 자축하다 나는 또 극단적인 선택을 하게 되었다. 대리로 진급한 날 축하 회식을 마치고 빈집에 불을 켜고 들어가는데 선뜻, 마음이 내키지 않았다. 문을 열고 들어가면 다시는 못 나올 것 같은 공포에 휩싸였다. 화려한 네온사인이 불 밝히는 술집에 가서 한없이 타락하고 싶었다. 한 번도 해보지 못한 탈선(?)에 나를 내던지고 싶었다. 나는 택시를 타고 접대로 몇 번 간 적이 있는 유흥주점이 밀접한 곳으로 향했지만 용기가 나지 않았다. 그 짧은 시간에도 내일을 걱정하는 한심한 나를 발견하고 내가 한없이 미워졌다. 택시를 돌려 집으로 돌아왔다. 언제 마시다 만 것인지 알 수 없는 김빠진 소주를 마셨다. 싱거워야 할 소주가 내 인생처럼 썼다. 안주라곤 참치캔 하나, 순간의 선택으로 몇십 만원을 아꼈다고 자위하며 홀로 자축 파티를 열었다. 사람이 사는 곳에서 다른 사람처럼 살고 싶었다. 헤어질 수밖에 없었던 그녀가 그리운 날이었다. 혹시라도 술 마시고 찌질하게 전화해서 그녀를 괴롭힐 것 같아 집 전화를 끊어 버렸다. 헤어진 후 오래지 않아서 직장을 옮겼기에 그녀에게 연락이 올 리는 만무했다. 헤어지고 일주일이 지난 어느 날 그녀에게 온 마지막 전화가 생각났다.

"오빠, 잘 지내? 미안하다는 말 하고 싶었어. 오빠는 좋은 사람이지만 내 가족을 버릴 수는 없었어."

"미안해하지 마. 운명이 우리를 갈라놓은 것뿐이야."

"오빠, 건강해야 해. 술 너무 마..."

그녀의 말이 끝나기도 전에 나는 전화를 끊었다. 헤어진 이상 조금이라도 남은 미련마저도 끊어버려야 했다. 매달리고 싶었다. 내 진심이 전해진다면 그녀 앞에서 할복이라도 할 수 있을 것 같았다. 하지만 다 부질없는 일이라는 걸 나는 잘 알고 있었다. 그날은 비도 촉촉이 내려 죽기 좋은 날이었다. 죽음을 각오한 마당에 대출금 걱정이나 하는 내가 너무 싫었다. 죽기 전 그녀를 한 번 본다면 얼마나 좋을까. 하지만 삶의 미련이 생겨 편히 떠나지 못할 것 같았다.

"빌어먹을 내 인생에 건배를"

"Q야, 잘 지내. 저승 가서도 그리울 거야."

나는 번개탄을 피우고 잠이 들었다. 예전이나 지금이나 자살의 고전인 번개탄, 깊은 잠에 빠져들었다. 취기가 올라 사방이 심하게 흔들렸다. 방바닥이 올라와 나도 모르게 바닥을 굴렀다. 지옥으로 가는 길에서 있는 것 같았다. 내일 신문에 연희동에 사는 K모씨 늦은 대리 진급에 불만을 품고 자살했다. K씨는 평소 학벌 우선주의가 만연한 우리 사회에 불만을 가진 것으로 알려졌다는 신문 기사가 날 것이다. 원래 기자들은 그때나 지금이나 흥미 위주로 자기 맘대로 쓴다. 어두운 새벽녘 하나의 점이 보였다.

'드디어 고단한 내 삶에 마침표를 찍는구나.'

저승이라고 하기에는 머리가 너무 아팠다.

'머리 아픈 지옥에 떨어진 것일까?'

하지만 내 감각은 살아 있었다. 다행이라고 하기엔 너무 허무한 현실이 내 눈앞에 있었다. 번개탄이 꺼져 있었다. 머리만 아플 뿐 망할 놈의 내 인생은 다시 연장된 것이다. 번개탄이 불량이었나, 아니면 내가 불을 제대로 안 붙인 걸까. 허무한 마음에 견딜 수 없었다. 나는 다음을 기약하기로 하고 서둘러 출근 준비를 했다. 기분은 아주 엉망이었다. 숙취에 연기 탓인가 죽음보다 더한 고통을 안고 출근 버스에 올랐다. 오전 내내 정신이 몽롱했다. 어제 먹은 것이 없어서 헛구역질만 연신 나와 집중을 할 수 없었다. 죽지 못한 아쉬움보다 당장에 숙취가 나를 괴롭혔다. 점심으로 매운 짬뽕을 먹었다. 사천 짬뽕에 고춧가루를 타서 국물을 마시고 나니 위장이 얼얼했다. 그것은 속이 풀린 게 아니라 잠시 마비된 것이었다. 그날 이후 미친놈처럼 일을 했다.

'이번에는 과로사로 명예롭게 가는 거야.'

아침 6시에 일어나 컴퓨터 학원을 들러 8시에 출근해서 자정이 되어서야 퇴근했다. 그런 생활을 보름째 하고 있었다. 하루에 4시간만 잠을 자면 한 달이면 내가 원하는 명예로운 과로사로 갈 수 있을 것 같았다. 잠이 부족하니 눈 밑에 다크 서클이 하루하루 깊어졌다. 입맛이 없어서 점심을 걸렀다. 한 달쯤 지났을까. 그날도 점심을 거르고 당좌

수표 정리에 열중하고 있었다. 내 업무는 아니지만 휴가 간 조 주임을 위해 내가 했다. 몽롱한 정신에 속이 매스꺼웠다. 아무것도 먹은 것이 없는데도 구토가 나왔고 맥박이 마치 슬로우 비디오처럼 느리게 뛰었다. 그리고 기억을 잃었다.

'이제 드디어 한 많은 이 세상과 안녕인가? 그런데 이곳은 어디지.'

소독용 알콜 냄새가 코를 찔렀다. 누군가가 내 눈을 뒤집어 까고 환한 빛을 내 동공에 비췄다.

"환자분, 정신이 드세요?"

"여기가 어디에요?"

"기억 안 나세요? 여기 병원이에요. 보호자 불러올게요."

간호사가 병실 밖으로 나가 내 보호자라는 사람을 데리고 왔다. 나는 고개를 돌려 버렸다.

그 사람은 Q였다. 누가 그녀에게 알린 것일까?

"오빠, 괜찮아? 심한 영양실조래. 며칠 입원해야 할 것 같아."

"미안해, 어떻게 안 거야. 상관없는 일에 엮이게 됐네. 이제 가도 될 거 같아. 고마워."

어떻게 내 소식을 알았느냐고 물었더니 경춘이에게 들었다고 했다. 나를 살려 보겠다는 마음이었는데 옆에 있으면 혼쭐을 내고 싶었다. 그녀를 물끄러미 바라봤다. 그녀의 모습이 낯설었다. 짧은 단발머리가 어울리는 사람인데 긴 생머리에 화장기 있는 얼굴이었다. 민낯이 더 예쁜 사람인데.

"석창이 오빠"

"그래, 너에게 보이고 싶지 않은 모습을 보이고 말았구나."

그녀에게 어색한 미소를 보내주었다.

'내 사랑 그대. 어떻게 해.'

나는 눈물이 멈추지 않았다. 울지 않아도 눈물이 난다는 것을 그때 알게 되었다.

아직 만나는 사람이 없는 것 같았다. 그러길 바랄만큼 그녀는 여전히 예쁘다.

"석창이 오빠, 건강 잘 챙기고 잘 지내. 나 갈게"

나는 눈물을 닦고 쓴웃음으로 그녀를 보았다. 그녀의 행복한 모습을 보았으면 좋았을 것을…….

나에 대한 미안함 때문일까. 그리 밝은 표정은 아니었다. 마음이 쓰였다. 그 후로 이틀을 더 병원에 있다가 퇴원했다. 퇴근하는 날 차근호 대리가 병원에 왔다. 아버지 차라며 승용차를 몰고 왔다. 내 옆자리인데 나이가 나보다 두 살 어려서 나를 형처럼 잘 따랐다.

"석창이 형, 나 왔어"

"회사는 어쩌고?"

"형 퇴원하는데, 연차 썼지"

"이런, 신세를 졌네."

"형은 다 좋은데 그놈의 체면 차리는 게 문제야. 신세 지고 받고 사는 거지"

"그래, 고맙다."

그는 나를 부축하려 했지만, 오히려 불편했다.

"이제 괜찮아."

"삼계탕 먹고 갑시다."

"그래, 내가 살게."

우리는 무교동에 있는 단골집에서 삼계탕을 먹었다. 철이 아니라서 식당은 한산했다. 꼭 복날만 먹으라는 법은 없었지만 복날 먹는 것만 못했다.

"석창이 형, 보호자로 온 여자분과는 어떤 사이에요? 혹시 동생?"

"아니야."

"그럼 소개 시켜 줘. 예쁘던데."

"임자 있는 사람이야. 하하하"

"그러지 말고 나 진심이야."

"하하 녀석, 내 옛 여자 친군데."

"… 미안."

"아니야."

"괜찮은 분 같던데 왜 헤어진 거야?"

"남자, 여자 만나고 헤어지는 게 꼭 합당한 이유가 있어야 하는 건 아니잖아. 사랑이 지겨우면 헤어지는 것이고 또 다른 사람 만나고….”

“맞아. 근데 그분, 형 걱정 많이 하던데.”

“먹기나 해”

밥을 먹고 나와 근처 커피숍에서 커피를 마셨다. 성애랑도 왔었고 Q와도 왔던 곳인데 그때 그대로였다. 여기저기 남아 있는 기억이 떠올랐다. 성애와는 내가 너무 서툴렀다. 하나부터 열까지 책에서 본대로만 하면 될 줄 알았는데 연애는 책과 다른 돌발 상황이 많았다. 경직된 사고로 쉽게 불붙은 만큼 쉽게 꺼져버렸다. 그 후 성애는 이 사람 저 사람 수집하듯 만났지만, 그 누구와도 오래가지 못하고 헤어졌다. 성애는 한 남자에게 만족하지 못하는 성격인지 모른다. 술만 마시면 내게 전화해서 다시 시작하자는 말을 습관처럼 했다.

“석창 씨, 지내보니까 석창 씨만한 사람이 없더라. 내가 잘할게. 우리 다시 시작하자.”

“늦었어. 내일 일어나서 기억조차 하지 못할 말 그만해. 끊는다.”

한때 흔들린 적도 있었다.

‘다시 시작해 볼까? 나름, 매력 있는 사람이잖아. 하지만 아침이면 사라지고 말 사람이라는 걸 잘 알잖아’

한동안 잘 지냈다. 은행 업무에 탁월한 성과를 거둬 지점장들이 서로 데려가려고 했다. 하지만 달콤한 연애 감정을 맛본 탓일까. 끝없는 고독이 밀려와 내 일상을 좀먹었다. 받는 사랑이 꿈만 같고 달콤했는데 지나고 보니 줄 수 있는 즐거움이 더 그리웠다. 시도 때도 없이 드는 나쁜 마음이 놀이처럼 느껴졌다. 약도 먹어보고 무단횡단을 그토록 했건만 나는 아직 살아 있다. 가장 확실한 방법이 무엇일까. Q와 함께 갔던 바다에 가서 물고기에게 내 몸을 공양을 하는 것이다. 토요일 연차휴가를 쓰고 금요일 저녁에 강릉 가는 기차를 타는 것이다. 드라마로 유명해진 정동진 해변에서 붉게 물든 아침 해를 보고 그녀와의 추억이 어린 낙산사로 가서 그녀에게 글을 남기고 생을 마감하는 것이다.

그대에게
나, 그대 없이 사는 게 무섭소.
가슴에 난 구멍으로 들어오는 찬바람이 너무 차군요.
당신이 가르쳐 준 사랑은 내게 너무 소중했어요.
내 간직하고 또 간직하리다.
혹여 당신 탓이라고 생각하지는 마요.
모든 게 다 내 탓이니까.

며칠을 걸쳐 고치고 또 고쳐 그녀에게 남기는 글을 썼다. 이 글을 쓰면서 속으로 흘린 눈물이 강이 되고 바다가 될지 모른다. 요절은 아무에게나 붙어주는 것이 아님을 알았다. 하지만 한 사람만이라도 요절이라고 해주었으면 좋겠다. 스물아홉이면 요절했다는 말을 들을 수 있지 않을까. 그런데 요절이라는 말을 들으려면 뭔가 이름을 남길만

한 재주가 있어야 하는데 마땅히 이름을 남길만한 것이 없었다.

'W은행 사상 가장 높은 근무 평점이나 대학 평균 학점 4.4 뭐 이런 거는 명함도 못 내밀겠지'

이럴 줄 알았으면 나를 돋보이게 하는 뭐라도 해 둘 걸 하는 후회가 밀려왔다. 하루 종일 내 주변을 정리했다. 내 조수인 조 주임의 업무까지도. 조 주임은 붙임성도 좋고 다 좋은데 덜렁거리는 성격 때문에 실수를 많이 한다. 내가 잡아 주어야 하는데 여기까지인 것 같다. 저녁 9시가 조금 넘은 시간, 지하철을 타고 청량리역으로 갔다. 청량리는 동해를 보러 가는 기차가 출발하는 역이기도 하지만 우리나라를 대표하는 사창가가 있는 곳이다. 해돋이를 보러 가는 사람들과 호객하는 노파들이 뒤엉켜 묘한 분위기를 만드는 곳이다. 젊은이고 늙은이고 할 것 없이 붙잡았다.

"총각 재미 한 번 보고 가. 예쁜 아가씨 많아"

'죽으러 가는 마당에 못 이기는 척 따라가 볼까?'

나는 그 노파에 이끌려 정육점 간판 색의 짙은 조명이 내리는 가게로 따라 들어갔다. 죽어가는 내 청춘에게 마지막 선물을 주겠다는 명분으로 말이다. 직업여성은 생각했던 것과 달리 오다가다 만날법한 얼굴에 화장이 짙을 뿐이었다. 그녀는 죄의식을 가지는 나를 안심시키고 나를 위해 최선을 다했다. Q와의 관계가 생각나서 망설였지만 새로운 경험이었다. 끝나고 찝찝함을 느낄 새도 없이 강릉행 기차에 몸을 실었다.

'수컷이라는 동물은 참 편하기도 하지.'

나는 고상한 척하지만, 어쩔 수 없는 수컷에 불과했고 사실 오랜만이었다. 살구 향에서 벗어났다는 것이 오히려 슬픔으로 다가왔다. 본능에 충실했다는 변명 아닌 변명을 하고 싶었다. 그 후로 오랫동안 청량리에서 만난 그 여인이 생각났다.

밤기차는 까만 밤을 달렸다. 가끔 지친 것일까. 쉬어 가기를 반복했다. 태백산맥을 넘는 디젤기관차는 있는 힘을 짜냈다. 직선으로 가면 금방이겠지만 기차는 사람이 있는 곳을 골라서 서고 가기를 반복했다. 어느덧 한강의 열 배, 아니 백배 그 이상 큰 물결과 마주했다. 아직 어두워 다 보이지 않았다.

'노래로만 듣던 겨울 바다의 감성이 이런 것일까.'

그녀와 왔던 때와 비교하니 쓸쓸하기 짝이 없었다. 해 뜨는 전이 제일 춥다고 했던가, 늦가을 찬바람에 잔기침이 났다. 작은 역사에는 해돋이를 보러 온 사람들로 가득했지만, 생계를 위해 기차를 기다리는 사람도 있었다. 해변에도 사랑하는 연인들이 참 많았다.

'죽기 안성맞춤이다.'

적당한 스토리와 만인에게 어필한 유서 한 장이면 사람들은 나를 생각할 때 꽤 괜찮은 젊은이가 안타까운 선택을 했다고 할 것이다. 일출을 목격하는 것은 전생에 덕을 쌓아야 가능하다는 옆에 있는 사람의 말이 귀에 들어왔다. 해는 매일 뜨고 지는 것인데 바다에서 뜨는 것이 뭐 그리 대단하랴. 추웠다. 퇴근과 동시에 달려온 터라 흰 와이셔츠에 줄무늬 넥타이 그리고 조문 갈 때나 입을 법한 검은 정장. 죽는 마당에 추위를 느끼던 것은 왜일까. 해를 보러 오려면 적당한 복장이 필요한 것일까. 검은 정장에 넥타이는 참 많이 어색했다. 주위를 둘러봐도 나 같은 옷차림은 아무도 없었다. 평소 같으면 창피했을 텐데 그날만큼은 아무렇지도 않았다. 해가 뜨려면 두 시간은 기다려야 했다. 특이하게 생긴 해송 한 그루가 눈에 들어왔는데 바람에 쏠린 작은 나무가 '고현정 소나무'라는 것을 짐작케 했다. 집에 TV가 없었는데 모래시계라는 드라마 때문에 급하게 TV를 샀다. 드라마가 방송되는 날이면 직원들이 순식간에 사라졌다. 그런 날 회식하자는 상사가 있다면 그는 평생 혼자 회식을 해야 할 것이다. 드라마 때문에 이름을 얻은 귀한 해송이었다. 그리고 포장마차가 보였다. 빈속에 소주를 마셨다. 소주는 참 요물이다. 빈속 구석구석을 요격하는 미사일처럼 내 장기들을 깨웠다. 제일 먼저 반응하는 것은 언제나 아래로 향하는 식도가 그것이었다. 위와 장을 아우르다 뇌까지, 소주는 20세기를 통틀어 최고의 걸작품이라고 생각했다. 라디오에서 들었던 시 낭송이 생각났다. 한 번 들으면 거의 다 기억하는데 몇 번의 자살 시도로 바보가 된 것일까. 기억이 가물거린다. 그러나 소주가 한 잔 더 들어가자 생각이 났다.

> 살아서 고독했던 사람 그 빈자리가 차갑다. 아무리 동백꽃이 불을 피워도 살아서 가난했던 사람 그 자리가 차갑다. 나는 떼어 놓을 수 없는 고독과 함께 방파제에 앉아 술을 마셨다. 해삼 한 토막에 소주 두 잔 이 죽을 놈의 고독은 취하지 않고 나만 등대 밑에서 코를 골았다. 술에 취한 섬 물을 베고 잔다. 파도가 흔들려도 그래도 잔다.
>
> – 이생진, 그리운 바다 성산포 중에서

아무리 생각해도 난 천재인가보다. 시 구절이 뮤직 박스처럼 틀면 입에서 그냥 나오니 말이다. 바다를 안주 삼아 소주를 마셨다. 사람들이 하나 둘 웅성거리기 시작했다. 해가 떠오르려는 것 같았다. 하지만 내 부덕한 탓일까. 구름에 가려 동쪽 하늘을 붉게 물들이기만 했다. 아쉬웠지만 어릴 때 해를 왜 노란색으로 칠했을까 하는 의문이 들었다. 해는 붉게 타는 게 맞았다. 해는 그 자리를 지키고 내가 서 있는 지구가 공전을 하였다. 내가 서 있는 지구가 아래로 내려가니 해가 하늘 위로 올라가고 있는 것처럼 보였다. 대자연의 법칙 앞에 '나'라는 존재는 얼마 만큼일까. 우주에서 미물에 불과한 지구별에서도 50억분의 1밖에 안 되는 내가 오늘 죽는다고 달라지려나. 내일 조간신문 사회면에 한 줄 기사라도 나려나. 부조리한 이 사회에 거대한 담론을 제시하지 못하는 자살이라면 묻힐 것이고 설사 기사 한 줄 나더라도 혀를 차며 내 죽음을 비웃을 것이다.

"요즘 젊은것들, 약해 빠져서 우리 때는 전쟁통에서도 살아남았는데 말이야. 말세야 말세. 쯔쯔"

'죽어도 해 뜨는 건 보고 죽으리라. 전생에 덕이 모자랐다면 이생에서 덕을 쌓으면 허락하지 않을까. 아니면 전생에 덕을 쌓은 사람과 함께 하면 볼 수 있지 않을까.'

내가 자살을 시도하는 이유가 과연 삶의 미련이 없어서일까. 가슴에 손을 얹고 나를 돌아보았다. 어릴 때 잠깐 숙부의 집에서 산 적이 있었다. 그때 나는 언제나 배가 고팠다. 눈칫밥은 먹어도 살로 가지 않았고 나는 늘 배앓이에 시달렸다. 어느 날, 숙부의 지갑에서 2,000원을 훔쳐 자장면과 만두를 배 터지게 사 먹었다. 경찰에게 잡혀가도 좋다고 생각했다. 하지만 배가 꺼지고 나는 죄책감에 시달려야 했다. 그리고 그날 죽기 직전까지 맞았다. 11살짜리 절도범(?)은 파렴치한 놈이 되었고 이후 숙부 집에 돈이 없어지면 나는 상습 절도범 용의자가 아닌 피의자가 되어 무지막지한 매질에 고막이 터지고 온몸에 멍 자국이 선명해졌다. 그중에 20,000원은 식모였던 아산댁 아줌마의 소행이라는 게 밝혀졌지만, 숙부나 숙모는 전과자인 내 탓이라고 했다. 그날 나는 처음으로 죽으려고 빨랫줄에 목을 맸다. 빨랫줄이 내 무게를 이기지 못하고 끊어져 애석하게도 실패(?)로 돌아갔다. 그때 성공했다면 숙부의 폭력성을 세상에 알릴 수 있었을 텐데. 이 사건으로 할머니는 나를 데리고 숙부 집에서 나와 홍은동 산 23번지 단칸방으로 거처를 옮겼다. 그때의 나는 삶의 미련이 없어서가 아니라 억울함 때문일 것이다. 죽고 사는 문제에 초연하게 된 계기가 되었다. 소주를 마저 마셨다. 해는 고개를 들어야 보일 만큼 높은 곳으로 올라만 갔다. 맛대가리 하나 없는 안주였는데 바가지를 쓴 것 같다. 죽으러 온 놈이 할 소리는 아닌가 보다. 삶에 대한 미련이 생겼다는 증거인 것이다. 나는 모래에 누워 보았다. 매일 보는 한강과는 다른 정말 큰 물결이 내 시야에 다 들어오지도 못하고 있다는 것을 알았다.

'바다가 너무 좋아 자살을 포기한 청년에게 힘을 주소서.'

나는 믿지도 않는 하느님에게 기도했다. 그리고 서울로 가는 가장 빠른 기차표를 끊었다. 일상으로의 복귀가 간절했다. 그리고 지금처럼 언제나 잘 웃고 친절하고 배려심 깊은 사람으로 살게 되었고, 그녀보다 좋은 사람을 못 만나 아직 혼자다.

연휴가 끝나고 사무실 직원들이 모두 모였고 간단한 술자리를 갖기로 했다. 읍내에서 먹기로 했는데 자주 가던 식당 사장님네 집에 초상이 나서 사무실에서 먹기로 했다.

'팔자에 없는 주막집 주모가 되었네.'

마침 읍내 장이 서는 날이라 오후에 오 작가랑 안줏거리를 사러 갔다. 제주도 무라고 하길래 큰 놈으로 하나 샀다. 제주도 월동 무는 국물의 깊이를 논하지 못할 정도로 맛있었다. 고등어가 물이 좋아 고등어조림을 할 생각이었다. 그리고 겨울 쪽파로 파전을 부치기로 했다.

파전에 넣을 오징어랑 홍합도 샀다.

"오 작가, 홍어 좋아해?"

"좋죠. 모두 좋아하실 거예요."

오일장에 오면 언제나 즐겁다. 서울에서 나고 자란 나 같은 사람에게 장은 특별한 볼거리를 제공한다. 오는 길 정육점에 들러 돼지고기를 샀다. 홍어에 빠지면 서운한 수육을 할 생각이었다. 덕분에 오후 등산로 보수작업에서 열외 되어 주방에서 주모 역할을 했다. 고등어조림, 파전 그리고 신김치를 곁들인 홍어 삼합까지 나름 괜찮은 조합이었다. 요리를 즐겨하지만 쉬운 일은 아니다. 하지만 잘 먹어만 준다면 더할 나위가 없을 것이다. 입맛이 까다로우신 윤 선생님이 늘 마음이 쓰였다. 하지만 내가 해주는 음식에는 별말씀 없으셨다. 내 요리 철학은 최대한 재료 맛을 살리자는 것과 깨끗한 뒷정리에 있다. 6시가 되자 음식은 이미 완성되었다. 회의실에 차리기만 하면 된다. 오 작가가 나를 도왔다. 술은 소주, 막걸리, 맥주 종류별로 준비했다. 다들 소주를 주로 마시는데 윤 선생님은 막걸리파였다. 홍어 삼합에 어울리는 청국장찌개를 끓였다. 모두가 시장할 시간이라서 그런지 서둘러 회의실에 모였다.

"이게 뭐야 권 씨 혼자 다 한 거야? 이거 오랜만에 입이 호강하겠군."

"오 작가가 많이 도왔어요. 차린 게 많으니까 조금만 드세요."

"뭐야, 21세기에 아직 쌍팔년도 개그야."

"하하하"

유쾌한 웃음소리가 가득 찼다. 앞에 있는 사람의 잔에 술을 따랐다. 우리나라 사람들의 술 인심은 알아줘야 한다.

'가득 그러나 넘치지 않게'

관리소장님이 자리에서 일어나 한 말씀 하셨다.

"모두 새해 복 많이 받고, 올 한 해도 아무 사고 없이 함께 합시다. 수고해 준 권 씨에게 박수"

"짝짝짝"

관리소장님은 센스 있게 1절만 하셨다.

"자! 건배"

"위하여"

각자의 술을 자신의 주량, 습관대로 마셨다. 원 샷을 주장하는 사람도 안 마신다고 타박하는 이도 없었다.

"고등어가 싱싱해서 그런 거야 아니면 요리를 잘한 거야. 입에서 녹네."

"그러게요."

홍어 삼합이 제일 인기가 있었다. 내게는 아직 낯선 음식이지만 이 고장 사람들에게는 '소울 푸드'가 맞는 것 같았다.

"남도 사람이라면 뭐니 뭐니 해도 홍어가 있어야 진정한 술상이지. 돼지고기 참 잘 삶았어."

모두의 칭찬을 듣고 기분이 좋아지다가도 매번 회식을 사무실에서 하자고 할까봐 살짝 겁이 났다. 모든 회식이 다 그렇듯 사무실 얘기는 하지 말자고 하면서 정작 사무실 얘기로 귀결된다. 예나 지금이나 마찬가지였다. 워크홀릭에 빠진 우리 세대의 특징 아닐까. 요즘 젊은 친구들은 고리타분한 회식을 싫어한다. 술이 아닌 다른 유희로 회식을 대체하는 그들을 보면 부럽기 그지없었다. '부어라 마셔라' 식 소비지향적인 회식문화가 우리 세대로 끝을 내야 할 것이다.

"오 작가는 이런 회식문화 별로지?"

"아니요. 음식이 너무 맛있어서 저는 좋아요."

"나도 퇴직할 무렵 젊은 행원들이 술 마시는 회식하지 말자고 게시판에 도배하는 것을 보고 깜짝 놀랐어."

"회식이 문제가 아니라 수직적인 관계가 술자리까지 따라 와 지배하기 때문 아닐까요?"

"맞아, 그럴 수 있겠군. 가부장적인 문화가 내게도 많이 남아 있어. 요즘 젊은 사람들 버릇없다는 얘기만 하지 자신의 흠은 보지 않으려고 하잖아. 그런데 내가 오 작가 나이 때도 요즘 것들 버릇없다는 얘기, 수도 없이 들었어. 안 좋은 것은 욕하면서 배운다니까."

"호호호 그렇군요. 아빠나 아저씨 세대에 제일 불만이 뭔지 아세요?"

"오~ 알 것 같아. 자기감정에 솔직하지 못한 거."

"네, 맞아요. 좋다, 나쁘다가 아닌 글쎄라는 말로 얼버무리는 언어습관이 문제라고 생각해요. 그리고 좋으면서 싫은 척, 싫으면서 좋은 척은 결코 배려가 아니라고 생각해요. 제 말이 너무 당돌했다면 용서하세요."

"아니야, 오 작가 말이 백번 맞아. 대신 한마디 변명을 하자면 그만큼 불확실성의 시대를 살았기 때문은 아닐까. 역시 궁색한 변명이야."

오 작가는 내 말에 눈으로 답하는 것 같았다.

"다른 세대를 이해하기 전, 자신의 객관화가 우선이라고 생각해요."

"옳은 지적이야. 나도 꼰대면서 아니라고 우기거든."

"우리도 똑같은 것 같아요. 구세대는 무조건 후졌을 것이라는 선입관이 문제라고 생각해요. 우리가 나이를 먹고 구세대가 되면 그다음 세대가 우리에게 똑같은 얘기를 하겠죠?"

"그럴 거야. 소통한다는 게 정말 어려운 일인 것 같아."

모두 얼굴이 발갛게 달아올랐다. 기분 좋을 만큼 술이 들어가자 모두 자제하는 분위기였다. 8시가 되자 회식은 마무리되고 나는 뒷정리를 했다. 만류를 했는데도 오 작가가 남아서 뒷정리를 돕겠다고 했다. 나머지 사람들은 콜택시를 불러 함께 타고 갔다. 읍내에서 2차를 할 것 같은 분위기였다. 다행히 음식 쓰레기가 많이 남지 않았다. 요리하면서 최고의 보람이었다.

"오 작가, 쉬엄쉬엄하면 돼. 늦었어. 어서 가."

"아니에요. 치우고 가야죠. 아저씨 혼자 너무 힘드시잖아요."

"그럼, 그릇만 설거지통에 담아줘. 설거지는 혼자 해야 빨라"

"제가 얼마나 손이 빠른지 모르시죠? 한번 보시겠어요. 빨리 끝내고 차 한잔해요. 전 아저씨가 말린 감잎차 마시고 싶어요."

"그럼 빨리 끝내자. 내가 세제로 씻으면 오 작가가 헹궈 줘."

"예, 알았어요."

오 작가는 보기와 다르게 손끝이 야무졌다. 생각했던 것 보다 빠른 시간에 마무리되었다.

"수고했어, 오 작가"

"수고하셨어요."

나는 주방에 뒷정리를 마무리하고 감잎차를 끓여 나갔다.

"자, 차 들어."

"네, 감사해요."

"언제나 느끼는 거지만 감잎차 맛이 은은하고 부드러워요. 식후에 마시면 소화가 잘 되는 것 같아요."

"보통, 오 작가 또래들은 감잎차 안 마실 텐데. 오 작가 입맛이 특이한 거야 아님 내가 감잎차를 잘 말린 거야. 하하하"

"처음에는 밍밍했는데 마시면 마실수록 땡기는 맛이에요."

"갈 때 좀 싸줄 테니 부모님 갖다드려"

"어머, 감사해요. 엄마가 좋아하실 거예요."

"그런데, 아저씨는 어쩜 요리를 그렇게 잘하세요?"

"진짜 요리 잘하는 사람 들으면 흉보겠네. 난 그냥 아마추어지."

"아니에요. 정말 잘하시는 거예요."

"어릴 때 할머니랑 살았는데 할머니의 솜씨가 좋으셨어. 할머니한테 배웠지. 그러다 고1 때부터 자취했는데 하다 보니까 늘더라고."

"저도 서울에서 자취했는데도 잘 못해요."

"요즘은 워낙 즉석 음식이 잘 나와서 못해도 괜찮아. 그리고 이제는 요리 잘하는 남자들 많잖아. 그런 남자 만나면 되지."

"맞아요. 뭐든 잘하는 사람이 하는 게 맞는 것 같아요."

"글은 어때, 쓰고 있어?"

"아저씨 말씀 듣고 쓰기 시작했어요."

"아저씨는 왜 결혼 안 하신 거예요?"

"안 한 게 아니고 못한 거야."

"설마요. 아저씨처럼 자상한 분은 흔치 않은데. 아저씨 같은 분은 처음 봐요."

"어떻게 이제라도 연애하면 결혼할 수 있을까? 하하하 농담이야."

"아니에요. 주위에 혼기 놓친 골드 미스도 있을 거예요."

"하하하 말만 들어도 좋은걸. 한 번 찾아볼게."

"저는 요즘에 가족이 제게 어떤 의미인가 알아가고 있어요. 그동안 사랑하는 사람만 있으면 행복할 줄 알았어요. 가족보다 친구들과 많은 시간을 보냈고 가족은 으레 항상 있던 곳에 있는 것으로만 생각했어요. 연인들끼리의 사랑도 필요하고 친구들 관계도 중요하지만, 가족이 주는 안정감은 대체할 수 있는 것이 없잖아요."

"오 작가, 역시 글 쓰는 사람이라 뭔가 달라도 다르군. 뭐든 결핍은 안 좋지."

가족이라는 말이 내게는 낯설었다.

"오 작가, 나에게 가족은 오 작가와 다른 의미일 거야. 오 작가 얘기가 생경하면서도 한편으로는 신선하군. 가끔 내게 말해줘. 가족의 의미든 뭐든"

"죄송해요. 제 기분에 빠져서"

"아니야. 내 말 진심이야."

"오 작가 좋은 글 많이 써. 내가 얘기했지. 다시 찾아올 사랑을 위해. 그때를 위해서라도 힘내."

"감사해요, 아저씨. 다음에 아저씨 얘기 해주세요. 그리운 사람과의 사연 털어놔 보세요. 은근 시원해요. 진짜에요."

"알았어. 오 작가에게만 말해줄게."

"진짜죠. 제가 빨리 가야 아저씨 쉬시겠죠?"

"그래, 내가 콜택시 불러 줄게"

10분도 되지 않아 택시가 왔다. 기다리는 동안 빈 커피 병에 감잎차를 정성스럽게 담아 오작가에게 내밀었다.

"아저씨, 감사해요. 오늘 정말 잘 먹었어요."

"맛있게 먹어줘서 고마워."

오 작가가 탄 택시가 사라질 때까지 바라보았다.

'그녀와 결혼해서 딸을 낳았다면 딱 저 나이일 텐데.'

다시 그녀 생각이 났다.

아름다운 구속

♬오늘 하루 행복하길 언제나 아침에 눈 뜨면 기도를 하게 돼
달아날까 두려운 행복 앞에 널 만난 건 행운이야,
휴일에 해야 할 일들이 내게도 생겼어
약속하고 만나고 헤어지고 조금씩 집 앞에서
널 들여보내기가 힘겨워지는 나를 어떡해
처음이야 내가 드디어 내가 사랑에 난 빠져 버렸어,
혼자인 게 좋아 나를 사랑했던 나에게
또 다른 내가 온 거야 아름다운 구속인 걸
사랑은 얼마나 사람을 변하게 하는지
살아있는 오늘이 아름다워 조금씩 집 앞에서
널 들여보내기가 힘겨워지는 나를 어떡해
처음이야 내가 드디어 내가 사랑에 난 빠져 버렸어
혼자인 게 좋아 나를 사랑했던 나에게
또 다른 내가 온 거야 처음이야 내가 드디어 내가
사랑에 난 빠져 버렸어. 혼자인 게 좋아
나를 사랑했던 나에게또 다른 내가 온 거야
또 다른 내가 온 거야내 앞에 니가 온 거야

– 1996년 김종서, 아름다운 구속

요즘 나도 모르게 옛날 노래가 좋아졌다. 드라마를 보다 OST가 듣기 좋아 찾아보면 옛날 노래라는 걸 알게 된다. 나오기 바쁘게 사라지는 수많은 노래가 긴 생명력을 가지지 못하다는 것은 그만큼 트렌드가 빠르게 변하는 것은 아닐까. 사랑도 마찬가지인 것 같다. 곧 죽을 것 같은 애틋한 마음도 점점 옅어진다. 시간이 약이라는 말은 고전에서 나오는 말인 줄 알았다. 쉬이 잊혀지는 게 조금 서글프지만, 인간은 역시 간사한 동물인 것 같다. 며칠 전부터 희성이를 보면 나도 모르게 마음이 쓰인다. 손을 잡아도 짧은 포옹에도 아무런 감흥이 없던 녀석이 어느 날인지 모르게 남자로 보이는 건 왜일까. 1년 만에 만난 그 밤부터였던 것 같다. 듬직하고 변함없는 그가 자꾸 생각났다. 남 주기 아까운 녀석이라는 생각을 예전부터 하긴 했지만, 희성이에게 관심을 표현하는 여자애들에게 나도 모르게 예민해졌다. 그에게 여자 친구가 생긴다면 무지 서운할 것 같다. 가끔 희석이랑 P를 비교한 적이 있다. 난 정말 이기적인 걸까. 요즘 들어 희성이와의 만남이 잦아졌다. 친구들로부터 술 마시자는 연락이 자주 와서 나가보면 항상 희성이가 있었다. 주위에서 나와 희성을 맺어주려는 음모가 도사리고 있는지 모른다고 생각했다. 오히려 희성이를 편하게 만날 수 있는 자리가 되었다. 한 번은 동준이라는 녀석의 전화가 사무실로 왔다. 아주 오래된 이름이었다.

"오아현, 잘 지내? 나 동준이. 기억나?"

"그럼, 너 언제 온 거야. 미국으로 이민 간 지 꽤 된 거 같은데."

"며칠 됐어. 얼굴 한 번 봐야지. 내 첫사랑인데."

"호호호 그러셨어. 창식이네 가게에서? 알았어. 퇴근하고 갈게."

퇴근하고 창식이네 호프집에 갔더니 동준이는 진석이랑 윤재, 영희와 함께 있었다.

"어서 와. 우리 동네 미스코리아, 오아현"

동준이가 너스레를 떨었다. 예나 지금이나 변한 게 하나도 없다. 지금은 뉴저지에 있다고 들었는데 그게 미국 어디에 붙어 있는지 잘 모른다. 희성이가 와 있을 줄 알았는데 보이지 않았다.

"왜, 희성이 찾는 거야? 금방 올 거야."

"내가 희성이를 왜 찾아"

희성이와 나를 엮으려는 의도라고 생각해서 외면하는 척은 했지만, 신경이 쓰였다.

"그 말 진심이지. 희성이, 우리 동생 선주한테 소개해 줘도 아무 소리 안 하기다."

"소개시켜 주든지 말든지."

분명, 유쾌한 얘기는 아니었다. 내 마음을 나도 모르겠다. 동준이는 설을 맞아 다니러 왔다고 했다.

동준이는 10년 만이다. 중학생 때 부모님과 함께 떠났다. 개구쟁이의 대명사인 동준이는 여전히 유쾌하고 시끄러웠다. 우리는 생맥주와 안주로 감자튀김과 오징어구이를 시켰다.

"그리웠어. 코리안 안주. 미국은 안주를 안 줘. 오징어는 갈 때 싸가야 할 것 같아."

내 시선은 자꾸 출입문에 머물렀다.

"아현이도 한 잔해. 희성이 녀석 올 때가 됐는데."

"오겠지."

이런저런 얘기가 오갔다. 이방인의 삶에 대한 동준이의 얘기에 귀를 기울였다.

"미국에 살다 보면 반미주의자가 된다니까. 양키놈들의 차별, 장난 아니야."

"영어는 많이 늘었어?"

"뉴저지에서도 한국 사람이 많이 살지 않는 곳이라서 영어가 아니면 벙어리가 되니까. 어쩔 수 없었어."

"외로웠구나. 수다 떨 사람이 없어서"

'희성이는 왜 안 오는 걸까.'

친구들의 얘기가 오른쪽 귀로 들어와 이내 왼쪽 귀로 사라졌다. 내 시신경은 온통 출입문에 맞춰졌고 P에게 미안한 마음이 들 정도였다. 이렇게 쉽게 흔들리는 것이 내가 말하는 사랑이란 말인가. 그때 익숙한 숨소리가 들렸다. 희성이가 모습을 드러냈다. 내 마음은 마구 뛰었다. 이건 아니라고 수없는 독백을 해보았지만, 희성이 얼굴을 보는 순간 더 이상 다른 생각조차 용납하지 않았다. 세상의 모든 남자에게 세상 믿을 여자 없다고 말하고 싶었다.

"오~ 강희성 선생 어서 와."

순간 희성의 성이 강 씨라는 게 새롭게 다가왔다.

'맞아 희성이 강 씨였지.'

내가 P에 대한 환상이 없었다면 희성이는 내게 어떤 의미와 존재일까. 왜 가슴 뛰는 것만 사랑이라고 느끼는 걸까. 함께 있으면 편한 이 느낌은 그냥 남녀 간의 우정이라고 말할 수 있을까. 오랜 시간 내 곁에서 한결같은 마음으로 나를 지켜봐 주고 내 편이 되어주는 그를 친구라는 한계에 가두긴 싫었다.

'우정이 사랑으로 바뀔 수 있을까?'

나는 내 마음 깊은 곳에 물었다. 명확한 답을 내리지 못하고 며칠 동안 고민하다 권 씨 아저씨에게 물어보았다. 아저씨는 한참 웃으시다가 내게 이런 말을 했다.

"마음이 시키는 대로 하면 돼."

"이해를 못하겠어요."

"그를 보며 느끼는 감정의 변화가 생긴다면 사랑일 거야. 미묘한 감정선이 움직이는 걸 느끼게 될 거야."

아저씨는 흐뭇한 미소를 지으며 나에게 말했다.

아저씨 말대로 희성이에 대한 내 감정을 느껴 보기로 했다. 그러던 중 며칠 전 사건이 하나 있었다. 희성이가 소개팅한다는 얘기를 창석이에게 들었다. 별거 아닐 수 있는 일인데 내 마음의 동요가 심하게 일렁거렸다. 희성이가 소개팅이 있던 날, 마치 남친이 바람이라도 핀 것 같은 배신감에 하루 종일 일이 손에 잡히지 않았다. 내 마음 나도 모른다는 말이 어떤 말인지 알 것 같았다. 희성이는 오랜만에 만난 동준이와 유쾌한 대화를 나누었고 언제나처럼 술자리를 주도했다. 교사가 된 후 더 의젓해져서 어른스러워 보였다. 나에게 눈길 한 번 주지 않는 그가 야속하기는 했지만 그를 바라보는 내 눈길은 분명 예전과 달랐다. 술자리는 무르익고 동준이의 목소리가 커지는 걸로 봐서 술이 어느 정도 되었음을 알렸다. 2차를 갈 것인지 옥신각신할 무렵 나는 희성이에게 말을 걸었다.

"희성아, 나 너에게 하고 싶은 말이 있어."

나는 찬바람이 가득한 밖으로 먼저 나갔다. 영문을 모르는 희성이는 나를 따라 나왔다.

"희성아, 나 요즘 네가 불편해. 예전처럼 편하지 않아. 뭐라고 말해야 할지 모르겠지만…."

"요즘 친구들이 너와 나를 엮으려고 하는 거 나도 알아. 그래서 오늘도 안 나오려고 했어. 네가 불편할 수 있다고 생각했어. 미안해. 내가 애들에게 주의 줄게."

희성이는 내 의도와 다른 얘기를 했다. 나는 지금 그에게 고백 아닌 고백을 할 참이었는데 희성이가 내게 사과를 해버리자 당황스러웠다.

"아니 내 말은 그게 아니라, 그냥 친구인 줄 알았던 네가 자꾸 남자로 보인다는 말을 하려는 거야."

내 말을 들은 희성이는 얼굴이 굳어갔다.

"아현아, 내가 널 좋아하는 걸 너도 알고 있을 거야. 그런데 이건 아닌 것 같아. 내 의사에 상관없이 네 기분이나 감정에 맞춰야 하는 건 아니잖아. 단순히 외롭다는 느낌 하나로 나를 대타로 삼는다는 느낌 지울 수 없어. 네 말 못 들은 걸로 할게. 나 먼저 들어간다."

그의 말이 하나도 틀리지 않았다. 이기적인 나를 스스로 질책할 수밖에 없었다. 희성이의 뒷모습을 바라보며 아무 말도 할 수 없었다.

'내 기분만 중요한 나라는 인간 참 싫다. 어떻게 하지. 어떻게 해야 희성이의 마음을 풀어줄 수 있을까.'

다시 술자리로 돌아갈 엄두가 나지 않았다. 마침 부는 바람이 나를 힐책하는 것 같았다. 둔기로 머리를 심하게 맞은 느낌이었다. 친구라는 이름으로 난 그에게 얼마나 가혹했나. 다시 희성이를 볼 자신이 없었다. 집에 돌아가는 내내 희성이의 마지막 표정이 머리에서 떠나지 않았다. 집에 돌아와서도 쉽게 잠이 오지 않았다. 희성이와는 시간이 필요해 보였다. 그날 이후 희성이는 친구들과의 술자리를 피했다. 나는 희성이를 자연스럽게 만날 수 있다는 기대로 나갔으나 그는 끝내 모습을 보이지 않았다.

'문자를 보내볼까.'

「희성아, 어떻게 말해야 할지 모르는데 나 때문에 친구들과의 만남에 나오지 않으니 내가 더 미안해지잖아. $&#687%$」

내 기분만 생각하는 문자를 차마 그에게 보낼 수 없었다. 낭패라고 생각했다. 20년을 넘게 쌓아온 그와의 우정이 깨지는 순간을 그냥 지켜볼 수만은 없었다.

'어떻게 하지. 어떻게 해. 권 씨 아저씨에게 도움을 청해 볼까. 하지만 이기적인 나를 고해성사 하기가 겁이 났다. 아저씨가 나에게 호통을 치실 것만 같았다.'

아침에 출근하자 아저씨가 눈치를 살피며 내게 말을 했다.

"오 작가, 무슨 일 있어? 얼굴에 걱정이 가득한데."

"요즘 잘 안 풀리는 문제가 있어요."

"뭔지 물어봐도 돼?"

"머리가 정리가 되지 않아서…"

"알았어. 정리가 되면 말하고 싶을 때 말해도 돼. 의외로 쉽게 풀릴 수 있을지도 몰라."

아저씨는 내 머릿속을 들여다본 것처럼 말해서 놀랐다.

'아저씨는 혹시 신부님이 아니실까.'

며칠을 흘려보냈다. 당장이라도 희성이를 붙잡고 내 의도를 말하고 싶지만 그건 내 소중한 사람을 잃을 수도 있다는 판단이 섰다. 며칠 동안 내 머리와 마음에 희성이가 와서 점령해 버렸다. 신기하게도 P가 더 이상 내 인생의 주인공이 아니라는 걸 알았다. 오늘만 해도 몇 번씩 쓰다 지우고 다시 쓴 문자가 백통이 넘을 것 같다.

'그냥 나랑 사귀자고 말해 버릴까. 아니야. 희성이가 거절한다면 그를 다시 보지 못할 거야.'

독백에 독백을 거듭하다 이런 독백이 지극히 나만 생각하는 이기적이라는 생각이 들었다.

'거절을 당하더라도, 몇 번을 까인다고 해도 희성이에게 말해야 한다. 그래야 희성이가 내게 당했던 수많은 까임에 대한 복수의 기회를 줄 수 있다.'

용기를 내서 권 씨 아저씨에게 내 고민을 털어놓았다.

"답이 없어. 마음과 마음이 통할 때까지 조금 기다려 봐. 하지만 너무 오래 끌면 안 될 것 같아."

아저씨의 말에 용기를 얻어 희성이에게 문자를 보냈다.

「희성아, 나 한 번 만나줘. 할 말이 있어. 삼거리 찻집에서 기다릴게. 네가 올 때까지 기다릴 거야.」

무작정 기다리기로 했다. 나를 기다려 준 그이기에 이 정도는 내가 감수해야 한다. 그의 모습은 한 시간이 지나도 볼 수 없었다. 이 역시 내가 일방적으로 그에게 통보하고 그는 따라야 하는 기존의 패턴 그대로였다. 한 시간을 더 기다린 후 나는 쓸쓸히 찻집을 나왔다. 오는 내내 남자들의 순정에 대해 생각해 봤다. 해바라기처럼 나만 바라보던 희성이와 떠난 지 30년이 되도록 잊지 못하는 권 씨 아저씨의 사랑은 어떤 색깔일까. 깨끗한 흰색이라고 생각해 왔는데 왜곡되기 쉽다는 생각이 들었다. 오히려 연분홍색이 아닐까.

♬ 연분홍 치마가 봄바람에 휘날리더라. 오늘도 옷고름 씹어가며
산 제비 넘나드는 성황당길에
꽃이 피면 같이 웃고 꽃이 지면 같이 울던…

나도 모르게 질색하던 옛날 노래가 내 입에서 흘러나왔다. 이른 봄에 어울리는 노래라고 생각했다. 시를 쓴다는 나에게도 참 멋진 가사라고 생각한다. 옛날이나 지금이나 사랑이라는 감정은 다르지 않기에 이 노래가 나온 지 백 년이 다 되어가는 데도 살아서 사람들이 부르는 것이다.

'이 순간 가장 하고 싶은 게 뭘까. 그래! 사랑을 두려워하지 말자.'

희성이에게 전화하려다 문자로 대신했다.

「희성아, 난 환상 속에 갇혀 있었어. 사랑하는 사람을 잃고 슬퍼한 나날들은 너도 잘 알 거야. 단지 외로움을 달랠 대상을 찾기 위해 너에게 그런 말을 했다고 충분히 오해할 수 있어. 너와 어색해진 그날 이

후 사랑과 우정에 대해 많이 생각해 보았어. 분명 다르지만 한 가지 같은 것을 발견했어. 아끼는 마음이라는 거야. 바로 시작하자는 얘기는 아니야. 내가 너에게 여자가 보일 수 있도록 기회는 주길 바래. 우리 모든 가능성을 열어놓자.」

몇 번을 망설이다 그에게 문자를 보냈다. 가장 솔직한 심정이기에 결과에 연연하지 않을 생각이었다. 하지만 내 의식은 온통 핸드폰 문자에 집중되어 있었다.

「조금만 기다려. 아현아. 내가 네 집 앞으로 갈게.」

십 분이 지났을까. 희성이에게서 답장이 왔다. 10분이 참 길다는 생각을 했다. 어둠을 뚫고 건장한 사내가 나에게 달려오는 실루엣이 분명했다. 희성이가 거친 숨을 내쉬며 내게 왔고 나는 그에게 안겼다.

"아현아, 임시방편이라도 좋고 땜방이라도 괜찮아. 너에 대한 내 마음은 언제나 같아."

"미안해, 희성아. 나 네가 필요해."

희성이는 나를 힘껏 안았다. 건강한 남자의 가슴 근육이 전해졌고, 섹시한 자극이 내게 전해졌다. 그의 품에서 오늘 밤을 보내고 싶었다. 내 바람과 달리 희성이는 내 마음을 모르는 것 같았다.

'이 바보야, 나 오늘 너랑 함께 있고 싶단 말이야.'

서운한 맘에 투정을 부리고 싶었지만, 그에게 향한 내 마음이 진심이라는 확신이 든 것으로 만족하기로 했다. 내 우정의 마지막과 사랑의 시작이 묘하게 교차하는 이 순간을 오랫동안 그의 품에서 느끼고 싶었다. 누구를 아끼고 사랑하며 주고받는 모든 행위 자체가 그리웠다. 권 씨 아저씨에게 자랑하고 싶었다. 아쉽게도 시간이 너무 늦었다.

집에 들어와 희성이에게 전화했다. 희성이는 내 전화를 기다리기라도 한 듯 금방 목소리를 내게 보내주었다.

"오~~~아....현 내가 먼저 전화하려고 했는데 아깝다."

언제나 유쾌한 에너지를 주는 희성이의 목소리는 상대에게 유쾌 바이러스를 전파한다.

"뭐해?"

"전화 받기 전에는 너 생각했고 지금은 너랑 얘기하고 전화 끊으면 네 꿈꾸며 자려고."

남자들의 상투적인 멘트인지 몰라도 희성이가 하니까 진심이 느껴졌다.

"이번 토요일 날, 시간 있어?"

토요일 하루, 희성이랑 함께 보내고 싶었다.

"토요일? 시간이 없어도 있어야지. 아현이가 필요하다면 없는 시간도 만들게."

"호호호 내가 왜 좋은 거야?"

"그걸 몰라서 물어. 너는 잊었겠지만, 초등학교 3학년 때 난 네게 말했었어. 그때도 오늘처럼 네가 내게 물었어. 나는 이렇게 말했어. 꼭 이유가 있어야 돼? 라고 말이야."

"희성아, 사랑이 이토록 가까이 있었는데 알지 못했어."

"아현아, 오늘은 너를 좋아하는 이유가 또 하나 생겼어. 넌 예뻐도 너무 예뻐. 내가 더 잘 할게. 그리고 내일부터 임용고시 다시 준비하는 거다."

"이번 토요일 너랑 놀고 다음 주부터 할게. 봐줘."

유쾌한 대화가 오고 갔다. 사랑하는 사람이 하는 말은 다 웃기고 재미있나 보다. 자꾸 웃음이 나왔다. 사랑하지 않는 사람에게 사랑하는 척하라면 억지로 웃어야 할 것이다. 생각해 보면 끔찍한 상상이다. 희성이랑 핸드폰이 뜨거워질 때까지 통화를 하고 서로 먼저 끊으라고 하다가 다시 이어지고 또…, 결국 동시에 끊었다. 아주 오랜만에 깊은 잠을 잤다. 아프기만 했던 마음에 피어난 작은 꽃이 활짝 피기를 바라며. 희성이의 모닝콜로 눈을 떴다. 숙면으로 머리는 맑았고 쌀쌀하지만 상쾌한 아침이 얼마만인가. 엄마를 도와 아침 준비를 했다.

"아현이 너, 웬일이니? 오늘 동쪽에서 해 뜬 거 맞지?"

"나도 철들어야지. 나 다음 주부터 임용고시 준비할 거야."

"사무실은?"

"당분간 다니려고. 내 용돈은 내가 벌어야지."

"용돈 필요하면 엄마가 줄게."

"최 여사, 내가 알아서 할게."

"너 오늘 이상하다."

"뭐가 말인가요. 최현정 여사님"

"너 연애하니?"

순간 숨이 멎는 줄 알았다. 티가 난 것일까. 내려와서 처음으로 가족들과 함께 아침을 먹었다. 그리고 가벼운 발걸음으로 출근했다.

"아저씨, 좋은 아침이에요."

권 씨 아저씨가 사무실 청소를 마치고 환기를 위해 출입문을 활짝 열어놓았다.

'사무실 청소를 권 씨 아저씨가 하셨구나. 매일 지각에 가까운 시간에 출근하다 보니 누가 청소를 했는지 몰랐군.'

다시 한 번 권 씨 아저씨가 얼마나 이타적인 분인지 알 수 있었다.

"어서 와, 오 작가 오늘 기분이 좋은가 봐."

"오랜만에 잠을 푹 잤나 봐요. 기분이 상쾌해요."

"오 작가, 오늘처럼 활기찬 거 처음 보는 것 같아. 고민거리는?"

"정면 돌파했죠."

거울을 봤다. 잠을 잘 자서인지 얼굴에 화색이 돌았다.

아저씨가 국화차를 내게 주었다. 향기보다는 따뜻함이 더 좋았다.

"혈액순환에 좋은 차야. 심신을 안정시키는 효능도 있어. 오늘처럼 일찍 오면 맛보게 해줄게."

"오늘은 향보다 따뜻함이 느껴져요. 벌써 심신이 안정되는 것 같아요."

"벌써? 하하하"

"호호호"

"좋은 아침"

이 씨 아저씨가 웃으며 출근했고, 뒤를 따라 소장님과 윤 선생님이 웃으며 오셨고 민 씨 아저씨가 마지막으로 오셨다.

"자, 8시 40분에 잠깐 회의 좀 합시다. 전달 사항이 있어요."

소장님이 회의를 소집하셨다. 모두 모여 간단한 티타임을 가졌다. 커피 파와 국화차 파로 나눠 건강한 아침을 함께 했다.

"건조한 날씨가 이어지고 있습니다. 산불에 대한 대책과 산불 예방에 기발한 표어를 하나씩 제출해 주세요. 채택된 분에게는 부상으로 상품권 5만 원이 걸려 있으니 좋은 아이디어 많이 내주세요. 이 씨랑 민 씨는 오전에 훼손된 등산로 점검 좀 해주시고 권 씨는 잠깐 나랑 얘기 좀 하지."

"네"

"아현씨는 오전에 군청 좀 다녀와요. 하반기 예산 때문에 최 계장이 좀 보자는 군."

"네, 소장님"

나는 희성이에게 문자를 보냈다.

「희성아, 오전에 군청 가야 하는데 같이 가자. 내가 점심 사줄게.」

문자를 보내기 무섭게 그에게서 답장이 왔다.

「원래 안 되는데 교감 선생님께 부탁드려 볼게.」

희성이가 학교에 있을 시간이라는 걸 잠시 잊고 있었다.

「미안, 학교에 있을 시간이라는 걸 잊고 있었어.」

내가 부르면 언제나 달려오는 그이기에 그도 직장인이라는 사실을 까맣게 잊고 있었다. 군청이 얼마 전 이전을 했기 때문에 내비게이션에도 나와 있지 않았다. 길치에다 운전이 서툴러 걱정이다. 일단 군청에 제출할 서류를 정리했다. 가장 민원이 많이 들어오는 전기차 충전시설에 필요한 예산과 등산로 매트 교체 비용 등 챙겨야 할 것들이 많았다. 권 씨 아저씨에게 운전 부탁을 드리려 했는데 소장님과의 면담이 길어졌다. 1시간을 훌쩍 넘겨 계속되었다. 30분이 더 지난 후 권 씨 아저씨는 조금은 어두운 얼굴로 면담을 마치고 자리에 앉았다.

"아저씨, 군청 가야 하는데 초행길이라서 같이 가주시면 안 될까요?"

"이전한 군청 한 번도 안 가봤지? 일단 소장님께 말씀 드려볼게."

소장님께 말씀을 드리니 흔쾌히 허락해 주셨다. 11시에 출발하자며 나를 보며 미소를 보냈지만, 평소와 사뭇 달라 보였다. 그때 현관문이 열리면서 희성이가 사무실로 뛰어 들어왔다.

"안녕하십니까?"

"이게 누구야. 희성이 맞지? 이번에 발령받았다며. 축하해."

"감사합니다."

"여기는 어쩐 일이야?"

"아현이에게 기사가 필요한가 봐요."

"수업은 어떻게 하고?"

"그게 대순가. 여자 친구가 더 중요하지."

"어떻게 된 거야. 땡땡이친 거 아니야?"

"교감 선생님께 말씀드렸더니 눈 감아 주셨어. 다행히 수업이 오후에 있어서…. 다른 선생님께는 물품 사러 가는 걸로 하고 왔지."

"초보 교사가 그러다 찍히는 거 아니야?"

"괜찮아, 여자 친구에게 찍히는 거보다 낫겠지. 하하하"

희성이는 가쁜 숨을 몰아쉬고 있었다. 시간을 아끼려고 뛰어온 모양이었다. 감동해야 하는데 감정이 잡히지 않았다. 마음을 가라앉은 후 그를 위해 수줍은 오버를 했다.

"역시, 우리 애인이 최고야."

내 말에 희성이가 조금은 당황한 듯 나를 쳐다보았다.

"희성이는 예전이나 지금이나 한결같군."

"아현아, 희성이 맛있는 점심 사줘야겠네."

희성이는 웃으며 아저씨들에게 살갑게 굴었다. 희성이가 그러는 동안 아저씨들은 나에게 핀잔이 섞인 농담을 했다. 권 씨 아저씨가 나서

서 분위기를 정리해 주었다.

“둘이 너무 잘 어울리지 않아요? 젊음이 너무 좋다. 둘이 잘 해봐.”

“아저씨도 참”

“다녀오겠습니다.”

“안녕히 계세요.”

간단한 인사를 하고 밖으로 나왔다. 아무도 보는 사람이 없는 것을 확인하고 희성이의 팔짱을 끼며 말했다.

“내 사랑, 너무 예뻐. 사랑해.”

“나도 사랑해. 오전 내내 너만 생각했단 말이야. 너랑 첫 드라이브 너무 기대된다. 자, 안전벨트 하시고.”

희성이가 내 벨트를 매주는데 자신의 온기를 내 얼굴에 살며시 뱉어냈다. 순간 입 맞추고 싶었지만 먼저 나설 용기가 나지 않았다. 희성이와 눈길이 마주쳤다. 잠시 정적이 흐르고 어색한 공기가 작은 차에 가득했다. 친구에서 연인이 될 때 안 좋은 점이 스킨십 진도가 더디다고 했던가. 분위기가 만들어지지 않았다. 웃음이 먼저 터져 나와 김이 샜다. 겨울의 끝자락의 들판은 한가하다 못해 쓸쓸했다. 하지만 우수가 지나 곧 경칩이 오면 빈들도 파랗게 채워질 것이다. 연인이 되고 첫 드라이브라서 설레야 하는데 평화로웠다. 희성이는 나를 위해 차분하게 차를 몰았다. 코너를 돌 때는 자신의 팔로 나를 막아주었다. 방지턱을 넘을 때도 마찬가지였다. 듬직하다는 말보다 더 근사한 말을 찾기 위해 내 머리는 쉴 새 없이 돌아갔다.

'너무 섹시하다. 수컷의 매력이'

희성이는 편의점이 보이자 차에서 내려서 따뜻한 커피와 가벼운 군것질거리를 사 왔다. 커피를 내게 내밀었다. 라테를 좋아하는데, 오전에는 아메리카노를 주로 마신다. 희성이는 정확히 알고 있었다. 샷 추가하는 내 입맛까지 말이다. 누군가 내 취향을 알아주고 챙겨 주는 사람이 있는 참 근사한 날이다. 운전하는 희성이의 옆모습을 봤다. 생각해 보니 그의 옆모습을 볼 일이 없었던 것 같다. 앞모습도 물론 훌륭하지만, 옆모습은 봄처녀 마음을 싱숭생숭 설레게 했다. P가 비인간적인 캐릭터라면, 희성이는 강인하지만 장난기 가득한 캐릭터였다. 둘 다 선한 눈과 날카로운 콧날과 턱선을 가졌다. 아무 말 없어도 전혀 어색하지 않은 이 평화가 오래 갔으면 좋겠다.

"희성아, 노래 듣자."

"알았어. 아현이 좋아하는 걸로 GO!"

희성이는 차를 길가에 세우고 핸드폰으로 검색하더니 블루투스로 연결된 차량 스피커로 노래를 틀어 주었다. 내가 좋아하는 비투비 노래였다.

'이런 기특한 놈을 봤나.'

흥겨운 노래에 맞춰 몸을 흔드는 희성이가 사랑스러웠다. 어쩜 저리도 귀여울까.

군청에서 30분 정도 업무를 보았다. 아빠의 후광이라고 해야 하나 최 계장은 우리의 요구를 대부분 수용해 주었고 추가로 계간지 발간에 필요한 예산도 올리라고 했다. 오래전부터 기획했지만, 번번이 거절당했는데 이제야 이루어진 것이다. 소장님이 많이 좋아하실 것이다. 기쁜 마음에 빨리 사무실로 가고 싶지만 30분 이상을 기다려 준 희성이와 점심을 먹어야 했다.

"희성아, 우리 어디 가서 밥 먹을까?"

"너 생선가스 좋아하잖아. 그거 먹으러 가자."

"오늘은 내가 좋아하는 것 말고 네가 좋아하는 걸로 먹자."

"무슨 소리. 네가 좋아하는 것이 곧 내가 좋아하는 거야."

"자, 안전벨트 매시고"

뭐든 내게 맞춰주는 희성이가 고맙긴 하지만 내 버릇이 한없이 나빠질 것 같았다. 이상하게 희성에게만 내 멋대로였다. 서울의 맛집만큼은 아니지만 촌 동네치고는 먹을 만했다. 깔끔한 인테리어도 그렇고 적당한 바싹함이 좋았다. 희성이가 먹기 좋게 썰어주었다. 나는 오늘 아무것도 안 하고 희성이가 해주는 것을 받기만 했다. 기분은 좋지만 나도 그를 위해 뭔가 할 게 있었으면 좋겠다. 사랑은 주고받는 것인데 나는 받기만 한다.

"희성아, 이제 이런 배려 안 해도 돼. 이제부터는 내가 너에게 해줄게. 지금까지 너에게 받기만 했잖아."

"주고받는 거지. 알았어. 챙겨 주는 기쁨을 누릴 기회를 줄게."

"호호호"

돌아올 때도 희성이가 운전했다. 희성이의 안전벨트를 내가 해주었는데 조수석에 앉은 내가 운전석에 있는 그에게 안전벨트를 해주는 것이 지극히 부자연스럽다는 걸 알게 되었다. 서로의 몸이 밀착되는 순간 스파크가 터져 우리는 프렌치 키스(deep kiss)를 했다. 누가 보든 그것은 중요하지 않았다. 서로만 보였다. 희성이가 주위를 의식했는지 나를 살짝 밀어냈지만, 나는 그만둘 생각이 전혀 없었다. 한참 후 내 립스틱이 묻은 희성이의 입술과 번진 내 입을 보며 서로 웃음이 터졌다.

"하하하, 호호호"

격정적인 키스의 여운이 가시지 않았고 서로에게 큰 믿음을 준 것 같았다. 나는 희성이가 좋아하는 블랙핑크 노래도 틀어 주었다. 희성이가 반겼다.

"이제부터 블랙핑크 안 좋아할 거야. 너만 좋아할 거야."

"괜찮아. 나 질투 안 해. 유치하게 내가 질투 같은 거 할 사람으로 보여?"

"어"

"이런, 호호호. 희성아, 너 우리 어릴 때 여탕에서 함께 놀았던 거 기억해?"

"왜 안 나겠어. 인생 최악의 수친데."

"나는 아무렇지도 않았어. 그때부터 우리의 인연이 시작된 것은 아닐까. 너랑 나랑은 볼 거 못 볼 거 다 본 사인데."

"부부 사이처럼?"

"너무 앞서간다."

"하하하"

"호호호"

차가 신호등에 걸리자, 희성이가 내 옆모습을 쳐다본다는 것을 느낄 수 있었다. 내가 희성이를 쳐다봤던 것처럼 말이다.

"희성아, 내 옆모습은 어때?"

"어? 아, 옆모습이 더 예뻐. 그렇다고 앞모습이 모자란다는 말은 아니야."

"너도 옆모습이 더 근사하더라."

함께 웃으며 희성이는 한 손으로 핸들을 잡고 다른 한 손은 내 손을 꼭 잡았다. 진짜 해 보고 싶었던 것인데. 아쉽게도 벌써 관리사무소에 도착했다. 희성이는 나를 내려주고 다시 차에 올라 내게 인사를 했다.

"안녕"

나는 내 손바닥에 입을 맞춘 후 그에 향해 후하고 불어 보냈다. 희성이도 나와 똑같이 했다. P와 만날 때는 잘 보이기 위해 지나치게 조심했다면 희성이는 오래 같이 산 남편 같다고 해야 하나. 신비로움이 없다는 게 흠이라면 흠이었다. 소장님과 권 씨 아저씨가 대화를 나누고 계셔서 잠깐 기다렸다. 기쁜 소식을 빨리 전해드려야 하는데.

"소장님, 계간지 예산 올리라는데요."

"그래? 아현씨가 큰일 했네. 큰일 했어."

"아니에요. 제가 무슨…"

"자, 우리 숙원사업이 이루어졌으니 저녁에 술 한 잔 해야지. 다들 어때? 오늘은 '정가네 밥상'에서 오케이?"

"예, 좋습니다. 권 씨가 해주는 음식도 좋은데."

"권 씨 힘들어."

소장님은 권 씨 아저씨를 배려하셨다. 운무산의 식생과 사연이 있는 봉우리를 소개하는 책자를 관리사무소 이름으로 만들고 싶었다. 특히 윤 선생님과 소장님이 많이 바라셨다. 남기고 싶은 것이 많으니까. 저녁이 되자 차 한 대로 움직였다. 7인승인 이 씨 아저씨 차로 읍내에 갔다. 미리 예약을 해둬서 적당한 자리에 음식이 차려져 있었다. 떡갈비가 유명한 집이었다. 남도의 자랑이라는 간판의 문구가 볼 때마다 정감이 갔다.

"자, 우리 건배합시다. 우리도 소식지도 남도의 자랑이 되도록 합시다. 건배"

"건배"

"건배"

술 권하는 우리 사회의 단면이 잘 드러나고 있었다. 술 인심은 세계를 넘어 우주 최고가 아닐까. 단순히 술만을 위한 자리가 아니라 예의나 체면 때문에 하지 못했던 얘기를 할 수 있기 때문일 것이다. 우리 세대는 꼰대 문화라고 싫어한다. 나 또한 술 마시고 저마다의 생각의 차이를 인정하기보다 한 가지 방향으로 몰아가려는 분위기가 싫었다. 하지만 오늘은 성과에 대한 보상이기에 즐거운 마음이었다. 운무산 도립공원 관리사무소 사람들은 다른 어른들과 달리 강요하지 않으며 나를 나이 어린 여자로 보는 것이 아니라 하나의 인격체로 봐주기 때문에 세대 차이에도 화기애애한 분위기를 유지할 수 있었던 것이다. 특히 권씨 아저씨는 다른 사람들의 얘기를 참 잘 들어 주신다. 술자리마다 반복되는 얘기를 처음 들은 것처럼 호응해 주고 장단을 잘 맞춰주기에 모두 아저씨를 좋아한다. 나도 마찬가지다. 어떤 얘기를 해도 오해하거나 다른 사람에게 옮기지 않는다. 아저씨에게 나쁜 사람은 없다. P와 함께 성당 다닐 때 신부님께 했던 고해성사가 생각난다. 내 죄를 고하라는데 딱히 생각이 안 나서 추상적이고 보편적인 고백인 '내 안에 예수님을 제대로 모시지 못했다'는 판에 박힌 고백만 했는데 아저씨에게는 몇 시간 동안이라도 고해성사를 할 수 있을 것 같았다. 한때 아저씨를 양의 탈을 쓴 사이코패스가 아닐까 의심 한 적이 있었다. 흐트러지는 모습을 한 번도 보여주지 않는 게 자신을 철저히 숨기는 것이라고 생각했다. 잔혹한 살인을 저지르다 안식년에 들어간 연쇄 살인마가 아닐까. 하지만 내 추리는 사소한 것에서 깨지고 말았다.

이웃에서 먹으라고 닭 두 마리를 줬는데 불쌍하다며 잡지 못해 주차장 한 귀퉁이에서 모이 주며 키우던 모습을 보고 한참 웃었던 기억이 난다. 아저씨는 원래 그런 사람이었다. 회식은 1시간에서 조금 길면 1시간 30분이면 끝이 난다. 농사꾼의 피가 흘러서일까. 초저녁잠이 많아서일까. 다들 일찍 귀가하는 편이다. 권 씨 아저씨와 나만 남았다.

"아저씨, 술도 안 드신 것 같은데 저랑 한 잔 하실래요?"

"술? 오 작가가 내게 할 말이 있는 거 같은데 내가 들어줘야지."

"맞아요. 읍사무소 쪽에 선술집이 새로 생겼는데 그쪽으로 가시죠."

좁은 동네라서 누가 누구를 만나는지는 사람들의 관심사다. 하지만 아저씨와 소주 한 잔 마시는 것을 뭐라 하는 사람이 있을까?

새로 생긴 선술집은 일본식 술집이었다. 모든 일식집에서 볼 수 있는 팔을 격하게 움직이는 고양이가 우리를 맞아 주었다. 간단하게 한잔하기 좋은 분위기였다.

"내가 오 작가 나이 때는 포장마차를 주로 갔었어. 종로 3가에 어둠이 내리면 황금마차가 거리를 장악했었는데 이제는 옛날 분위기가 안 나더라고."

"저도 몇 번 가봤는데 너무 비싸고 위생 관념이 없어서 안 좋은 기억뿐이에요."

소주랑 모듬 꼬치구이를 시켰더니 소주랑 어묵탕과 단무지를 먼저 내왔다. 아저씨는 내 잔에 술을 따르더니 자신의 잔에 술을 따랐다.

어수선했던 회식 자리와 달리 정돈된 느낌에 말도 가려서 해야 할 것 같았다.

"오 작가, 내 앞에서는 한 손으로 받고 편하게 마셔. 술은 평등하게 마셔야 뒤끝이 좋아."

"그래도 버릇없다는 말 듣고 싶지 않아요."

"버릇은 내 시대 언어고 오 작가 시대는 안 썼으면 좋겠어. 버릇이라는 말 때문에 수직적인 술자리 문화가 생긴 거라고 생각해. 각설하고. 내게 하고 싶은 얘기가 있는 거 같은데 말해봐."

아저씨는 신부님처럼 내 얘기를 들을 준비가 됐다는 신호를 웃음으로 표현하셨다.

"사랑을 잃어버리고 내 삶을 낭비하다 인연을 만났어요. 어릴 적부터 함께 놀던 친구인데 어느 날 자신이 남자라는 걸 내게 어필했어요. 편한 친구라서 다 안다고 생각해서 남자가 아니라고 생각했는데 어느새 내게 스며들어 내 남자가 되었어요. 그 친구는 내 실연의 아픔을 하나부터 끝까지 다 본 친구거든요."

"혹시, 오늘 사무실에 왔던 키 큰 친구 맞지?"

"네, 맞아요. 내가 힘들 때만 불러내서 내 감정을 뱉어내면 조용히 치워주는 고마운 친구였어요. 잘못하면 소중한 친구를 잃을 수도 있다는 불안감에 제가 자꾸 움츠렸어요. 제가 잘하는 걸까요?"

"오 작가 얘기를 들으니 그 친구를 자랑하고 싶은 마음과 함께 헤어진 사람에게 미안한 마음 그리고 새로운 사랑을 시작할 명분이 필요한 거 같은데."

"어쩌면 제 마음을 그렇게 잘 아세요."

"나, 요즘 학원 다니잖아. 하하하 농담이야."

"호호호 너무 추워요."

아저씨에게 고해성사를 들어주는 신부님 같다고 얘기하니 아저씨는 웃으며 말했다.

"난 무신론잔데. 하하하. 하지만 사랑은 믿어. 오 작가, 세상에 금지된 사랑이 있을까? 그러면 불륜을 얘기하겠지만 불륜은 행위이지 사랑은 아니잖아. 그리고 사랑은 결과가 아니라고 생각해. 사랑이 결과라면 결혼하면 끝인가? 내가 보기에는 지나간 사람이 오 작가를 많이 아꼈나 봐. 그래서 그와 만나던 시간이 너무 행복해서 다른 사람에게 비슷한 행복을 느끼고 싶은 거잖아."

"네, 맞아요. 그래서 제가 너무 이기적이라는 자책을 하게 돼요."

"사랑을 믿어봐. 오 작가가 인연을 만났다고 말했잖아. 그 생각을 믿어 봐."

"아저씨는 결혼도 안 하셨는데 어떻게 사랑에 대해 잘 아세요?"

"하하하 오 작가 말이 맞네. 하지만 많이 차여 본 사람이 더 잘 알 수도 있어."

"아저씨 많이 차여 보셨어요?"

"차여서 결혼 못 했잖아. 하하하."

나는 희성이 얘기를 했다. 어떤 성격이고 어릴 때 여탕에서 함께 목욕한 사이라는 것과 나만 바라보던 사람이라고 말했다. 생각해 보니까 희성이는 장점이 너무나 많은 친구였다. 아저씨는 내 얘기를 끝까지 다 들어주었다.

"오 작가, 그 친구를 진정으로 좋아하는군. 자랑하고 싶어서 어떻게 참았어. 더 해도 돼. 내가 응원할게."

"아저씨의 순애보에 대해 말씀 해주세요."

"순애보라는 말도 알아?"

"우리 아빠가 약주만 드시면 하시던 말인데 어감이 너무 좋아요."

"고아로 자라 혼자 오래 살았어. 결혼은 사랑만으로 안 되는 시대에 살았지. 지금은 부모님이 좌지우지하지 못하는 시대지만 그때는 부모님의 축복이 절대적으로 필요했던 시대였어. 사랑을 믿으라는 말이 뭐냐면 부모님의 반대가 거듭되면 사랑도 지치게 되더라고. 믿음으로 이기는 것인데 결국 항복하고만 거야. 모두가 내 탓이야."

아저씨는 소주를 한 잔 마시더니 눈가에 눈물이 맺었다. 중년의 사내가 눈물을 보이다니. 나는 모른 척했다.

"안구가 건조해서 그런지 요즘 자꾸 눈물이 나."

나는 속으로 생각했다. 안구가 건조하면 눈물이 오히려 안 나는 거 아닌가. 애쓰는 아저씨를 위해 주제를 돌려야 했다.

"어떤 분이셨어요? 아저씨를 힘들게 했던 분은"

"오 작가처럼 똑부러지는 친구였고 별명은 'Miss 공대'였어. 건축공학과 나왔거든. 오 작가처럼 예쁘고 밝은 성격에 어리광을 잘 부리던 귀여운 여인이었어. 업어달라고 졸랐어. 시도 때도 없이 말이야. 남산 케이블카 타는 곳까지 내 등에 업혀서 간 친구야. 뽀뽀해 달라고 조르고 밥도 먹여 달라고 할 정도였어."

"그래서 다 해주셨어요?"

"그럼, 다 해줬지. 남산에 업고 갈 때는 솔직히 버리고 싶었어. 그런데 어찌나 나를 꽉 잡던지."

아저씨 얼굴에 웃음이 번졌다. 생각만으로도 행복한 모양이었다. 결국 자신을 버린 사람을 아직도 잊지 못하는 아저씨의 사랑에 대해 궁금해졌다.

"왜 헤어지셨어요?"

"말 못할 것 같아. 그 사람을 욕되게 말할 수 있어서. 누구에게도 말한 적 없어. 그냥 내가 모자랐던 거야."

나는 아무 말도 할 수 없었다. 30년이 훌쩍 지난 지금도 그 사람을 위해 입을 닫는 아저씨가 더 멋있게 느껴졌다.

"그런데 나 그렇게 좋은 사람 아니야. 가끔 못된 성격도 나오고 욕도 잘해."

"호호호 알았어요."

"오 작가, 남자 친구 오라고 해서 좋은 시간 보내. 난 가야 해. 내일 아침에 할 일이 많아서."

나는 희성이에게 전화했다. 희성이가 올 때쯤 아저씨는 자리에서 일어났다.

아저씨가 나가고 2분쯤 지났을까, 희성이가 문을 열고 들어와 테이블에 앉았다.

"아현아, 회식 잘했어? 술은 많이 안 마셨네."

"회식 끝나고 우리 사무실에 권 씨 아저씨라고 서울분 계시잖아. 그 아저씨에게 네 자랑하고 싶어서 그분이랑 소주 한 잔 했어. 사랑을 믿으라고 하셨어."

희성이는 나를 바라보는 눈이 이십 년 전이나 십 년 전이나 지금이나 한결같다.

'P, 당신을 버리는 것 같아서 미안해요. 하지만 마음이 시키는 사랑이 내 옆에 있어요.'

剝製 박제

rows and flows of angel hair
and ice cream castles in the air
and feather canyons everywhere
I've looked at clouds that way

But now they only block the sun
they rain and snow on everyone
so many things I would have done
but clouds got in my way

.
.
.

I've looked at life that way
but now old friend are acting strange
they shake their heads, and they say I've changed
but something's lost, but something's gained
in living every day

– 1969. 'Both sides now' song by Joni Mitchell

오 작가의 얘기를 듣다 시간이 이렇게 흐른 줄 몰랐다. 사무실로 돌아가려면 택시를 타야 하는데 세상에서 제일 아까운 것이 있다면 예나 지금이나 택시비이다. 아직 내 도가니는 싱싱한 편이다. 이 길도 오늘이 마지막이란 말인가. 옷깃을 여미는 봄밤의 한기가 몸속까지 스며드는데 걸으니까 땀이 났다. Q에 대해 묻는 오 작가 덕에 잠시 행복했다. 그녀를 생각하면 가슴이 아프지만 그녀와의 추억이 떠올라 얘기를 하는 동안 나도 모르게 입꼬리가 살짝 올라간다. 아름다웠던 시절이었다. 그때 유독 잘생겼다는 말을 많이 들었던 것 같다. 요즘 말로 '리즈시절'이라고 해야 하나. 사랑하는 사람이 있었기 때문에 나는 언제나 웃는 얼굴이었다. 내가 너무 그녀에게 빠졌다며 밀당을 권하는 사람도 있었지만, 나는 그녀를 위한 일이라면 뭐든 다 했다. 은행 업무가 끝나고 Q의 과제물을 대신해 주었다. 컴퓨터가 흔하지 않던 시절 나는 워드 자격증 소유자로 분당 900타 이상의 고수였다. 연인을 위해 밤새 워드를 치면서도 하나도 힘들지 않았다. 과제물은 내게 맡기고 친구들이랑 나이트클럽에서 노는 그녀를 생각하면 화가 나야 정상인데 나는 그녀를 다 이해했다.

'한창 놀고 싶을 때지.'

난 그냥 좋아하는 그녀의 모습이면 된다고 생각했다. 내용 정리를 너무 잘해서 그 과목 A+를 받았다고 좋아하는 그녀를 흐뭇하게 바라보는 내가 좋았다. 내가 자청한 일이었기에 내가 A+를 받은 것처럼 좋았다. 그녀 때문에 나만큼 건축공학에 대해 잘 아는 사람을 이제까지 만나 보지 못했다. 새벽 4시에 집에 와서 씻고 다시 회사로 출근하면서도 그녀가 좋다고 하면 며칠 밤을 더 샐 수 있었다. 약속 전날부터 나는 마음이 설레 아무것도 손에 잡히지 않았다. 그녀는 약속 시간을 잘 지키지 않았다. 30분 정도는 기본이고 심지어 네 시간을 기다린 적도 있었다. 나는 그녀가 피치 못할 이유가 있었을 거라고 이해했다. 그러던 어느 날 그녀를 6시에 만나기로 했는데 9시가 다 되어 그녀가 약속 장소에 왔다.

"어서 와. 늦었네."

"기다리다 안 오면 가야지. 지금까지 왜 기다려. 석창이 오빠는 자존심도 없어?"

그녀는 오히려 내게 화를 냈다. 기다리는 게 쉬운 일은 아니지만 그녀 얼굴만 볼 수 있다면 다 괜찮았던 나는 환하게 웃어 보였다.

"괜찮아. 피치 못할 이유가 있었겠지. 혹시 무슨 일 있는 건지 걱정했어. 무사하니까 됐어."

"오빠, 정말 답답해. 화도 내고 미우면 밉다고 해. 정말 오빠는 재미없는 사람이야."

"내가 좀 그렇지? 과제 더 해줄 거 없어?"

"됐어. 밥은?"

"아니. 너 오면 먹으려고."

"바보. 배 안 고파?"

"너 보니까 이제야 배고파."

"우리 석창이 오빠는 천사라니까. 오빠가 이렇게 착하니까 나만 나쁜 사람이 되잖아."

그녀가 좋아하는 게 내가 좋아하는 것이 되었다. 그녀가 말하는 것처럼 나는 천사가 아니다. 하지만 그녀에게는 천사이고 싶었다. 그녀만 생각하고 그녀만 바라보고 그녀를 위해 뭐든 할 수 있는 천사 말이다. 그녀가 신장병에 걸리기를 바란 적이 있었다. 나는 선천적으로 건강한 신장을 가지고 태어났다. 내 콩팥을 그녀에게 주면 그녀와 영원히 함께 할 수 있을 것이라 여겼기 때문이다. 내 바람과 달리 그녀는 나만큼 튼튼한 신장을 가졌다. 그녀를 보면 그냥 좋았다. 첫날보다 다음 날이 더 좋았고 그 다음 날은 더더 그녀가 좋았다. 그녀와의 시간이 찰나처럼 지나는 것이 아쉬웠다. 단 1분이라도 그녀와 더 있고 싶어서 거짓말도 했다. 지금도 너무나 생생하다.

'그때 좀만 더 잘 할 걸.'

후회보다 아쉬움이 컸다. 이렇게 많은 시간이 흘렀어도 그녀를 생각하면 웃음이 번지고 행복한데 뭐가 더 필요한가. 지금 생각해 보면 그녀는 여자 친구이자 내 속의 늘 결핍이었던 가족과 같은 존재였나 보다. 아니면 데미안의 싱클레어가 사랑했던 데미안의 어머니인 에바 부인과도 같은 존재일지 모른다. 약속 시간이 무슨 대수라고. 지키지 않는다고 싫은 소리를 하지 말았어야 했다. 그때 참았다면 어땠을까. 가끔 그녀가 나를 사랑하기는 하는 걸까 하는 의구심을 가진 적도 있었다. 그때 그녀를 더 믿었으면 어땠을까. 만나자고 하면 이런저런 핑계로 회피한다는 느낌을 받은 적이 있었다. 그녀가 너무 보고 싶어서 그녀 집 앞에서 기다렸다. 무작정 기다렸다. 먼발치에서 그녀의 얼굴 한 번 보는 걸로 보상받는 기분이었다. 한 시간이 두 시간이 되고 또 한 시간 그리고 또 새벽 3시가 되었는데도 그녀의 모습이 보이지 않았다. 나는 아쉬운 발길을 돌렸다. 무슨 일이 있는지 걱정이 되었지만 할 수 있는 일이 없었다. 지금처럼 휴대전화가 있었다면 좋았을 것이다. 아니면 그 당시 일부 사람들이 들고 다녔던 무선 호출기가 있었다면 하는 생각을 했다. 다음날 통화가 되었는데 나는 걱정돼서 한 말을 그녀는 내가 자신을 감시한다고 오해했다.

"오빠의 그런 행동이 사람을 얼마나 숨 막히게 하는 줄 알아? 오빠, 나 못믿어?"

"너는 믿는데 이 세상을 못믿는 거야. 예쁜 너를 누가 데려가면 어떻게 해. 미안해. 단연코 너를 감시하려는 마음은 추호도 없었어. 다만 네가 너무 보고 싶었...."

내 말이 끝나기 전에 그녀가 서둘러 전화를 끊었다. 그녀를 만나고 처음으로 화가 났다. 앞에 그녀가 있었다면 뺨이라도 때리고 싶은 심정이었다. 한참 후 안 일이었다. 그녀는 내게 말하지 못한 사정이 있었다. 그녀의 부모님을 뵙고 인사를 드렸다. 두 분 다 나를 예뻐하셔서 교제를 허락하시는 줄 알았는데 내가 고아라는 사실을 알게 된 후 반대가 심해서 외출도 자유롭지 않았다. 통금 시간을 저녁 7시로 못박아 버렸고 전화도 마음대로 할 수 없었다. 그녀는 자기만 믿고 기다려 달라고 했다.

"석창이 오빠, 내가 우리 부모님 설득할 테니 조금만 참아줘. 나도 오빠가 보고 싶어서 미칠 것 같아."

"알았어. 오빠가 할 수 있는 게 아무것도 없구나. 미안해 고아라서"

"그게 왜 오빠가 미안할 일이야. 고리타분한 우리 부모 잘못이지."

그녀를 못본 지 한 달이 되어갔다. 내 생애 가장 긴 한 달이었다. 눈에서 멀어지면 마음도 멀어진다고 했던가. 그건 다 거짓말이었다. 하루하루 그녀 없는 시간은 나에게 아무런 의미가 없었다. 나약하다고 욕하는 친구들도 있었지만, 나는 결코 나약한 사람이 아니라는 걸 그들이 더 잘 알고 있었다. 내가 어떻게 살아왔는지 아는 녀석들이었다. 어떤 어려움에도 굴하지 않고 살기 위해 몸부림친 나였기에 친구들은 나를 이해하지 못했다. 고뇌의 시간을 술로 버틸 수밖에 없었다. 하지만 술이 깨면 그녀 없는 지옥이 나를 기다렸다. 그리고 열흘이 더 지난 후 그녀에게서 전화가 왔다.

"오빠, 우리 만나. 내일 오빠 퇴근 시간에 우리 만나던 곳에서 봐."

"알았어. 내일 보자."

그녀의 목소리는 차가웠다. 내일이 두려웠다. 나는 여느 때와 마찬가지로 홀로 술을 마셨다. 술을 마시다 죽는다면 더 바랄 것이 없었다. 하지만 술은 이미 나에게 너무나 익숙했고 내 몸은 술에 대한 저항감이 사라지고 없었다. 이별의 순간이 온 것일까. 나는 술에 취해 그녀에게 편지를 썼다.

「그래, 너를 만나서 너무 행복했어. 하지만 부모님의 반대가 이별의 원인이라고 한다면 내가 너무 아파. 그냥 내가 싫어졌다고 말해줘. 너 없이 산다는 것을 생각조차 하지 않았기 때문에 무슨 말을 해야 할지 모르겠어. 네가 너무 힘들다면 오빠가 사라져 줄게. 그리고 네가 내게 준 행복 오래오래 간직할게. 너를 탓하지 않을게. 내가 모자랐어. 부모님이 좋아하실 만한 사람 만나 행복하길 빌게. 내 삶에 네가 있어 참 다행이야.」

짧은 글을 편지지에 썼다. 부모님의 반대가 그녀의 잘못이 아니라는 얘기를 꼭 해주고 싶었다. 그날따라 라디오에서 '이별 노래'라는 노래가 흘러나왔다. 나는 눈물과 콧물이 섞여 노래를 따라 부를 수 없었다.

♬ 나 그대 위해 노래하는 별이 되리니. 떠나는 그대 조금만 더 늦게 떠나 준다면 그대 떠난 뒤에도 나 그대를 사랑하기에 아직 늦지 않으리.'

– 1985, 이동원 '이별 노래' 중에서

'그래, 운명으로 받아들이자. 한두 번도 아닌데 눈 꼭 감고 멋있게 보내주지 뭐.'

운명의 시간이 되어 약속 장소에 나갔다. 그날도 역시 그녀는 30분 이상 늦었다. 그전에 두세 시간도 잘 참았는데 30분 늦은 그녀에게 화가 치밀었다. 마지막이라면 그 정도의 배려는 해주었으면 했다.

"오래 기다렸지?"

"……"

그녀를 보니 아무 말도 할 수가 없었다. 그녀는 여전히 내 마음에 문신처럼 새겨졌는데…….

"오늘은 내가 먹고 싶은 거 시키면 안 될까?"

나는 소주와 낙지볶음을 시켰다. 어차피 먹지도 않을 거지만 국물 안주는 어울리지 않을 것 같았다. 소주가 나오자 빈 잔에 술을 따라 마셨다. 한 잔으로는 아무 말도 하지 못할 것 같아 두 잔, 석 잔을 연거푸 마셨다.

"오빠, 나 오빠에게 할 말이 있어."

"듣고 있으니까 해."

"사랑도 지쳐가나 봐. 오빠를 향한 내 맘 변함이 없어. 오빠랑 도망이라도 치고 싶지만 평생 가족을 안 보며 살 자신이 없어. 나는 불행하게도 무남독녀 외동딸이야."

"그렇지. 너는 내게 소중한 사람이지만 네 가족에게도 마찬가지지."

나는 다시 소주를 마셨다. 그녀가 무슨 말을 할지 알고 있었기에 오히려 마음은 편했다. 예측하지 못한 이별이 더 고통스럽다는 것을 성애에게 잘 배웠다.

"오빠, 그렇게 급하게 술만 마시니까 내가 말할 수가 없잖아."

"미안, 그만 마실 테니 말해."

"오빠는 정말 좋은 사람이야. 다정다감하고 배려심 깊고 참 예쁜 사람이야. 뭐 하나 흠잡을 수 없는 남자야. 후~~"

그녀의 말이 끊기고 긴 한숨이 나왔다. 침묵이 흘렀다. 그녀는 자신의 잔에 술을 따르고 단숨에 잔을 비웠다. 나도 소주를 마셨다. 무슨 말이라도 해야 하는데 말이 입 밖으로 나오지 않았다.

"석창이 오빠, 오빠가 내 첫 남자야. 여자는 첫 남자를 평생 못 잊는다고 들었어. 우리 인연이 닿는다면 꼭 다시 만날 거라고 믿어."

그녀는 내 눈치를 보며 말을 이어 나갔고 그런 그녀를 쳐다볼 수 없었다.

"석창이 오빠, 그동안 오빠한테 해준 게 아무것도 없네. 그래서 넥타이 하나 샀어. 오빠는 피부가 흰 편이라 빨간색이 어울려. 내 사랑 석창이 오빠 안녕. 흐흐흐"

그녀의 눈물이 가슴을 후비고 파헤쳐 놓아 큰 구멍이 생겼다. 나는 아무 말도 하지 못한 채 술만 마셨다. 울 수 있는 그녀가 한없이 부러웠다.

"무슨 말을 어떻게 해야 할지 나도 모르겠어. 부모님의 판단이 옳을 수 있다고 생각해. 가정환경은 절대 무시할 수 없는 거잖아. 하지만 내 사랑 너를 어떻게…. 흐흐흐"

나는 소주를 마저 마시고 자리에서 일어났다. 그녀에게 미리 써 둔 편지를 테이블에 두고 밖으로 나왔다. 이럴 때도 술값을 계산해야 하는 어색함은 있었지만 나름 괜찮은 대처라고 생각했다. 그녀가 선물로 준 넥타이를 코트 안쪽 주머니에 넣었다. 명동거리를 통해 을지로 충무로 대로를 그냥 걸었다. 멀쩡하던 술이 올라와서 똑바로 걸을 수 없었다. 감당할 수 없는 외로움이 몰려왔다. 성애에게 전화했다.

"김성애, 나 버리고 다른 사람 만나니까 좋았니?"

"석창 씨, 무슨 일이야. 어디야? 내가 그리로 갈게."

"다 필요 없어. 왜 사람들은 나를 버릴까?"

"우리 만나서 얘기해. 어디야, 석창 씨"

"여기? 지옥이야, 지옥"

나는 지옥이라는 말만 남기고 전화를 끊었다. 지구 끝까지라도 걸을 수 있을 것 같았다. 무단횡단을 했다. 누가 나를 치어 죽여주었으면 좋겠다는 생각이었지만 운전자들은 나를 잘 피해 다녔다. 대신 내게 거친 욕을 해댔다.

"야, 이 미친놈아. 죽으려면 혼자 곱게 죽어. 애먼 사람 피해주지 말고."

"미안합니다. 미안해요."

누가 신고를 한 것일까. 경찰이 와서 나를 파출소로 데려갔다.

"이 봐 젊은이, 여기서 이러면 안 돼. 집이 어디야?"

"어, 짭새다. 아, 죄송해요. 저, 괜찮아요. 그녀랑 헤어졌어요. 가슴이 아파 죽을 것 같아요."

나이가 지긋한 경찰이 내게 물을 건넸다.

"젊은이, 젊을 때는 다 그래. 지나고 나면 아무것도 아니고 세상에 흔하디흔한 게 여자야. 멀쩡하게 생긴 친구가. 시원한 물 한 잔 마시고 가서 자고 일어나면 나아질 거야. 내가 택시 잡아 줄게."

마음씨 좋은 경찰 아저씨는 택시를 잡아 주며 기사에게 잘 부탁한다는 말을 남겼다. 나는 집으로 돌아와 열 번 넘게 먹은 걸 다 토했다. 먹은 것이 액체뿐이어서 한결 수월했다. 위장의 위치가 바뀌는 줄 알았다. 속이 쓰렸다. 쓰린 속 때문에 아주 잠시지만 그녀 생각에서 벗어날 수 있었다.

다음날 아침, 출근길에 큰 교통사고를 목격했다. 승용차가 택시를 추돌하는 사고였는데 택시에 탄 손님의 생사가 불투명할 정도였다.

'버스 대신 택시를 탈 걸.'

내 머릿속은 온통 지옥 같은 현실에서 벗어나는 것이었다. 출근해서 업무를 보는데 모두가 나를 걱정했다.

"권석창, 너 얼굴이 왜 그렇게 창백한 거야. 어디 아픈 거야. 병원 가봐."

"괜찮아요. 어제 술을 너무 많이 마셨나 봐요."

그때 내게 전화가 왔다며 전화를 돌려주었다. 성애였다.

"야, 권석창! 괜찮아? 그렇게 전화를 끊으면 어떻게 해. 진짜 괜찮아?"

"미안, 내가 다시 전화할게."

어제 성애에게 전화를 한 기억이 떠올랐다. 후회가 밀려왔다.

'괜한 짓을 했군. 성애의 입을 막아야겠군. 내키지 않지만 한 번은 만나야겠어.'

오후가 되자 내 위장은 제자리를 잡아가고 그녀가 걱정되었다. 너무 매정하게 대한 것은 아닐까. 좀 더 어른답게 처신할 걸 하는 후회가 밀려왔다. 아니면 더 매몰차고 못되게 굴었다면 그녀가 내게 덜 미안해 하지 않았을까. 온통 그녀 걱정뿐이었다. 상처는 내가 받았지만, 그녀가 아프지 않았으면 좋겠다는 마음뿐이었다. 구멍 난 가슴에 허기가 몰려왔다. 이틀 동안 내 위는 알콜만 잠깐 머물다 갔을 뿐이었다. 빨리 점심시간이 오기를 기다렸다.

"석창 씨! 해장해야지."

"네"

무교동에 있는 황태 해장국집에서 점심을 먹었다. 쓰린 속을 달래고 숙취를 해소하는데 황태만 한 것이 없었다. 마음 같아선 한 그릇 뚝딱 해치울 것 같았지만, 내 내장은 아무것도 받아들이지 못했다. 그녀 없는 하루는 길었다. 거리에는 그녀보다 예쁘고 세련된 여자들로 넘쳐

났다. 하지만 그녀를 대신할 사람은 없었다. 저녁이 되면 나의 형이하학을 자극할 여성들이 더 많이 보일지도 모른다. 퇴근 시간이 기다려졌다. 당시에 핫플레이스였던 방배동 카페 골목으로 향했다. 지금의 강남역이나 청담동 이전에 잘 나가는 청춘들의 집합소라고 불리던 곳이었다. 거리에는 부티 나는 사람들의 여유가 거리에 가득했고 나는 반대로 한없이 초라했다. 차에 관심이 없어서 모르겠지만 외제차라는 것을 금방 알아차릴 수 있는 차들이 굉음을 내며 거리를 질주했다. 나는 화려한 도시의 이방인에 불과했고 더 이상 그곳에 머물기 싫었다. 택시를 타고 종로로 향했다. Q와 함께 갔던 포장마차가 눈에 들어왔다. 가락국수랑 꼼장어 맛집이었다. 그녀는 꼼장어 마니아였다. 봄바람 휘날리는 밤, 무더운 여름 끈적한 밤, 낙엽이 비처럼 내리던 가을밤 그리고 손을 호호 불며 서로의 온기를 나누었던 겨울밤. 이곳을 혼자 오게 될 줄이야. 꼼장어랑 소주를 시켰다.

"오늘은 혼자 오셨네요."

주인의 말에 눈물이 뺨을 타고 흘렀다. 철들고 한 번도 울어본 적이 없어서 이런 분위기가 어색했다. 사람이 슬프면 눈물이 난다는 것은 너무도 당연한 생리현상이지만 그동안 감정을 꾹꾹 눌러 참아왔다. 대부분 감당할 만한 것이었다. 하지만 지금은 감당할 자신이 없었다. 술을 마셨다. 찬바람이 코끝에 닿았다. 헤어지는 것도 계절을 잘 만나야 한다는 짧은 생각에 헛웃음이 났다. 밀려가는 겨울과 돌아오는 봄이 공전하는 시기에 이별은 어울리지 않았다. 소주를 마셨다. 첫 잔은 언제나처럼 썼다. 그리고 다음 잔을 불렀다. 감정이 끓어올랐다. 철학이나 사상을 얘기할 수 있는 상대가 필요해 보였다. 술이 조금 더 들어가니 감정은 가라앉았다.

'이럴 때는 역시 시 한 수지.'

내가 외우고 있는 수많은 시 중 한편이 떠올랐다. 술자리에서 지어 대중가요로 불려졌다는 박인환 시인의 '세월이 가면'이라는 시가 입에서 터져 나왔다.

지금 그 사람 이름은 잊었지만
그 눈동자 입술은
내 가슴에 있어

바람이 불고
비가 올 때도
나는 저 유리창 밖
가로등 그늘의 밤을 잊지 못하지

사랑은 가고
옛날은 남는 것
여름날의 호숫가
가을의 공원

그 벤치 위에
나뭇잎은 떨어지고

나뭇잎은 흙이 되고
나뭇잎에 덮여서
우리들의 사랑이 사라진다 해도
지금 그 사람 이름은 잊었지만
그의 눈동자 입술은
서늘한 가슴에 있건만

옆에서 술을 마시던 취객이 들은 것일까.

"멋지네요. 아저씨 시인이세요?"

나는 그냥 눈인사로 대답했다.

"다른 시도 한 편 들려주세요."

취객의 요구에 더 이상 그 자리에 있기 민망했다. 나는 코끝을 때리는 한기가 가득한 초봄 밤길을 걸었다.

'걷다 지치면 소주 한 잔 하면 될 것이고 또 걷다 보면 길이 이어질 것이다. 길 끝에 아침이 있을 것이고 나는 내 일상으로 돌아가겠지.'

쉽게 밤이 오듯 아침도 마찬가지였다. 습관대로 움직였다. 나를 시간이라는 컨베이어에 올려놓았다. 내 의지가 아닌 시간이 정해준 대로 나는 따라갈 뿐이었다. 지옥이 현실이 되고 현실은 지옥이었다. 보고 싶어서 눈이 멀 것 같았다. 한 번, 딱 한 번만이라도 그녀를 볼 수 만 있다면 내 눈알이 다 뽑힌다고 해도 감내할 것 같았다.

숨이 쉬어지지 않아서 한밤중에 몇 번을 깨고 또 울다 지쳐 술을 마셨다. 하지만 내 간은 무쇠란 말인가. 이 정도 마셨으면 내 우상이었던 김현식처럼 배에 복수가 차고 간이 돌덩이처럼 굳어 죽을 줄 알았는데 내 간은 아직도 싱싱하다고 한다.

나는 그녀 없는 하루하루를 의미 없이 숨만 쉬고 살았다. 그러다가 몇 번의 자살 시도를 했다. 그 횟수를 다 헤아릴 수 없을 만큼 말이다.

'씨발, 행복하다. 좆도 니미럴, 우라질…'

오랜만에 욕을 하고 나니 기분이 좋아졌다. 내가 이런 상스러운 욕을 하리라고 생각하는 사람은 없을 것이다. 그냥 내 겉모습만 보면 욕도 안 하고 뒷담화도 안 하는 사람일 것이라 생각하겠지만 나도 사람이고 화도 내고 욕도 한다. 나는 천사인 척하는 위선적인 놈이다. 부모님의 반대로 헤어지는 거라고 하지 말고 그냥 '당신의 턱 없이 모자란 정력이 아쉬워요.' 라든지 '당신은 너무 못 생겨서 2세들이 걱정되니까 헤어지자'는 말을 들었으면 훨씬 나았을 것이다. 아리송한 말로 두 번 죽이는 것은 하지 않았으면 좋겠다. 나는 가끔 혼자 화를 내고 욕도 하고 심지어 구강살인을 서슴치 않는다. 이렇게라도 하지 않았으면 나는 조현병 환자가 되었을지도 모른다. 술을 마시고 벽에 대고 혼자 욕을 하고 나면 내일이 보였다. 그리고 내일이 되면 또 웃으며 나는 천사에 준하는 천연기념물인 척 위선을 떨 것이다. 가끔 이런 상황을 즐기는 나에게 질리고 만다. 왜 여자들이 말도 안 되는 이유를 들어 이별을 말하면 나는 천사처럼 다 이해해야 하나. 2시간 걸려서 사무실에 돌아오니 착한 사람 콤플렉스에 갇힌 권석창이 거울에 있었다. 욕을 해도 저주를 퍼부어도 돌아서면 더욱더 그녀가 그립다. 내 생에 제일 착했던 그 시절의 나, 생을 통틀어 가장 건강했던 그 시절 내가, 그 시절 공기가 그립고 그 시절 연희동 빌라에서 장마철이면 내 방에 기생하던 곰팡이마저 그립다. 이젠 쭉정이만 남은 내 비루한 얼굴이 싫다. 이런 모습으로 시들어갈까 봐 수많은 자살을 계획하고 시도했는지 모른다. 만 56년, 내게 뭐가 남았을까. 강남은 아니지만 그 언저리 28평짜리 아파트 한 채, 통장에 있는 126,374,759원, 진공관 오디오를 사려고 모아둔 3,407,132원 그리고 지갑에 있는 7만 4천 원. 잊을 뻔했다. 수익보다 안전에 투자한 탓인지 지방채 140,345,965원 그리고 은행자사주, 보험료를 다 낸 보험들, 해지하면 꽤 될 것이다. 생각보다 난 부자다. 물려줄 사람도 없는데 말이다. 내가 오늘 사라진다면 내 것은 누구에게 돌아갈까. 이제 얼굴도 가물가물한 내 생물학적 어미에게 돌아가겠지. 그건 안 될 일이다. 한 푼도 남지 않을 때까지 낭비하고 죽어도 죽을 것이다. 택시비 아끼려고 산길을 2시간 넘게 걸었던 내가 너무 초라하고 한없이 안쓰러웠다. 오전에 내 문제로 민원이 들어왔다는 얘기를 소장님께 들었다. 소장님이 막아주시겠다고 하셨지만 막는다고 막아지는 것이 아니라는 것쯤 알 나이가 되었다. 이곳이 너무 좋아서 내 눈치가 마비된 것일까. 떠날 때를 모르는 바보가 된 기분이었다.

'내게 너무나 소중한 직장인데. 이곳에서 난 언제나 진심이었는데. 씨부럴 나미럴 나 없이 어디 잘되나 보자.'

욕지거리를 한바탕해도 아쉬움은 사라지지 않았다. 밤새 짐을 정리했다. 짐이라고 해봐야 옷가지 몇 벌은 다 버려야 할 것 같고, 다 버려도 아깝지 않은 잡동사니뿐이었다. 다른 것은 몰라도 중고마켓을 통해 사 모은 LP판이 구차한 내 살림의 평균을 올려 주는 것 같다. 싸구려 스킨로션과 오일장에서 산 중국산 칫솔, 너무 오래 써서 얇고 반들거리는 수건 몇 장 그리고 낡은 요와 이불, 뭐 하나 건질 것이 없었다. 내 흔적을 남기고 싶지 않아서 LP만 남기고 종량제 봉투에 담아 20분을 걸어서 다 버리고 왔다. 사무실 옆에 버리면 형님들이 알아서 치워 줄 텐데. 나는 그렇게 살았다. 남을 먼저 생각하고 나는 돌보지 않았다. 그리고 왜 그리도 절약했던 것일까. 다 버리고 나니 마음이 후련했다. 서울 가면 백화점에서 제일 비싼 것으로 살 것이다. 먼발치에서 박명(薄明)이 서둘러 다가왔다. 수많은 아침 중 하나지만 오늘의 아침은 달랐으면 좋겠다. 쉼 없이 달려온 내 인생의 안식년, 1년만 놀자.

소장님께 말씀드렸다. 36년을 하루도 쉬지 않고 달려오다 보니 심신이 너무 지쳐서 휴식이 필요하다고. 쉴 만큼 쉬면 돌아오라고 하셨지만 내가 돌아올 자리가 없다는 걸 잘 안다. 다른 분들이 출근할 때까지 기다렸다. 간단한 인사를 해야 했고 내 흔적이 하나라도 남았는지 확인해야 했다. 결백에 가까운 성격 탓에.

"아저씨, 갑자기 어디 가세요?"

"어, 올 때 즉흥적이었으니까 갈 때도 그래야지. 좀 쉬어야 할 거 같아."

"갑자기…. 언제든지 오세요. 기다릴게요. 서울 가시는 거죠?"

"어"

"서울 가면 연락드릴게요."

"그래, 오 작가. 응원할게."

사무실에 TO가 없는데 관리소장님과 읍장님이 힘써주셔서 있게 해주었기 때문에 내가 빨리 떠나는 것이 그분들의 짐을 덜어주는 것이었다. 3년 2개월 13일 동안 즐거웠다. 산을 좋아하는 내게 베풀어준 운무산, 그리고 고마운 사람들.

택시는 평소보다 늦게 왔다. 터미널로 가는 내내 풍경들을 하나하나 스캔하고 저장하였다. 조금 더 천천히 가도 좋았을 텐데 기사님은 서둘렀다. 직접 서울로 가는 버스는 없고 30분 후에 출발하는 광주 가는 버스를 타서 환승을 해야 했다. 한때는 교통의 중심지였을 터미널은 읍내의 흉물이 된 지 오래다. 곧 사라질 것이다. 광주 가는 버스는 터미널이 아니라 정류장이면 족할 것이다. 터미널이 없어지면 이곳은 뭐가 들어설까. 빈터로 남을 거라서 차라리 흉물로라도 터미널로 남긴 것일까. 터미널 곳곳에 남은 역사의 흔적들이 짠하다. 나를 제외하고 서너 명이 함께 버스를 기다렸다. 버스는 텅 비었다. 올 농사 준비에 한창인 농부들을 뒤로하고 국도를 내달렸다. 엄밀히 말하면 나는 경상도 핏줄인데 왜 이 전라도에 온 것일까. 1948년 동족을 학살할 수 없다고 항명한 여순사건을 그린 태백산맥을 읽고 전라도에 대한 막연한 동경이 생겼다. 그리고 80년 광주의 항쟁, 전라도 분들에게 경외감까지 생겼다. 차창을 열고 싶었지만, 아직 남은 겨울의 잔당들이 곳곳에 암약하고 있었다. 어제 한숨도 못 잔 탓일까. 졸음이 밀려왔다. 잠깐 존 줄 알았는데 기사 아저씨가 나를 깨웠다.

"아저씨, 다 왔어요."

"네, 죄송합니다."

광주 터미널은 언제 봐도 크고 웅장하다. 장터국수라는 식당에서 아침을 먹었다. 서울 가는 버스 시간은 여유가 있었다. 놓치면 다음 버스를 타면 될 것이고 남는 것이 시간뿐인 방랑자에게는 아무런 문제가 되지 않았다. 오며 가는 사람들의 얼굴을 하나하나 살폈다. 빤히 쳐다보지 않았지만, 슬쩍 스쳐 가듯 바라본 사람들의 얼굴은 두 분류로 나눌 수 있을 것 같았다. 시간을 아끼려는 사람과 시간을 쓰려는 사람으로 내 마음대로 재단했다. 나는 시간을 쓰려는 쪽이다. 평생 해보지 않은 일이다. 따뜻한 햇살이 유리창을 통해 내 피부에 닿았다. 온실효과라고 해야 하나, 따뜻하다 못해 더웠다. 간절기에 입을 옷이 없어서 두

꺼운 겨울 파카를 입었는데 거추장스러워 손에 들었다. 터미널 옆에 있던 백화점이 생각났다. 나는 팬티만 남기고 입고 있던 옷을 다 버리고 새로 샀다. 내가 3년 동안 산 옷의 10배쯤 되는 돈을 썼다. 관리소장님의 배려로 퇴직금은 물론 실업급여도 받을 수 있게 되었다. LP판을 담을 가방도 새로 샀다. 그리고 미용실에 들러 머리를 잘랐다. 덥수룩한 머리가 늘 마음에 걸렸다.

"사장님, 펌을 한 번 해 보세요. 그럼 훨씬 젊어 보일 것 같아요."

"펌이라면 파마를 말하는 건가요?"

"네. 볼륨을 조금 주고 하시는 김에 염색도 하시면 30대로 보일 거예요."

말도 안 되는 장삿속이지만 한 번 해보기로 했다. 머리카락이 잘려나갈수록 나는 몇 년씩 젊어지고 있었다. 그리고 파마도 하고 짙은 갈색으로 머리 색이 바뀌는 대로 잠자코 있었다. 눈을 감았다. 머리를 만져주는 사람과 자꾸 눈길이 마주쳐서 차라리 감는 것이 나을 것 같았다. 눈을 떠보니 과한 듯 과하지 않은 내가 거울 안에 있었다. 생각보다 괜찮았다.

"어머 잘 어울리세요."

"고맙습니다."

나는 콧노래가 나왔다.

'인생, 이렇게도 살아봐야지. 바보처럼 살았어.'

백화점을 나와 거리를 걷다 오랫동안 미뤄왔던 내과 진료를 위해 병원에 들렀다. 요즘 들어 소화가 안 되고 배앓이를 자주 했다. 의사 선생님이 위내시경이나 피 검사를 해보자고 했지만, 서울에 가야 하기에 위장약만 처방받았다.

'의사 놈들은 언제나 호들갑이야.'

병원에서 준 처방전을 들고 약국을 찾았다. 보통 같은 건물에 약국이 있는데 횡단보도를 건너야 했다. 처방전에는 대여섯 가지 낯선 이름의 약이 나열되어 있었다. 약국 옆에 사진관이 눈에 들어왔다. 약을 받아 나오다 사진관에 들렀다. 꼭 필요한 것은 아니지만, 새 일자리를 찾으려면 이력서에 붙일 증명사진과 해외여행을 갈 수도 있기에 여권 사진 그리고 지금 느낌을 남기고 싶어 액자에 넣어 벽에 걸 확대 사진을 찍었다. 30분 만에 나왔다. 잔주름과 요즘 부쩍 늘어난 새치를 보정해 주었다. 미용실 원장님 말처럼 30대로 보였다. 혹시 모를 사고에 영정사진으로 쓰일지도 모른다는 생각에 기분이 좀 이상했다. 다시 터미널로 갔다. 서울로 가는 프리미엄 고속버스 표를 샀는데 우등보다 50%나 비쌌지만 한 번쯤 타보고 싶었다. 낭비가 나쁜 것만은 아니었는데 나에게 쓰는 돈을 낭비라고 생각해서 못 타봤다. 오늘은 꼭 타야 할 것만 같았다. 프리미엄 고속버스는 독립된 나만의 공간과 여유를 선물해 줬다. 인생에서 오늘 같은 선물을 받아 본 건 처음이었다. 아니다. 그녀가 내게 준 빨간 넥타이. 차마 버리지 못하고 안주머니에 늘

가지고 다니는 건 단순한 넥타이가 아니라 그녀였다. 차가 좋아서인지 서울 가는 길이 안락했다. 반가는 사람 하나 없지만 마냥 설렜다. 강남 고속버스 터미널에서 멀지 않은 곳에 있는 일식집이 생각났다. 접대 때문에 몇 번 간 적이 있는데 그때는 접대 자리라서 그 맛을 느끼지 못했다. 오늘 하루는 호사를 누리고 싶었다. 오마카세로 운영되는 집이라 메뉴는 따로 없었다. 그런데 값이 많이 올랐다. 십오만 원이었다고 기억하는데 어느새 이십만 원으로 올라 있었다. 그깟 오만 원 차이가 뭐라고 발길을 돌렸다. 아무리 맛있다고 해도 이십만 원 이상을 법카가 아닌 현금으로 결제할 수 없었다. 일단 지하철 2호선 서울교대역에서 지하철을 탔다. 퇴근 시간이라 객차에는 입추의 여지가 없었다. 역마다 내리는 사람보다 타려는 사람이 많았다. 왕십리역에서 내렸다. 일단 성동구청 근처에 숙소를 잡았다. 그리고 아무 식당에나 들어가서 도가니탕과 소주를 시켰다.

'음식은 역시 남이 해주는 음식이 최고야. 그리고 술은 혼술이지.'

나는 혼술을 좋아한다. 혹시라도 술에 취해 남들에게 허점을 보이는 것 같아 다른 사람과의 술자리를 최대한 자제한다. H읍에서는 거의 마시지 않았다. 나쁜 이미지를 주면 잘리기라도 할까봐 술을 피했다. 혼자 마시면 내 주량이 얼마나 되는지 가늠조차 할 수 없다. 말리는 사람이 없어서 그런가 보다. 밑반찬에 소주 마시는 것을 좋아해서 도가니탕이 나오기 전에 이미 소주 한 병을 다 비웠다. 휴대폰이 울렸다. 보험권유나 카드론 대출 권유 말고는 근래 받아 본 전화가 없었다. 액정에 오 작가라는 이름이 떴다.

"예, 여보세요."

"아저씨, 서울에 잘 도착하셨어요?"

"어, 갑작스럽게 떠나서 놀랐지?"

"소장님께 들었어요. 아빠도 아저씨 얘기를 하셨어요. 더 있게 해줘야 하는데 좁은 동네라서 현지인도 일자리가 모자라는데 타지인을 쓸 수 있냐며 말이 많았는데 아저씨가 결단을 해주셨다고 고마워하셨어요."

"내가 고맙지. 내가 눈치가 없었어. 진작 알아차렸어야 했는데 말이야."

"조만간 서울에 갈 일이 있어요. 임용고시 공부를 시작하려고요."

"잘 생각했어. 오면 연락해. 오 작가 오면 꼭 함께 가고픈 일식집이 있어."

"예, 연락드릴게요. 잘 지내시고요. 아저씨가 해주신 점심 잊지 못할 거예요."

"그래, 연애도 잘하고 행복해야 해. 끊는다."

"예, 아저씨."

오 작가 얼굴이 떠올랐다. 아침에 소장님이 내게 사정을 말씀해 주셨다. 좁은 마을이라서 말이 많다고 하셨다. 오 작가의 아버지인 읍장님이 곤란했던 것 같다. 내후년에 있는 군수 선거에 그를 견제하려는 사람들의 소행이라는 소장님의 말씀이 생각났다. 다음 달까지 시간을 주셨는데 하루라도 빨리 부담을 줄여주고 싶었다.

"권씨, 미안해. 자네 같은 성실한 사람이 어디 있다고. 이해해 줘서 고마워. 퇴직금이랑 실업급여 수급할 수 있도록 힘쓸게."

"감사합니다. 제 인생에 제일 행복한 시간이었습니다."

도가니탕에 밥을 좀 말아서 억지로 배를 채웠다. 술을 더 마시려면 속을 채워야 했다. 낯선 곳에서 과분한 관심을 준 H읍 사무실 식구들에게 감사의 문자를 보냈다. 주인은 술집이 아니라서 일찍 문을 닫아야 한다고 양해의 말을 내게 했다.

"죄송해요. 눈치 없이 너무 오래 머물렀네요. 잘 먹고 갑니다."

나와서 처음 보이는 모텔에서 깊은 잠을 잤다. 한 번도 내 꿈에 다녀가지 않던 Q를 만났다. 오십 대 초반일 텐데 30년 전 20대 모습으로 내게 와서 웃기만 할 뿐 아무 말도 하지 않았다. 내가 너무 변해서 못 알아보는 것 같았다. 꿈이지만 그녀는 여전히 귀엽고 예뻐서 숨이 막혔다. 잠에서 깨지 않으려고 했지만, 새벽녘에 아쉽게 잠에서 깨었고 그녀는 휘발되어 사라졌다. 30년 만에 처음이다. 내 꿈에 그녀가 나온 건. 사무치게 그리웠던 시절엔 코빼기도 안 보이더니 말이다. 성동구청 근처에 온 것은 내 오랜 꿈을 이룰 수 있다는 생각에서였다. 예전 Q와 함께했던 대학로에서 본 연극들이 떠올랐다. 내 안의 나를 끄집어내서 내 가슴에 응어리진 것들을 표출하고 싶었다. 연극을 하고 싶었다. 어릴 적 숙부의 무지막지한 폭력에 굴종한 뒤 움츠러들던 나를 깨우고 싶었다. 그깟 2,000원이 맞아 죽을 만큼 잘못된 것인가 따져야 했다. 훔치지 않아도 도둑이 되어야 했던 소심한 나를 버릴 수 있는 것이 연극이라고 생각했다. 일 년 가까이 실어증에 시달렸다. 할머니의 정성으로 낫기는 했지만 내 감정을 스스로 짓누르는 버릇이 생겼다. 속에 담아둔 분노와 광기를 잘 다스리는 대신 많은 것을 잃었다. 자신감 상실로 인한 주눅이 들어 누구와도 친해지기 힘들었다. 그리고 맞는 공포가 너무 심해 내 감정을 거짓으로 말하곤 했다. 사소한 것도 숨기기만 했다. 연극을 통해 분노를 표출하고 단 하루라도 내가 하고픈 얘기를 눈치 보지 않고 말하고 싶었다. 불과 11살 때 어떻게 말해야 매를 안 맞는 지를 터득했다. 말을 아끼는 것이고 무조건 잘못했다고 비는 것이다. 내 감정과 반대로 말하면 매를 피할 수 있었다. 성동구청 홈페이지에서 교양강좌로 연극반을 모집한다는 공지를 우연히 보게 되었다. 늦지 않았다는 생각과 함께 나의 의미를 찾는 것과 내 속의 부조리를 배설(?)하고픈 욕심이 희망이 되었다. 성동구청 문화강좌는 알차기로 소문이 나 있었다. 일단 성동구청 주민이 되는 것이 먼저이고 예의라고 생각했다. 근처에 전셋집이나 월셋집을 알아보기로 했다. 그리고 내 집에 사는 사촌 동생에게 전화해야 했다. 오랜 기간 원룸의 반값도 안 되는 월세를 살면서 이런저런 불만이 많은 녀석을 이번 기회에 내보내고 전세를 주든 반전세를 주든 할 것이다. 숙부를 생각하면 어림없지만 나랑 같은 성을 쓰고 나를 형이라고 부르는 몇 안 되는 동생이라 많이 봐주었다. 사촌 동생에게 전화하고 나니 바로 숙모에게 전화가 왔다.

끓어오르는 분노가 목까지 찼지만, 나는 습관처럼 참아야 했다.

"그깟 아파트 하나 가지고 유세냐. 네가 어떻게 우리에게 이럴 수 있니. 이런 배은망덕한 놈 같으니라고……."

"작은 어머니, 제 집 두고 제가 집을 빌려 살 수는 없잖아요. 죄송합니다."

내가 왜 죄송해야 하는 것일까. 그리고 배은망덕이라니 무슨 덕인지 물어야 하거늘 나는 여전히 비굴함을 보이고 말았다.

'나도 내일모레면 환갑인데 이놈 저놈 하대를 하고 지랄이야. 니기미 씨발.'

기분이 상했지만 모두가 내 탓이라 여기기로 했다. 연극을 생각하니 마음이 설렌다. 햄릿이나 리어왕 대본을 지금도 줄줄 외우고 있다.

「죄의 본성이 원래 그러하지만, 병든 나의 영혼엔 사소한 일 하나하나도 커다란 재앙의 전주곡처럼 보이는구나. 죄지은 자의 마음은 터무니없는 두려움으로 가득 차, 드러날까 두려워할수록 더욱더 드러나는구나.」

– 햄릿, '4막 5장' 중에서

사자후를 토해내며 세상을 꾸짖을 수 있는 날이 멀지 않았다고 생각하니 흥분되기까지 했다. 문화강좌에 대해 알아보기 위해 찾아갔다. 신청자가 많지 않아서 폐강될지도 모른다는 얘기를 들었다. 며칠 기다려 보라는 말을 듣고 하체의 힘이 빠져 서 있기조차 힘들었다. 하지만 아직 실망하기 이르다는 생각을 하고 오랜만에 처음 은행원으로 발령받은 곳에 가보고 싶었다. J은행 소공동 본점, W은행에서 퇴직했지만 J은행이 내게는 고향 같은 곳이다. 지금은 강남으로 본점이 옮겨가서 다른 대기업의 사옥이 되어 있었다. 15층 건물이었는데 30층이 훨씬 넘어 보였다. 그때 옆에 있었던 미도파 백화점은 IMF 구제금융의 직격탄을 맞아 사라졌고 신세계랑 롯데 백화점은 그대로였다. 그때는 명실상부 우리나라 금융의 본산이었는데 이제는 강남에 그 자리를 내주었다. 세월의 뒤안길에 내 모습 같아 마음이 아팠다. 성애와 자주 갔던 무교동 낙지볶음집은 업종을 바꾼 것인가. 아니면 장사를 접은 것일까. 그 자리에 편의점이 들어서 있었다. Q가 내 퇴근 시간을 기다리던 작은 찻집은 프랜차이즈 커피숍이 세련된 인테리어를 자랑하고 있었다. 지하도를 건너 명동 쪽으로 발길을 돌렸다. 이쪽은 추억이 어린 곳이 많았다. 사보이호텔 근처와 명동성당 근처를 따라 걸었다. Q와의 추억이 아련했다. 그녀와 거닐던 거리는 노포만 몇 군데 남고 거의 다 바뀌었다. 발길 따라 걸었다. 충무로, 을지로 그리고 종각이 보이고 종로 3가 Q와 영화 보러 자주 왔던 단성사는 이미 멀티플렉스와 주얼리 건물로 변해 있었다. 모교인 시립대 쪽으로 발길을 돌렸다. 새 학기를 맞아 그때나 지금이나 젊음의 향기가 날 것 같았다. 그녀와 자주 왔던 '목마와 숙녀'는 사라지고 돈가스 전문점이 자리 잡고 있었다. 떡볶이집은 그대로였다. 그녀가 내게 처음 밥 사달라고 해서 왔던 그곳, 주인이 바뀐 것일까. 아님, 자식이 이어받은 것일까. 떡볶이 맛이 궁금했지만 가슴이 아려서 그냥 지나쳤다. 혹시 그녀와 마주칠까 두려워서 그녀와 헤어진 후 처음 와 봤다. 등록금이 싸서 가난한 고학생들이 많이 다녔었는데 지금은 어떤지 모르겠다. 점심때가 되었다. 택시를 탔다. 택시도 타다 보니 익숙해졌다. 서울은 점심때도 차가 막혔다. 어디 공사가 있는지 멀리 경광봉을 든 인부가 차선 하나를 막아섰다. 바쁜 것 없는 나지만 택시 기사는 조바심이 나는 모양이다. 나는 괜찮다고 했는데 택시의 사명은 고객을 신속히 모시는 데 있다고 해서 나를 웃게 했다. 한 블록을 벗어나니 금방 목적지에 도착했다. 남가좌동 그녀의 집이 있던 골목에 섰다. 빨간 벽돌로 된 2층집이었는데 사라지고 그 자리에는 5층짜리 다세대 주택이 들어서 있었다. 그녀를 데려다주고 돌아오던 길에 있던 가게는 그대로였다. 점방이라고 불러야 할 것 같은 작은 가게가 나를 맞아 줬다. 그녀를 만난 것처럼 반가웠다. 혹시라도 그녀의 부모님을 만날까 봐 서둘러 자리를 떴다. 나를 알아보지도 못할 것을 알면서도…. 내 거처를 마련해야 했다. 그래야 전입신고를 할 것이고 문화강좌 신청을 할 것이었다. 적당한 원룸을 하나 계약했다. 요즘 '마용성'이라고 불리는 핫한 곳이라서 그런지 월세가 만만치 않았다. 일단 계약을 한 뒤 행당동 주민자치센터에서 전입신고를 마쳤다. 오늘 할 일을 다 한 것 같았다. H읍에서는 마음 놓고 마시지 못한 술이 마시고 싶어졌다. 장사가 안 되는 식당에 들어갔다. 난 술만 있으면 되고 음식은 어차피 먹지도 않을 것이다. 김치찌개 백반에 소주를 시켰다. 장사가 안 되는 집은 안 되는 이유가 있었다. 있던 식욕도 없애는 재주가 있는 것 같았다. 서둘러 나와 근처 마트에서 소주, 맥주에 두부와 오징어포를 샀다. 모텔로 돌아와 소맥을 마셨다. 소주의 양을 달리해서 마셨다. 소맥은 잘 안 마시는데 한 번 마시고 싶었다. 내 입에 맞는 비율을 찾아보기로 했다. 소주 1에 맥주 3이 적당한 것 같았다. 사촌 동생에게서 전화가 왔다.

"형, 형편이 좋지 못해 이사 갈 상황이 아니라서요."

"석균아, 그럼 내가 월세를 살아야 하는데 어떻게 하지?"

"몇 달 시간을 주시면 안 될까요?"

"미안, 오래는 안 되고 두 달 시간 줄게. 끊는다."

터무니없이 싼 집세로 살게 해주었는데 괘씸한 생각이 들었다. 계약한 원룸 거주자가 집을 비워 주어야 하는데, 한 달쯤 걸릴 것 같았다. 일단 이곳에서 며칠 묵으며 생각해 보기로 했다. 모텔이 뭐하는 곳인지 잠시 잊었나 보다. 옆방에서 사랑을 나누는 남녀의 소음이 신경 쓰였다.

'힘 있을 때 열심히 해둬라. 나이 들어 내 꼴 나지 말고.'

의외로 소맥이 마시기 좋았다. 무엇보다 안주 없이도 마실 수 있다.

거울에 비친 내 모습이 보면 볼수록 생경하고 어색했다.

'곧 익숙하겠지.'

생각해 보니 H읍에서의 시간은 좋은 기억뿐이었다. 운무산 정상에서 보았던 일출과 산을 삼키는 안개도 근사했다. 무엇보다 나를 따뜻하게 대해 준 사무실 분들이 생각났다. 술을 마시면 더욱더 그리웠다. 당장이라도 달려가고 싶지만 참아야 했다. 내일은 강릉 가는 기차를 타고 해 뜨는 걸 보러 가려고 한다. 렌트카를 빌리면 마음 놓고 술을 못 마시니 그냥 밤기차를 탈 생각이다. 문제는 짐인데 내 보물 1호 LP는 어떡하지. 고민하다 지하철역마다 있는 물품 보관소를 이용하면 될 것 같았다. 쉬지 않고 너무 열심히 살았나 보다. 무슨 일이든 하고픈 마음에 구인 광고를 뒤져보니 내 나이에 할 수 있는 것이 별로 없었다. 평생 돈 만지는 일만 하던 탓에 다른 일을 해낼 수 있을지 자신이 없었다. 단 하루도 허투루 보내지 않았던 지난날이 오히려 후회로 다가왔다. 해돋이도 성에 차지 않았다. 평생 박복한 나에게 해는 영접을 허락하지 않았다. 실망도 서운함도 없이 서울행 기차에 몸을 실었다. 예전 바닷물에 빠져 죽겠다고 갈 때 청량리역 주변의 사창가는 사라지고 쇼핑몰과 주상복합단지가 들어서 있었다. 그날 나에게 최선을 다했던 아가씨가 생각났다. 살구 향을 맡아야 내 정체성이 살아나던 루틴을 깨게 해준 여인인데…….

쉬겠다는 처음 의도와 다르게 흘러갔다. 오히려 존재감의 부재는 새로운 고독으로 다가왔다. 눈을 뜨면 갈 곳이 있고 할 일이 있던 시절이 호시절이었다고 말해야 했다. 마시고 싶어도 마시지 못했던 술을 언제든지 마실 수 있다는 것은 참 고무적인 것이다. 모텔은 더없이 좋은 조건을 완비하고 있었다. 그만 마시라고 말리는 사람이 있었으면 좋겠다. 그렇다면 술을 끊을 수도 있을 것 같다. 왜 보험회사에서 나를 거부한 것인지 이제야 알 것 같다. 나는 스턴트맨만큼 위험한 존재라고 말했던 기억이 났다. 하루는 무료하게 흘렀지만, 세월은 빠르게 나를 스쳐 갔다. 모텔은 커튼만 걷지 않으면 하루 종일 밤이었다.

아낌없이 주는 희망

세상에 지쳐가던 내게 그대는 다가와
가물어 갈라진 가슴에 단비를 주었죠
잊었던 희망의 노래가 새록새록 솟고
그댈 그리며 사는 날들 꿈만 같아요
그대 고운 내 사랑 오월의 햇살 같은 꿈이여
그댈 기다리며 보내는 밤은 왜 이리 더딘 건지

중 략

그대 짊어진 삶의 무게 가늠하지 못해
오늘도 나는 이렇게 외로워하지만
가시나무 숲 서걱이던 내 가슴 치우고
그대를 쉬게 하고 싶어 내 귀한 사람아

- 2020년 슬기로운 의사생활 OST, 어반자카파 '그대 고운 내 사랑'

권 씨 아저씨가 떠나고 난 뒤 사무실은 휑했다. 소장님은 말씀하셨다.

"든 자리는 몰라도 난 자리는 안다는 어른들 말씀이 빈말이 아니네. 이렇게 허전할 수가"

항상 조용한 분이었기에 티가 나지 않을 것 같았지만 권 씨 아저씨가 했던 일들은 티가 많이 났다. 당장 점심을 컵라면으로 때워야 했고 주말 당직을 돌아가며 서야 했다. 사무실 청소는 언제 한 것인지 먼지가 쌓여 갔다.

"누가 군청에 민원을 넣었을까요?"

"그야 모르지. 그 월급으로는 아무도 이 일을 안 하려고 할 거야."

저마다 한마디씩 했다.

"권 씨는 최저 시급에도 못 미치는 돈을 받고 일했어."

소장님은 무거운 입을 떼며 말했다.

"권 씨가 내게 이런 말을 하더군. 자신은 1985년 12월 이후 쉰 날이 채 열흘도 안 된다고. 차로 치면 연식은 오래 안 되었는데 엔진이 다 망가졌는데 산이 좋아 산 사람이 된 후 다시 청춘을 맞은 것 같다고 말했는데 안타깝게 됐어. 오히려 내게 미안하다고 사과하더군. 미리 헤아리지 못했다고 말이야."

나는 아저씨가 없는 사무실에 더 이상 미련이 남지 않았다. 부려 먹기만 했지, 아저씨가 떠날 수밖에 없었던 이유에 대해서는 모두가 외면한 것이다. 아저씨 때문에 일을 다닌 것은 아니지만 그만둘 명분을 찾은 것 같다. 임용고시 준비로 언제 그만둬도 둬야 하는 상황이었다. 나를 포함해서 모두가 얼마나 이기적이었는지 반성하게 했다. 아저씨가 해준 점심이 눈물 나게 그리운 날이었다. 아저씨가 좋아했던 노래가 라디오에서 흘러나오니 아저씨가 더 궁금했다. 많이 외로운 사람이었다. 아니라고 우겼지만, 아저씨의 웃음 뒤에 보일 듯 말 듯 느껴지는 고독이 늘 아저씨를 따라다녔다. 사무실 빈방에 산다는 이유로 휴일 당직은 물론, 설이나 추석 연휴에도 도맡아 서주고, 사무실 청소도 언제나 아저씨 몫이었다. 뭐든 조금 손해 봐야 마음 편하다고 말하던 분이다. 배려가 반복되면 그것을 권리로 안다는 말이 생각났다. 아저씨가 그토록 좋아하던 운무산을 둘러보고 싶었다. 등산로마다 아저씨의 숨결이 남아 있었다.

'산과 함께 호흡해 보세요.'

나무에 달린 리본의 문구가 눈에 들어왔다. 아저씨 작품이다. 여생을 산과 함께 호흡하고 싶어 했던 그의 마음이 그립다. 정상까지는 처음인 것 같다. 정상에서 바라본 서해가 손에 잡힐 것 같았다.

'이런 절경이 있었구나.'

내려오는 길에서도 곳곳에 남은 아저씨의 흔적을 어렵지 않게 찾을 수 있었다.

희성이와 연애에 정신이 팔려 권 씨 아저씨를 잊고 살았다. 서울에서 하고 싶은 일 하시면서 잘 지내고 있으리라 생각했다. 하루라도 희성이를 보지 않으면 큰일이 날 것만 같았다. 시도 때도 없이 전화하고 문자를 보내도 정작 얼굴을 못 본다는 것은 슬픈 일이다. 그리운 것을 참기란 힘든 일이었다. 희성이가 교육연수를 가야 한다는 슬픈 소식이 전해졌다. 남친이 군대라도 가는 것처럼 호들갑을 떨었다. 며칠을 울고불고 생쇼를 했다. 과함이 지나쳤나 희성이가 내게 한소리를 했다.

"아현이 너, 오바 좀 하지 마."

"무슨 소리야. 무슨 연수를 4주나 한담. 혹시라도 수작 거는 여선생 조심. 알지?"

"여선생 조심!"

희성이는 내 말을 복창하며 나를 안심시켰다. 내 남자 친구 희성이는 너무 잘나서 늘 불안하다. 4주라는 시간은 연애를 시작한 우리에게 너무나 긴 시간이었다. 일각이 여삼추처럼 더디게 갔다. 오히려 그를 애타게 그리워할 수 있는 소중한 시간으로 보내면 된다고 머리로는 생각했는데 마음 한구석이 비어 허전했다. 희성이라는 존재에 대한 내 마음의 크기가 하루하루 자라고 있다는 걸 느꼈다.

'너무 보고 싶다. 하루가 일 년 같군. 내 사랑.'

요즘 오달서 씨만 신났다. 퇴근하면 바로 귀가하는 나를 무척이나 반겼다. 소맥을 자주 마시게 되었다. 아빠는 희성이가 안 왔으면 좋겠다고 말했다.

"아빠, 너무해."

"희성이 맘에 안 들어. 키만 멀대처럼 커서, 키 크고 안 싱거운 놈 못 봤어."

아빠의 말에 엄마가 한마디로 일갈했다.

"왜 질투 나"

아빠는 이후 아무 말도 안 하고 술만 마셨다. 가족에게 희성이와 관계를 밝혔다. 의외로 동생 은석이가 제일 반겼다. 제 대학 선배라고 편까지 들었다. 엄마는 원래부터 희성이 팬이었고 아빠가 가끔 질투 섞인 말을 해서 엄마에게 지청구를 들었다. 하지만 아빠도 희성이의 심성을 알기에 속으로는 많이 좋아했다. 희성이는 벌써 사위라도 된 것처럼 우리 집에 드나들었다. 어른들이 좋아할 캐릭터인 건 분명했다. 나도 희성이 어머니께 신경을 많이 썼다. 장래 시어머니라고 생각하니 모든 게 어려웠다. 내 마음과 달리 아주머니는 내게 예전처럼 잘 대해주셨다. 임용고시 준비를 어디에서 할지 고민이었다. 남자 친구 곁을 떠나있어야 하는 것이기에 쉬운 결정은 아니다. 일단 시작은 집에서 하다가 100일쯤 남았을 때부터 서울에서 집중적으로 할 생각이었다. 희성이의 제안이었다. 경험자의 의견이니까 받아들이기로 했다. 퇴근 후 도서관에서 공부하려고 했는데 H읍 도서관이 없어졌다는 사실을 알게 되었다. 이용하는 사람이 많지 않다고 필요 없는 것은 아닌데. 지역에 도서관이 있어야 책을 접하는 문화가 생길 것이다. 개인이 할 수 있는 것이 아니다. 국가나 지방자치단체가 나서야 하는데 표에 도움이 안 되는 모양인지 해마다 계획만 세우고 진전이 없다고 아빠가 말했다. 일단 사무실에 그만둔다고 했지만, 후임자가 올 때까지 사무실에는 나가기로 했다. 희성이는 하루에 3번, 내게 전화했다. 아침에 일어나면 잘 잤느냐고 점심때는 아무거나 먹지 말라고 자기 전에는 보고 싶다고 말했다. 연수 기간이 아직 2주나 남았다. 인생에서 제일 긴 시간일 것 같다. 연수를 마치는 날 그를 데리러 가야 할 것 같다. 혹시 나를 두고 서울 친구들을 만나러 갈 수도 있으니 말이다. 가는 김에 권 씨 아저씨를 만나고 싶다. 봄이 절정일 때가 사무실은 제일 바빴다. 산불 예방 강조 기간까지 겹쳐서 할 일이 많았다. 관에서는 예방 대책을 올리라며 성화고 계도와 단속할 사람이 이 씨 아저씨랑 민 씨 아저씨 두 사람뿐이었다. 작년에는 권 씨 아저씨 혼자 하던 일인데 말이다. 백두대간을 다 태워 먹을 것 같은 산불이 점차 소강상태에 이르러 나는 편한 마음으로 희성이를 만나러 갈 수 있었다. 하루 전날 아저씨를 만나고 싶어서 미리 연락했다. 아저씨가 많이 반가워했다. 가는 내내 평온한 아저씨를 기대했다. 터미널에서 만나기로 했는데 두 달 만에 만나는 아저씨를 몰라볼 뻔했다. 그 사이, 아저씨는 많이 야위었다. 원래 살찐 스타일도 아니지만 휴식 속에 건강한 아저씨를 기대했는데 눈물이 날 만큼 아저씨는 불안한 눈빛과 병색이 완연해 있었다.

"오 작가, 어서 와. 오느라 고생했어."

"아저씨, 잘 지내셨..."

아저씨를 보고 차마 잘 지냈냐는 얘기를 할 수 없었다. 아저씨는 나름 염색도 하고 파마도 했지만, 살이 너무 빠져서 광대뼈가 드러나 있었다. 마치 나이 든 아줌마처럼 보였다. 아저씨는 내 캐리어를 잡아끌고 앞장을 섰다.

"오 작가 온다고 어제부터 굶었어."

아저씨는 터미널을 빠져 나오자마자 택시를 잡았다. 아직 퇴근 시간이 되기 전이라서 그런지 10분이 채 걸리지 않아서 서초동 법조타운에 들어섰다. P가 공익근무를 했던 대법원이 보이고 대검찰청 청사가 눈에 들어왔다. 권력의 심장부인 이곳은 그때나 지금이나 서늘하다. 대검찰청을 지나 밀집된 식당가가 나왔다. 고급 한우집과 일식집이 즐비했다. 접대를 주고받는 사람들이 만나는 곳이라는 느낌이 들었다. 게 중 지은 지 얼마 안 되어 보이는 3층 건물 앞에 내렸다. 언뜻 보기에도 고급스러워 보였다. 식사를 빙자로 수많은 접대와 유흥이 한 건물에서 이루어지는 것 같았다. 1층은 한정식, 2층은 일식집, 3층은 와인바 그리고 지하는 유흥주점인 것 같았다.

2층 일식집으로 들어서니 H읍 일본식 선술집에서 양팔을 심하게 흔들던 고양이와 같은 고양이가 우리를 맞아 주었다.

"이라샤이마세"

개그 프로에서 들었던 말을 직접 들으니 조금은 당황스러웠다. 어서 오라는 말 같았다.

"아저씨, 너무 야위셨어요."

"일 안 하니까 입맛이 없어서"

그 사이 아저씨에게 무슨 일이 있었던 것인가. 눈물이 나는 걸 겨우 참았다.

'みなみ' 일식집 이름이었다. 아저씨가 말했던 그 일식집인 것 같았다. 주방장이 보이는데 그를 둘러싼 구조가 일본 영화에서 봤던 것 같았다. 머리에 흰 수건을 동여맨 주방장은 우리가 앉자마자 90도 각도로 인사를 했다. 선한 눈매에 강렬한 인상이었다.

"미나미라고 읽는데 우리말로 남쪽이라는 뜻이야. 서초지점에 있을 때 몇 번 접대할 일이 있어서 와본 적이 있어."

아저씨는 나에게 소맥 괜찮냐고 물었다.

"오 작가, 나 요즘 소맥에 빠졌어. 괜찮지?"

"네, 좋아요. 아빠랑 자주 마셔요."

"유튜브에서 소맥을 맛있게 마는 법을 배웠는데……."

아저씨는 1: 5 비율로 내 잔에 술을 따랐다. 흰 거품이 넘칠 듯 말 듯 보기 좋았다. 그리고 자신의 잔에는 1: 4로 잔을 채웠다. 즉석에서 썰어주는 회는 활어라기보다는 숙성된 선어라는 느낌이었다.

'입에 녹는다는 말이 이럴 때 하는 말이구나.'

건강해 보이던 예전 모습이 아니었다. 창백한 얼굴에 풍성했던 머리

숱도 듬성듬성 빈 곳이 많이 보였다.

"아저씨, 무슨 일 있으셨어요?"

"아~ 괜찮아. 살이 좀 빠졌지?"

"쉬시면서 여유로운 아저씨를 기대했는데"

"놀지 못하는 성격이라서 뭐든 해야 하는데 할 줄 아는 것이 너무 없더군. 갈 때가 있고 할 일이 있었던 때가 그리웠어."

말문이 막혔다. 아저씨는 연신 식은땀을 흘리며 술을 급하게 마셨다. 아름다운 중년의 표본이던 권석창 씨는 어디 가고 기가 다 빠진 늙은 사내가 내 앞에 있다.

"그냥 일 안 하니까 처음 일주일은 좋았어. 나 스무 살 이후 처음 쉬어 보는 거라서. 하지만 쉬면 안 되는 사람인가 봐. 쉬니까 그동안 숨겨왔던 것들이 한꺼번에 밀려오더군. 감당하지 못하겠더라고. 성동구청에서 하는 연극반 모집이 있다고 해서 희망에 부풀어 서울에 올라왔는데 신청자가 두 명뿐이라서 폐강이 되었어. 하하하"

나는 눈물을 훔쳤다. 아저씨를 모시고 다시 돌아갈 수만 있다면 얼마나 좋을까 생각했다. 지금 아저씨에게는 존재의 의미가 필요해 보였다. 가벼운 발걸음으로 산에 오르던 아저씨는 어디 간 것일까.

"오 작가, 혹시 우는 거 아니지?"

"아니에요. 아저씨, 저랑 다시 내려가요. 아빠께 말씀드려 볼게요. 찾아보면 하실 일이 있을 거예요."

“아니야. 이제 더 폐 끼치기 싫어. 지금 이대로 사는 것에 익숙해지면 곧 괜찮을 거야.”

아저씨는 안주도 거부한 채 술만 마셨다. 내가 아저씨에게 안주를 권하니 억지로 먹긴 했지만 삼키지 못했다. 아저씨는 자신의 얘기를 내게 들려줬다. 기억 속에 있는 자신의 과거를 말이다. 마음이 아파서 차마 못 들을 것 같았다. 할머니와 단둘이 살게 된 배경과 고등학교 1학년 때 할머니가 숙부 집으로 가시던 날부터 홀로된 아저씨가 40년을 어떤 마음으로 살았는지 조금은 알게 되었다. 맨 정신으로 들을 수 없어 나는 연거푸 술을 마셨다. 그리고 아저씨는 자신을 버린 Q를 아름다운 추억이라고 말했다. 그녀에 대한 그리움은 단순한 사랑을 넘어 신앙 같은 존재 같았다. 지고지순한 아저씨의 마음이 애처롭기까지 했다. 듣고 있는 내내 Q에 대한 원망이 분노로 바뀌었다. 이유를 말하지 않는 아저씨의 하얀 마음이 느껴졌다.

‘이런 착한 분을 어떻게 버린단 말이야. 용서 못해.’

30년이 지난 후에도 변함없이 그 누구를 사랑할 수 있을까. 이처럼 외롭고 고독하게 사는 걸 Q는 알기나 할까. 같은 여자로서 부럽기까지 했다. 아저씨는 살기 위해 평생을 무언가에 매달렸던 것인데 이제 더 이상 매달릴 대상이 사라진 것이었다.

‘너무 늦은 것은 아닐까. 모든 걸 놓아버리신 걸까.’

눈물에 옷자락이 젖어도 갈 길은 머나먼데
고요히 잡아 주는 손 있어 서러움을 더해 주나
저 사공은 나를 태우고 노 저어 떠나면
또 다른 나루에 내리면 나는 어디로 가야 하나
서해 먼바다 위로 노을이 비단결처럼 고운데
나 떠나가는 배의 물결은 멀리멀리 펴져 간다.
꿈을 꾸는 저녁 바다에 갈매기 날아가고

.

.

.

뱃전에 부서지는 파도 소리에 육지 소식 전해오네.

다소 힘없는 목소리가 더 슬펐다.

"너무 슬퍼요. 아저씨 얘기를 시로 쓰신 거예요?"

"아니, 내가 쓴 거 아니야."

참았던 울음이 터져 걷잡을 수 없었다. 어깨를 들썩이며 펑펑 울었다.

"오 작가, 진정해. 내가 오늘 반가운 맘에 너무 말이 많았지? 내가 주책이야. 너무 무거운 얘기를 했네"

잠시 침묵이 흘렀다. 오히려 침묵이 모든 걸 해소해 주는 것 같았다. 아저씨는 침묵을 깨기 싫었는지 조용조용 술을 마셨다. 울고 나니 한결 마음이 풀렸다.

"나를 위해 울어 준 사람이 딱 3명이 있었어. 고등학생 때 돌아가신 우리 할머니, 헤어진 다음 병원에 입원한 내 보호자였던 Q, 그리고 오 작가. 누구에게도 말한 적 없는 이 빌어먹을 신파 같은 내 인생. 나 죽어도 여한이 없네. 하지만 오 작가를 힘들게 한 것 같네. 미안해"

아저씨의 핏빛으로 충혈된 눈빛과 마주치니 다시 눈물이 났다.

"아저씨가 지금이라도 행복을 찾으셨으면 좋겠어요."

"그래, 고마워. 오 작가"

아저씨는 계산을 마치고 똑바로 걸으려고 무진 애를 썼지만 휘청거렸다. 술에 취했다기보다는 기가 다 빠진 사람 같았다. 아저씨를 그냥 보내면 안 된다고 생각해서 밖으로 나와 보니 아저씨는 이미 사라진 후였다. 서초동의 밤은 이제 시작인 듯 화려한 불빛이 내리고 있었고 그에 비례한 욕망이 꿈틀거리는 것 같다. 한시라도 빨리 이 자리를 벗어나고 싶어졌다. 대학 동기인 다영이에게 연락하니 자기 집으로 오라고 했다. 봉천동에 사는 중학교 교사 다영이는 갱상도 가시네였다. 술만 마시면 항상 하는 말이 있었다.

"나 갱상도 가시내 다영이데이. 내 무시하지 마라카이"

이 말이 다영이에게서 나오면 나 술 취했으니까, 더 이상 술 먹이지 말라는 의미였다. 그래서 별명이 '갱상도 가시네'였다.

오랜만에 만나 밤새 수다를 떨었지만 아저씨에 대한 염려가 머리에서 떠나지 않았다. 다음 날 다영이네 집에서 나와 노량진으로 가서 임용고시 학원도 알아보고 고시원도 살펴보았다. 그리고 저녁에 희성이를 만나서 뜨거운 사랑을 나누었다. 그리고 다음 날 그와 함께 집으로 왔다. 희성이가 연수를 마치고 돌아오니 내 일상도 제대로 굴러갔다. 권씨 아저씨에 대한 염려가 하루하루 옅어져 갔다. 아름다운 사랑을 써 내려가는데 정신이 팔린 탓이다. 계절이 가고 오는 것을 희성이의 옷차림으로 알아차릴 만큼 그에게 집중했다. 임용고시 공부는 뒷전이었다. 부는 바람은 청량했고 볕은 순했다. 아름다운 계절이었다. 가을은 사랑하기에 더없이 좋은 계절이기도 하면서 이별에도 어울리는 이중적인 계절이었다. 나는 가을을 온전히 희성이와 함께 보내느라 정신이 없었다. 계절의 뒷면은 언제나 서러운 것인가. 아침부터 비가 내렸다. 비가 그치면 겨울이 성큼 우리 곁에 다가올 것이다. 서울 성동경찰서에서 전화 한 통을 받았다. 불안감이 엄습했다. 가슴이 심하게 뛰었다.

"오아현 씨 되십니까. 혹시 권석창씨라고 아십니까?"

"네, 압니다만 무슨 일인가요?"

제발 내가 생각하는 그것만은 아니었으면 하고 짧은 시간 생각했다. 담당 형사는 긴 호흡을 하더니 다음 말을 이어 나갔다.

"권석창 씨가 며칠 전 사망하셨습니다."

"네~? 사망 원인을 알 수 있을까요?"

"고독사라고 봐야죠."

"......"

다행이라고 하면 안 되겠지만, 자살이 아니라는 말에 조금은 마음이 놓였다. 저번에 만났을 때 이미 예견된 것인지 모른다.

"망자가 남기신 서류 봉투에 핸드폰과 유언장, 유서 등이 있었습니다. 권석창씨 핸드폰을 살펴보았는데 마지막으로 통화한 분이 오아현 씨라서 알려 드립니다. 그리고 채지원라는 분 혹시 아세요?"

"제가 아는 분 같네요. 시신은 지금 어디 있나요?"

"H대학 병원 영안실에 있습니다."

"제가 멀리 지방에 있어요. 최대한 빨리 올라가겠습니다."

"도착하시면 제게 전화 한 통 주세요."

나는 어떻게 해야 할지 머릿속이 창백해졌다. 우왕좌왕 어쩔 줄 모르는 나는 우선 아빠에게 전화로 말씀드렸다. 그리고 소장님께도 알려 드렸다. 아저씨를 아는 모두가 상심에 잠겼다. 할 말을 잊은 채 멍하니 서로의 얼굴만 쳐다보았다. 일단 서울에 최대한 빨리 가야 한다는 생각뿐이었다. 희성이가 함께 가겠다고 했지만, 초보 교사가 수업을 빼먹게 할 수 없었다. 내가 먼저 올라가겠다고 했다. 희성이는 수업이 끝나는 대로 올라오겠다고 했다. 일단 집에 들러 간단한 짐을 쌌다. 그리곤 서둘러 터미널로 갔다. 마침 광주로 가는 버스가 와서 몸을 실었다. 밖에 있던 순한 햇살이 차창 너머로 들어왔다. 버스는 내 마음을 모르는지 더디게 내달렸다. 차라리 뛰어가는 것이 나을 것 같았다.

광주 터미널 대신 광주역에서 내리기로 마음먹었다. 기차가 더 빠를 거라는 계산이었다. 포털에 검색해 보니 서울역에서 H대학 병원이 훨씬 가까웠다. 머릿속은 온통 아저씨를 마지막으로 만난 날, 아저씨가 나에게 했던 말들을 하나하나 곱씹었다. 체념한 듯한 아저씨의 표정과 삶의 미련을 놓아버린 그날을 말이다. 아저씨에게 더 신경을 써야 했는데 희성이에게 빠져 있던 나 자신을 책망했다. 고독사라니. 고독해서 사람이 죽을 수 있단 말인가. 생각들이 서로 부딪혀 심한 두통을 느꼈다. 기차는 추수가 끝난 텅 빈 들을 달렸지만 내 감각에 미치지 못했다. 채지원이라는 분이 혹시 아저씨의 Q 아닐까.

'그분에게 알려야 한다.'

시립대 건축공학과 출신인 오십 대 초반이라는 게 내가 알고 있는 전부였다. 구글을 통해 검색해 보았다. 건축사 사무소를 한다면 의외로 금방 찾을 수 있을 텐데. 채지원이라는 키워드로 구글링을 한 결과 검색 결과가 너무 방대해서 페이스북 계정을 통해 오십 대 초반의 공무원이 검색되었다. 어렵지 않게 찾을 수 있었다. 페이스북의 위대함에 새삼 놀랐다. 그분이라는 확신이 들지만 만에 하나 아닐 수 있기에 계정에 아저씨를 아는지만 물었다. 그리고 내 메일 주소와 핸드폰 번호를 남겼다. 답장이 올지 안 올지 모르지만, 최선을 다하고 싶었다. KTX는 시원스럽게 달려 어둠이 내리기 전에 나를 서울역에 내려놓았다. 택시를 타기로 했다. 전용차선을 따라 택시는 신속하게 움직였다.

생각했던 것보다 이른 시간에 H대학 병원 영안실에 도착할 수 있었다. 아까 통화했던 경찰 아저씨에게 전화했다. 멀지 않은 곳에 있어서 10분 만에 얼굴을 볼 수 있었다. TV에서 본 전형적인 형사의 모습 그대로였다. 형사는 아저씨와 나와의 관계를 물었다.

"혹시 따님 되십니까?"

"아니요. 직장 동료입니다."

형사는 자신의 수첩에 기록을 남겼다. 그리고 이것저것 아저씨에 대해 물었다. 나는 알고 있는 범위 내에서 답을 해줬다.

"장례식을 안 하겠다면 무연고 시신으로 구청에서 화장할 겁니다만."

"제가 알아서 하겠습니다. 수고하셨습니다."

형사는 이내 사라졌다. 아저씨가 남긴 서류 가방에는 영정사진과 핸드폰 그리고 법무법인 주률(主律)이라는 이름이 선명한 대봉투와 편지봉투 2개가 있었다. 아저씨의 핸드폰은 어떠한 비번이나 패턴이 걸려 있지 않았다.

「이걸 보시는 분은 오아현 씨에게 전해주시오. 떠나는 사람의 부탁입니다. 010 - **** -3204」

메인 화면에 아저씨가 생을 마감하기 얼마 전 남긴 듯 했다.

'영정사진을 미리 준비하셨네.'

아저씨다웠다. 마지막 뵈었을 때보다 그전에 찍어 두신 것 같았다. 핸드폰의 메모장을 열어보니 내게 전하는 메시지가 있었다.

'오 작가, 마지막까지 폐를 끼쳐 미안해. 그냥 행려자 신분으로 떠나기가 너무 아쉬워서 말이야. 부탁해 핸드폰에 모든 것을 준비해 두었어.'

상조회사 전화번호도 저장되어 있었다. 나는 저장된 번호로 전화를 걸어 도움을 청하기로 했다. 상조회사에서 장례지도사라는 분이 장례식에 필요한 제반 사항을 진행 시켜 주었다. 내게 상주복을 내어 주었다. 소장님과 아빠에게서 전화가 왔다. 상황에 대해 말씀드렸더니 늦게라도 올라오겠다고 했다. 이런 일에는 아무래도 어른들이 있어야 하나 보다. 그때였다. 모르는 번호가 내 전화기에 울렸다. 직감적으로 채지원 씨이고 그녀가 Q라는 걸 직감할 수 있었다.

"저는 채지원이라고 합니다. 석창이 오빠 아시는 분인가요?"

"네, 권석창 씨 때문에 연락드렸는데 괜찮으시다면 뵙고 싶은데…."

전화기로 들려오는 목소리는 나이에 비해 젊은 목소리였다.

"석창이 오빠는 어디에 있나요? 만날 수 있을까요?"

나는 아저씨의 부고를 전해야 하나 고민하다 어렵게 입을 열었다.

"며칠 전에 돌아가셨어요."

"네? 오빠가요? 지금 어딘가요? 제가 바로 갈게요."

문자로 주소를 보내주었다. 채지원 씨도 아저씨의 안부를 궁금했던 눈치였다. 아저씨의 그녀인 Q, 평생 잊지 못한 여인을 아저씨는 얼마나 보고 싶었을까. 장례식장 앞이 너무 썰렁했다. 옆에는 쉼 없이 조화가 배달 되어왔다. 공간이 모자라 이쪽으로 넘어왔다.

'좀 더 넘어와도 좋은데.'

아주 오래전 할머니를 보낼 때가 생각났다. 그때는 너무 어려서 죽음이 뭔지 몰라 사람들이 많이 와서 누가 결혼을 하나 생각했는데…. 경사와 조사가 종이 한 장 차이라고 생각했었다. 아저씨의 죽음은 나에게 어떤 의미일까. 슬프다는 생각보다는 마지막 가는 길을 어떻게 해야 잘 보내드릴 수 있을지 그것만 생각하기로 했다. 장례지도사가 아저씨의 영정사진을 액자에 담아 내게 가져왔다. 파마머리에 짙은 갈색으로 염색한 아저씨가 낯설지만 작정하고 연출한 느낌이 들어서 오히려 더 슬펐다. 혼자 장례식장에 있는 것이 두려웠다. 누구라도 나와 함께 있으면 얼마나 좋을까. 희성이를 데리고 올 걸 후회가 됐다. 아빠와 소장님이 보낸 조화가 배달되어 왔다. 그리고 뒤를 이어 군청에서도 조화가 왔다. 몇 개의 조화가 큰 위안이 된다고 생각했다. 허례허식인 줄 알았는데.

"혹시 고인의 연락처가 있으면 제게 주세요. 저희가 온라인 부고장을 보내드리는 서비스가 있습니다."

나는 아저씨의 휴대폰 연락처를 파일로 만들어 주었다. 나이가 지긋한 분인데 이런 일에 전문가인 것 같았다. 영정사진을 정성껏 닦아 올리고 배달해 온 흰 국화 송이가 놓이자, 허전함은 이내 사라졌다. 아저씨에게 절을 했다. 절망감이 무릎에 힘이 전달되지 않아 쓰러질 뻔했다. 2번 반, 사력을 다해 아저씨에게 인사를 했다. 아저씨 얼굴을 바라보았다. 그때 희성이에게서 전화가 왔다. 올라오는 중이라고 말했다. 혼자 보내서 미안하다고 덧붙였다. 나는 새내기 교사가 수업 빼먹으면 안 된다고 말했다. 오늘이 금요일이니까 올라와서 끝날 때까지 함께 있을 수 있다고 했다. 희성이가 옆에 있다면 큰 힘이 될 것 같았다.

멀리서 단아하게 검은 정장을 차려입은 여인이 이쪽으로 다가오고 있었다. 느낌만으로도 아저씨의 연인이었던 Q라는 걸 알아차릴 수 있었다.

"안녕하시냐는 말은 다음에 하는 걸로 하고 저는 채지원이라고 합니다. 혹시 권석창씨 따님 되세요?"

"아닙니다. 저는 아저씨 직장 동료입니다."

"아저씨께서 저에게 선생님께 전하는 유서를 남기셨어요. 전해드리는 것이 아저씨에게 대한 도리라고 생각했어요. 혹시 제가 실례가 되었다면 용서하세요."

"아니에요. 저도 오빠 소식이 궁금했는데 이렇게 만나다니."

그녀는 말을 잇지 못했다. 굵은 눈물이 곱게 화장한 뺨을 타고 흘렀다. 아저씨의 영정사진에 자신의 시선을 맞추더니 흐느껴 울기 시작했다. 우는 모습조차 기품이 느껴졌다.

'아저씨, 그토록 그리워했던 여인이 왔어요. 아저씨가 그리워할 만한 분이네요.'

한참을 운 뒤 자신에게도 상복을 줄 수 있냐고 물었다. 나는 장례지도사에게 M 사이즈 여성 상복 한 벌을 부탁했다. 아저씨가 남긴 서류봉투에서 채지원 씨에게 쓴 유서를 그녀에게 건넸다. 봉투를 열어보니 변호사에게 공증받은 유언장과 나에게 쓴 유서와 그 밖에도 예금통장과 체크카드가 있었다. 자신의 장례비용으로 쓰라는 메시지가 아저씨 글씨라는 걸 금방 알아차렸다. 죽어서도 폐를 끼치기 싫어하는 아저씨의 마음이 전해져 다시 눈물짓게 했다. 상복을 갈아입은 채지원씨가 내 옆에 앉았다.

"아현씨, 석창이 오빠 어떻게 살다 갔어요?"

"아저씨를 처음 본 건 1년 6개월 전쯤이었어요. 서울에서 은행 다니다 희망퇴직 후 제가 사는 전라남도 H에 있는 운무산이 좋다며 일을 하게 해달라고 졸라서 도립공원 관리사무소에서 허드렛일을 마다하지 않으셨어요. 늘 부지런하고 친절하셔서 다른 분들이 많이 좋아하셨어요. 결혼은 안 하셨어요. 이유를 물으면 그냥 웃기만 하셨어요. 선생님 얘기는 아저씨를 마지막 뵐 때 들었어요. 선생님을 생각하면 지금도 가슴이 설렌다고 하셨어요. 왜 헤어졌냐고 물어봤는데 답 대신 미소만 지으셨어요. 제가 집요하게 물었더니 마지못해 말해주셨어요. 모두 자기 탓이라고 했어요. 결혼은 지나간 사랑이 너무 아름다워 다른 사람이 들어올 자리가 없었노라고 말씀하셨어요. 정말 좋으신 분이셨어요. 아저씨가 매일 점심을 해주셨는데 많이 생각날 것 같아요."

"석창이 오빠는 나랑 헤어지고 자취를 감춰 버렸어요. 전화번호도 바꾸고 집도 이사 가고 은행도 그만뒀다고 들었는데. 석창이 오빠가 나를 위해 피한 거였어요. 변명으로 들리겠지만 우리 집에서 오빠와의 교제를 많이 반대하셨어요. 집안의 반대가 무슨 대수냐 하겠지만 사랑도 축복 속에서 하고 싶었어요. 견딜 수 있다고 생각했어요. 하지만 반대가 심해지면서 사랑도 지쳐가더군요. 한결같이 나만 바라보는 석창이 오빠가 너무나 안타까웠어요. 제가 무남독녀였던 것이 한이었지요."

그녀는 남은 눈물을 훔치며 다시 입을 열었다.

"석창이 오빠를 위해서 눈물은 그만 흘리고 석창이 오빠 잘 보내줘야 할 것 같네요."

'아저씨 보고 계세요. 아저씨가 왜 그렇게 그리워하셨는지 알 것 같아요. 세월을 비껴간 듯 젊고 예쁘세요. 그리고 아저씨랑 조금 닮은 것 같아요. 모르는 사람이 보면 여동생인 줄.'

같은 여자가 봐도 부러울 정도로 우아한 기풍이 풍겼다. 그리고 특이한 것은 채지원 씨가 아저씨의 이름을 꼭 붙이는 것이었다. 아저씨를 많이 그리워했던 것 같았다. 슬픔은 역시 나누면 반이 되는 것이 맞았다. 아저씨를 혼자 지킬 때보다 한결 여유가 있었다.

"염을 해야 하는데 부인이랑 따님이 함께 하시겠습니까?"

장례식장 직원은 우리가 모녀지간인 줄 안 모양이었다.

"저 혼자 할게요. 딸아이는 상처가 클 것 같아요."

채지원 씨는 직원의 말에 아니라는 말을 하지 않았다. 그냥 오늘 하루는 미망인이 되기로 마음먹은 것처럼 보였다. 나도 오늘은 아저씨의 딸이 되기로 했다. 한 시간쯤 지났을까. 채지원 씨가 돌아왔다. 내 손을 잡으며 말했다.

"어쩜 그렇게 하나도 안 변했는지 옛날 그대로에요. 평화로워 보였어요."

애써 눈물을 참는 그녀의 모습이 더 슬퍼 보였다. 나는 잠시 자리를 피해주었다. 그녀에게 아저씨랑 시간을 보내게 하고 싶었다. 음식은 어떻게 하겠냐는 말에 망설이다 우선 기본인 100인분을 먼저 주문했다. 모자라면 추가할 수 있다고 했다. 모자라지 않게 신경 써달라고 했다. 밖은 이미 어둠이 내리고 영정 속 아저씨는 나를 보고 웃고 있었다. 내게 마지막으로 들려준 시가 생각났다. 서해를 배경으로 한 시라고 생각했는데 검색해 본 결과 정태춘이라는 분이 작사 작곡한 노래라는 것을 알게 되었다. 원래 시는 노래라고 하지 않았나. 나는 에어팟을 귀에 꽂고 음원 사이트에서 노래를 검색했다. 노래 구절에 아저씨의 심정이 녹아있는 것 같아 가슴이 너무 아팠다. 그날 아저씨의 눈빛이 내 뇌에 클로즈업 되었다.

'세상에서 제일 맑은 눈을 가진 아저씨, 아저씨의 그녀가 오셔서 가시는 길 외롭지 않으시죠?'

어딘가 옆에 있을 것만 같은 아저씨가 내 독백을 듣고 있을 것 같았다. 채지원 씨에게 충분한 시간이 되었다고 생각했다. 그녀는 아저씨의 영정사진을 보며 묵언의 대화를 하고 있었다. 아저씨에게 눈물을 안 보이려 무진 애를 쓰고 있는 모습이 애처로웠다. 나는 소리 없이 그녀를 지켜봤다. 연락이 닿았는지 아저씨의 고교, 대학 동문들의 조화가 쏙쏙 배달되어 왔다. 그리고 아저씨가 다니던 은행 행장 이름으로 조화가 왔고 각 지점에서 보내온 조화들로 가득 찼다. 모르는 사람은 W은행의 고위 간부가 돌아가신 줄 알 것이다. 아저씨의 사회생활의 단면이 나타나는 것 같았다. 저녁 시간이 되자 아저씨의 죽음을 애도하는 사람들이 하나 둘 도착하였다. 아저씨에게 절을 하는 사람도 있고 국화를 아저씨 영정 앞에 놓는 사람들로 붐볐다.

조문객들은 나와 채지원 씨에게 인사를 했다. 채지원 씨는 자신이 아저씨의 아내라고 소개했다. 아저씨가 독신이었다는 것을 아는 사람은 의아하게 생각했는데 결혼한 지 얼마 안 되었다고 말했다. 대부분 퇴직 이후 왕래가 없어서 믿는 분위기였다. 조문객이 뜸해지자, 채지원 씨는 내게 귓속말로 말했다.

"석창이 오빠가 총각 귀신이 되는 건 막고 싶어서 거짓말했는데 내 마음은 진심이에요."

"남편이 계시지 않나요?"

"없어요. 오래전 이혼했어요. 자식도 없고요. 그러니까 내일까지는 오빠의 미망인 자격이 되지 않나요?"

진작 만났으면 얼마나 좋았을까. 사람 간의 인연이라는 것이 참 잔인하다고 생각했다. 만날 사람은 어떻게든 만난다는 아저씨의 얘기는 무어란 말인가. 죽어서 만난단 말인가. 아직 삶을 오래 살지 않아서 내가 모르는 어른들의 세계가 따로 있는 것 같았다. 아저씨를 보내는 시간은 너무 빨리 흘렀다. 나는 채지원 씨 곁을 떠나지 않았다. 그녀도 내가 든든한 모양이었다. 말하지 않아도 이심전심 통했다. 권석창이라는 남자를 그리워하는 두 여인이라고 하면 아저씨에게 위안이 될 것 같았다. 조문객이 한꺼번에 밀려와 정신없는 시간을 보냈다. '꺼이꺼이' 슬피 우는 중년의 사내가 있었다. 채지원 씨를 아는 눈치였다. 아저씨의 옛 동료인 조경춘이라는 분이었다.

遺言 유언

Everybody needs a little time away
I heard her say, from each other
Even lovers need a holiday far away from each other
Hold me now. It's hard for me to say I'm sorry
I just want you to stay
After all that we've been through
I will make it up to you. I promise to
And after all that's been said and done
You're just the part of me I can't let go
Couldn't stand to be kept away
just for the day from your body
Wouldn't want to be swept away far away
from the one that I love
Hold me now. It's hard for me to say I'm sorry
.
.
.

– 1982, song by Chicago 'Hard to say I'm sorry'

H읍을 떠나 고향이라고 하기에는 어색한 서울에 와서 많은 생각을 하게 되었다. 쳇바퀴에 갇힌 하등동물처럼 살았던 지난날이 후회스러워 아무것도 하지 않을 자유를 누리고 싶었다. 그렇게 바라던 휴식이 처음 3일은 좋았다. 밤새 책을 읽어도, 지나간 영화를 마음껏 볼 수 있다는 여유가 좋았다. H읍에 있을 때는 마시고 싶어도 눈치가 보여 참았던 술을 마음껏 마실 수 있는 호사는 덤이었다. 4일째 되는 날부터 나는 평생 경험해 보지 못한 고독을 경험했다. 아침에 해가 떠도 저녁에 해가 져도 아무런 의미를 찾지 못한 채 늪으로 빠져드는 나를 보았다. 외로울 때마다 내가 왜 일에 매달렸는지 알 것 같았다. 그동안 나는 나를 가혹하게 몰아세웠다. Q를 잃어버린 후 그녀가 다른 사람의 아내가 되던 날, 나는 멀리서 숨죽이며 그녀를 훔쳐보았다. 나보다 키가 크고 젠틀한 남자였다. 행복한 그녀 모습에 다행이라는 생각과 버릴 수 없는 질투심 그리고 미련이 범벅이 되어 나를 괴롭혔다.

그날은 휴일인데도 불구하고 사무실에 돌아와 일에 파묻혀 나를 스스로 겁박했다.

'죽기 싫으면 일을 하란 말이야. 일을'

내가 제일 듣기 싫은 말이 외로움, 고독, 그리움이었다. 하지만 반대로 제일 하고 싶은 말이기도 했다.

'외로우니까 내 곁을 떠나지 말아요. 내 속에 나랑 사는 놈이 하나 있어요. 고독이라는 놈인데 참 고약해요. 보고 싶다는 마음이 그놈의 먹잇감인가 봐요. 그래서 그녀의 얼굴을 잊으려 해요. 하지만 그리움은 눈으로 보는 게 아닌 추상적인 개념이에요. 마음으로 느끼는 아려함이라고 할까….'

지나가는 그 누구라도 붙잡고 말하고 싶었다. 그녀가 죽을 만큼 그립다고 말이다. 말하지 못해 생긴 병인가. 중병을 앓고 있다. 오래전부터 진행된 것이라는데 H읍에 있을 때는 괜찮던 것이 왜 이제 나타난 것인가. 췌장암 4기, 더 이상의 연명치료는 의미가 없다기에 안 하기로 했다. 내 병은 내가 잘 안다고 생각했다. 소주 몇 잔이면 낫는 병이라고 생각했는데. 얼마나 남았냐고 물어보니 의사는 무심한 표정으로 최소 3개월에서 최대 6개월이라고 했다. 의사라는 직업을 가진 놈들은 영악해서 최대한 적은 시간을 말한다고 들었다. 내 판단으로 6개월에서 1년 정도의 시간이 내게 남았다. 사촌 동생에게서 전화가 왔다. 적당한 집이 나와 이사 간다고. 이제 내 집으로 들어가야 하나. 도곡동이면 다들 강남이라고 말하지만 사실 강남 언저리다. 내가 부동산팀에 있어봐서 안다. 강남 사람들은 도곡동에 사는 나랑 같은 강남주민으로 엮이는 것을 싫어할 것이다. 도곡동 하면 타워팰리스만 있는 줄 아는데 내 아파트도 나름 괜찮은 아파트다. 대학 선배가 개발 정보를 내게 알려 주었다. Q의 별명을 지어 준 그 형님이었다. 분양받고 1년 만에 곱절이나 올라 시쳇말로 대박이 난 경우이다. 내 집에 들어가면 행복할까. 고급진 사람들이 사는 아파트라서 나 같은 노총각이 살기에 숨이 막힐 것 같다. 나는 부동산 사무실에 매물로 내놓았다. 예전부터 꼭 하고 싶은 것이 생각났다. 미친놈이라는 소리를 들을까 봐 내가 나중에 말해줄게. 나는 지금 누구와 말을 한단 말인가. 나는 요즘 혼자 묻고 혼자 대답하는 새로운 놀이를 발견했다. 기분이 지랄 같아지는 놀이임에 틀림없다. 눈을 뜨기가 무섭게 냉장고에서 소주를 한 병 깠다.

성산포에서는
여자가 남자보다 바다에 가깝다.

나는 내 말만 하고
바다는 제 말만 하며
술은 내가 마시는데
취하긴 바다가 취하고

성산포에서는
바다가 술에 더 약하다

– 이생진, 그리운 바다 성산포 중 '술에 취한 바다'

나약하기 그지없는 알콜 의존증을 앓았던 놈팽이의 시가 왜 요즘 내 머리에서 떠나지 않은 것일까. 그것도 다 외워지는 건 정말 짜증스럽다. 내 비정상적인 암기력이 처음으로 싫어졌다. 한 번도 가보지도 못한 제주도 성산포는 어떤 바다일까. 포라면 포구를 말하는 건데 왜 빌어먹을 시인은 성산포를 바다라고 했을까. 내가 알 턱이 있나. 시인의 시적 표현을 말이다. 그건 그의 영역이거늘. 술은 역시 낮술이 최고다. 거기에다 혼술이면 금상첨화다. 술은 내가 마셨는데 바다가 취한다고. 그게 사실일까? 술이 들어가면 암세포는 내게 관대해진다. 하지만 술을 마시면 운무산이 더 그립다. 운무가 소리 없이 다가와 산을 삼키고 탈이 났는지 이내 토해내는 풍경은 그림으로 그릴 수 있을 것 같았다. 내가 시인이라면 후대의 역작을 남길 텐데 3류 딴따라가 부를 법한 저속한 글만 배설하고 만다. 내가 세상에서 제일 존경하는 직업군이 문학을 하는 사람들이다. 연애소설을 잘 쓰는 작가나 시인들 말이다. 시인을 알현할 수만 있다면 죽어도 여한이 없을 것 같다. 서울에서의 하루는 더디게 흘렀다. 계약한 원룸을 취소했다. 그냥 모텔을 옮겨 다니는 것이 속 편했다. 밤새 사랑을 나누는 청춘들의 절규도 이제 익숙해졌다. 게 중에는 나 같은 중년도 있으려나. 사람들 눈치 안 보며 안정적으로 술을 마실 수 있는 곳으로 족했다. 서울에 온 지 얼마 안 된 것 같은데 아득하기만 하다. 지금쯤이면 등산로는 내 손길이 필요할 것이다. 산불이 빈번한 시기라 일손이 부족할 때다. 사무실 식구들이 보고 싶었다. 언제나 인자하신 소장님, 매사에 신중하신 윤 선생님, 손매가 야무져 뭐든 척척 잘하시는 세윤이 형님, 왕년이 너무 많으신 규만이 형님 그리고 나이는 어리지만, 말이 잘 통했던 오 작가. 함께

한 시간이 하나하나 머릿속에 있다. 눈을 뜨면 할 일이 있다는 것은 큰 행운이었다. 일 안 하고 노는 것이 세상에서 제일 힘들다는 걸 알게 되었다. 아무나 노는 것이 아니라는 걸 뼈저리게 느낀 요즘이었다. 산에나 갈까. 서울에서 북한산 정도면 훌륭한 산이었다. 하지만 사람이 너무 많아 엄두가 나지 않았다. 서울은 넓지만 산은 오히려 좁다. 혹시 옛 동료나 지인을 만난다면 안부를 묻고 대답하고 곤혹스럽다. 독신인 내게 자녀는 몇이며 시집 장가는 보냈는지 질문을 할 테고 답할 해야 하는데 할 말이 없지 않은가. 앞에서 말한 건 핑계고 산에 가면 운무산이 떠오를 것이고 찾아가서 폐를 끼칠 것이다. 잘 놀아야 일도 잘한다는데 그 말은 전혀 이해가 가지 않았다. 일은 본능이지 않을까. 술 사러 밖에 나갔다가 서점에 들러 책을 샀다. 박경리 선생의 「토지」 1, 2권을 샀다. 총 20권이니 며칠은 시간을 잘 보낼 것이다. 퇴직금으로 500만 원이 넘는 돈이 내 통장에 들어왔다. 돈이 궁한 것도 아닌데 부자가 된 기분이었다. 조금만 가면 우리나라 쇠고기 유통의 본산인 마장동이다. 오늘 저녁 한우를 양껏 먹을 수 있지만 혼자뿐인 식사는 더 이상 의미가 없다. 컵라면 하나와 구운 달걀 2개면 족하다. 많이 움직이지 않아서인지 배가 고프지 않았다. 내 몸에 기생하는 놈(?)을 굶겨 죽이려면 나는 아무것도 먹지 말아야 한다. 나에게 병원 치료를 권하는 사람이 있었으면 좋겠다. 며칠이라도 저 찬란한 햇빛을 더 맞을 수 있지 않을까. 갑자기 비행기가 타고 싶어졌다. 즉흥적이어도 좋다. 내일 당장 제주도 가는 비행기를 예매했다. 쉰일곱에 비행기를 처음 타 본다고 하면 나를 원시인 취급하겠지만 속된 말로 '존나 열심히 살았다'는 반증이 아니겠나. 나만큼 지지리 궁상을 떨던 시인이 말한 성산포 바다는 진짜 나보다 먼저 술에 취할까. 나는 뜬눈으로 밤을 지새웠고 해가 뜨자마자 난생 처음 공항에 갔다. 공황장애라고 할 때 '황'과 비행기 터미널인 공항의 '항'자가 다르다는 걸 바보처럼 이제야 깨달았다. 은행 다닐 때 몇 번 기회가 있었다. 우수 사원 포상 유럽 여행 대상자였지만 다른 사람에게 양보했다. 왜 양보했냐면 그냥 그러면 멋져 보일 줄 알았다. 하지만 사람들이 나보고 바보 멍청이라고 말하는 것을 우연히 엿듣게 됐다. 비행기는 고속버스처럼 좌석으로 이루어졌는데 자리는 고속버스 보다 좁았다. 옆 사람과 팔걸이를 나눠 쓰는 것도 마땅찮았다. 놀이기구조차 타보지 않았던 나에게는 색다른 경험이었다. 그러고 보면 Q와 만나서 해 본 것이 많은 것 같지만 너무 없었다. 예전 바르셀로나에 함께 가자고 내가 15만 원, 그녀가 5만 원, 20만 원 적금이 생각났다. 헤어진 후 내가 낸 만큼의 돈을 다른 사람을 통해 받았다. 그녀와 헤어지지 않았으면 그때 비행기를 타봤을 텐데. 우리는 언제나 학교 근처를 벗어나지 못했다. 커피 마시고 떡볶이 먹고 또 떡볶이 먹고 커피 마시고 Q가 나더러 재미없다고 말한 이유를 이제야 알 것 같았다. 놀 줄 모르기에 나는 버림받은 것은 아닐까. 인간관계에 대한 설정부터 인간에 대한 신뢰에 이르기까지 무조건 잘해

주면 될 줄 알았다. 적당한 밀당도 필요했고 나도 바람날 수 있는 사람이라는 걸 보여줬어야 했다. 아니면 사랑에도 조절이 필요하다는 것을 알았으면. 아니다. 다 개소리다. 그녀를 조금만 덜 사랑했다면. 어린 그녀에게 목메는 내가 얼마나 부담스러웠을까. 그녀가 다른 사람의 아내가 되던 날, 영화 졸업에서처럼 그녀를 훔쳤어야 했다. 그런 용기도 없으면서 그녀를 사랑한다고 말할 수 있을까.

'후회가 또 화가 난 눈물이 흐르네. 누가 물어도 아플 것 같지 않던'

빌어먹을 노래를 나도 모르게 소리 없이 부르고 있다. 제주공항은 사진에서 본 것보다 조금 작다고 느꼈다. 아니면 김포공항이 큰 것일까. 나는 성산일출봉을 검색했다. 버스를 타면 1시간 이내 도착할 것 같았다. 비교적 깨끗한 버스는 공항을 나와 도로를 달렸다. 제주도도 사람이 사는 곳이다. 서울과 별 차이가 없었다. 대신 가로수들이 이곳이 남쪽이구나 하는 것을 알려 주는 듯했다. 버스는 바다가 보이는 도로를 시원하게 달렸다. 손에 잡힐 만큼은 아니지만 가까운 거리에 바다가 있었다. 동해나 운무산에서 본 서해와는 사뭇 달랐다. 파도가 셌다. 제주도가 바람이 많다는 얘기가 실감 났다. 일단 성산포 근처에 가서 술을 마셔야 한다. 바다를 지독한 숙취에 빠트릴 작정이다. 만약 바다보다 내가 먼저 취한다면 그를 짝퉁 시인이라고 조롱할 것이다. 멀리 밥상처럼 생긴 거대한 밥상 바위가 보였다. 밥상 바위라고? 뭐라 해야 할까. 자연의 위대함을 고작 밥상에 비유한 것인가. 성산포 시인에게 사과하고 싶었다. 성산포는 한적하게 감상할 수 있는 곳이 아니었다. 꼬리에 꼬리를 무는 관광객들의 행렬과 사진 찍는 사람들을 방해하고 싶지 않아 가다 서기를 반복하며 겨우 봉우리 정상에 섰다. 멀리 보이는 것이 우도라는 설명을 보았다. 성산포 시인은 언제 이곳에 왔던 것일까. 그 사람은 제주도 사람이 아니라고 들었는데 해삼 한 토막에 소주 두 잔 마실 만한 곳은 눈을 씻고 찾아봐도 없었다. 바닷가 근처에 빨간 대야에 해삼, 멍게, 뿔소라를 파는 해녀 아주머니들이 보였다. 돈을 내니 작은 밥상에 하얀 한라산 소주 한 병과 해삼, 멍게, 소라가 담긴 접시와 빙초산 냄새가 코끝을 때리는 초장을 내게 주었다. 나는 바다에 건배를 제안했지만, 내 건배를 외면하고 바다가 먼저 술을 마셨다. 순간 빈정이 상했다.

'이런 매너없는 술꾼 같으니라고.'

빈속에 소주 한 잔을 비웠다. 언제나 느끼지만 소주는 빈속이 진리다. 이때까지 먹어본 소주 중에 최고라고 말하고 싶다. 한 잔 더 마셨다. 나는 가만히 있는데 바다가 내게 격정을 토해낸다. 술에 취한 사람처럼 반복해서 말이다.

"사랑 하나 지키지 못하고 뭐 하는 놈팽이야."

"사랑? 네가 사랑을 논하다니. 하하하"

바다는 나를 조롱했고 나는 바다를 비웃었다.

바다는 이미 취해서 울렁거리기 시작했다.

'시인님, 죄송합니다. 놈팽이라고 해서. 용서하세요.'

술 한 잔에 습관처럼 시가 입 밖으로 나왔다. 이 미칠 놈의 기억력은 술을 마시면 감퇴라도 되어야 하는데.

살아서 가난했던 사람
죽어서 실컷 먹으라고
보리밭에 묻었다

살아서 술 좋아했던 사람
죽어서 바다에 취하라고
섬 꼭대기에 묻었다

살아서 그리웠던 사람
죽어서 찾아가라고
짚신 두 짝 놓아 주었다.

-그리운 바다 성산포 중에서

성애랑 잘 다니던 음악다방에서 듣던 이 시 낭송이 생각났다. 고독과 잘 어울리던 여성의 목소리가 지금도 생생하다. 몇 번 듣고 외워버린 나는 도대체 무얼까. 연극을 했다면 희곡을 모조리 다 외우고 있어서 잘했을 텐데. 다시 1982년 중학교 3학년 1학기 진로 상담을 하던 때로 돌아간다면 내 인생은 어떻게 바뀌었을까.

"석창아, 대학 가야지. 공부 잘하는 네가 왜 상고를 가"

"저는 돈을 벌어야 합니다."

"대학 나와서 은행에 가면 더 많은 돈을 벌 수 있어. 나중에 후회할 거야."

"선생님, 저 대학 보내줄 사람은 없고 모셔야 할 할머니가 계세요."

그때 선생님의 말씀처럼 일반 인문계 고등학교에 갔다면 내 인생은 지금과 달랐겠지. 하지만 후회는 없다. 한 가지 후회가 있다면 하고 싶었던 연극을 하지 못한 것이다. 할 수도 있었다. 다 내 탓이다. 내게 남은 시간이 그리 많지 않다. 더 추하기 전에 편하게 떠나고 싶다는 염원뿐이다. 내 유산이 얼마쯤 될까. 아파트는 금방 팔릴 것 같다고 했다. 예금, 적금, 주식, 채권, 보험금까지 해서 꽤 많다면 많은 돈이다.

'씨발, 이런 경치를 보며 돈 생각이나 하는 한심한 새끼. 권석창 너 임마.'

바다는 술이 깬 것일까. 내가 더 시끄럽다. 내가 바다보다 술이 약하네.

바다가 보이는 곳에 잠자리를 빌렸다. 그리고 그 집에 딸린 횟집에서 또 술을 마셨다. 말도 안 되는 바가지를 쓴 걸 알았지만 그건 중요한 것이 아니다. 죽겠다고 하면서도 아무것도 내려놓지 못하는 나를 반성했다. 바다를 보며 성산포에서 이틀을 보냈다. 몇 달이 지나도 다 보지 못할 것 같아서 서둘러 서울로 가는 비행기에 몸을 실었다. 구차하게 더 살고 싶다는 욕심이 생길 것 같았다. 서울에 돌아온 나는 하루에 하나씩 내려놓았다. Q와 헤어지고 쓰기 시작했던 일기가 있었다. 노트로 12권이 넘는데 세월의 흔적으로 색이 바랬고 표지가 너덜거렸다. 관리사무소에 있을 때부터 전자 문서화해서 파일에 담아 왔는데 깔끔하게 마쳐야 한다. 병원 다녀오는 길에 노트북을 하나 샀다. 앞으로 얼마나 쓸 수 있을지 알 수 없어 제일 저렴한 것으로 샀다. 그리고 돋보기도 함께. 앞으로 나에게 며칠이나 남았을까. 의사 양반은 보호자와 함께 오라는데 없는 보호자를 어디서 구한단 말인가. 연명치료를 하면 좀 더 살겠지만 병상에서 그 시간을 보낸다면 무슨 의미가 있을까. 그건 숨만 쉬는 것이지 사는 것이 아니다. 진통제를 처방받았다. 약의 종류가 갈수록 많아졌다. 내성이 생겼다고 한다. 오 작가가 서울에 온다. 만나야 하는데 아픈 모습을 보여서는 안 되는데. 술을 며칠 안 마셨더니 괜찮아 보였다. 광주에서 한 파마가 갈수록 자연스러워졌다. 나만의 착각이 아니길 바랄 뿐이다. 서초동에 있는 일식집에 전화로 예약했다. 오 작가를 만났다. 사랑을 하는 사람에게서 나는 향과 사랑을 받는 이의 향기가 함께 느껴졌다. 나는 괜찮은데 불안한 눈빛으로 나를 보는 그녀의 표정이 맘에 걸렸다. 나를 설득하려는 듯한 그녀의 표정을 읽고 서둘러 도망을 갔다. 그리고 돌아와 'Q와의 추억 3,764가지 이야기'를 편집했다. 3개월이 내게 필요하다. 극심한 고통이 밀려오지만 참아야 한다. 내 췌장에서 시작한 놈이 내 모든 장기를 못 쓰게 만들었다. 원본으로 누군가에게 전하고 싶었다. 부담스러운 걸 누가 받아줄까. USB에 담아만 놓고 술 마시느라고 요즘 통 열어보지 못했다. 마무리를 하고 싶어졌다. 오늘 만나고 온 오 작가에게 전하기로 마음먹었다. 운무산을 떠나오던 날 원본을 챙기다가 퇴색된 것이 너무 가슴 아팠다. 손가락 두 마디에 불가한 크기의 USB에 30년을 저장하고 태우는데 눈물로 불을 껐다. 내 살이 타는 아픔이었다. 오 작가가 요즘 연애를 시작했는데 도움이 되지 않을까. 혹여라도 글 쓰는데 소스가 될지도 모른다고 생각하니 잘한 결정이라고 생각했다. 잠시지만 외로움도 고독도 내게서 멀어졌다. 식음을 전폐하고 노트북 자판과 씨름했다. 마약 같은 진통제를 두 배로 늘렸다. 하지만 영혼까지 지배하려는 고통은 상상을 초월했다. 시간이 꽤 흘렀다. 조잡한 표현은 세련되게 고치고 살을 더 입혔다. 작업을 할수록 살고 싶다는 충동을 느꼈다. 시간은 제 마음대로 저만치 앞서갔다. 하루하루가 힘겹다. 마침내 완성했다. Q와의 영원한 사랑 이야기라서 '연인별곡'이라고 제목을 붙였다. LP는 어떻게 해야 하나. 중고마켓을 통해 필요한 사람들에게 무상으로 양도했다. 돈은 아깝지 않았는데 이것은 목숨만큼 아까웠다. 오 작가에게 사랑을 믿는다는 말, 증명하지 못해서 미안하다는 얘기와 내 전 재산을 그녀에게 증여할 유언장을 작성했다. 내일 변호사 사무실에 가서 공증까지 마칠 생각이다. 그 돈으로 오 작가에게 부탁할 것이 있었다. 그녀는 능히 내 부탁을 들어줄 것 같았다. 하고 싶은 말이 많은 만큼 너무 길어졌다. 두 장 정도로 줄여야 한다.

다시 한 번 이 땅의 시인들에게 경의를 표한다. 그리고 얼마 전 인터넷 신문에서 그녀의 기고문을 봤다. 채지원, 30년 넘게 입 밖으로 내뱉지 않았던 이름. 서울시청 건축기획과 과장으로 근무하고 있었다. 결국 아버지 뜻에 따라 공무원이 되었구나. 내가 작성해 준 과제물 그리고 내가 그녀 대신 만들어 준 미니어처 건물들이 생각났다. 그제 아침에 서울시청에 가서 지원이를 훔쳐봤다. 죽기 전 그녀의 모습을 기억해야 한다. 그래야 저승에서라도 만나지. 나를 못 알아볼 게 뻔하기에 찾아가도 될 것 같았다. 당당한 옛날 모습 그대로였다. 예쁜 자식 낳고 잘 사는 것 같아 보였다.

'업어달라고 조르던 녀석이 근사해졌네. 고마워. 예쁘게 잘, 잘 지내줘서. 지원아'

나는 고개를 돌렸다. 그녀가 나를 본 것인가. 내게로 다가오는 것 같아 나는 모르게 도망치듯 달렸다. 그날 여관방에 와서 숨이 끊어질 만큼의 술을 마셨다. 나를 두고 혼자만 잘 사는 그녀에게 화를 냈다가 곧 후회했다. 내 얘기는 누구에게도 알리고 싶지 않았다. 그깟 여자 하나 때문에 남자답지 못하다고 흉볼지 모른다. 맞는 얘기다. 흔하디 흔한 게 여자고 강남 룸살롱에 가면 Q가 생각나지 않을 만큼 예쁘고 섹시한 여자들이 한 트럭도 넘을 것이다. 하지만 내가 사랑하고 만지고 느끼고 싶은 사람은 한 명뿐이었다. 그래서 그녀와 헤어진 후 아무도 만나지 못했다. 내가 살면서 할 사랑의 총량을 그녀에게 다 썼기 때문이다. 사랑 없는 여자와의 관계는 생각조차 하기 싫었다. 특히 살구 향이 나는 그녀가 아니면 아무런 욕망도 생기지 않았다. 가끔 나는 나에게 아주 심한 욕을 한다.

'병신 육갑하네. 좀 쿨해질 수는 없는 거니? 그렇게 감성 소비를 하니까 오래 못 사는 거야.'

내 사랑을 폄훼하는 사람들에게 '너는 지원이 같은 운명을 만나지 못한 불행한 사람'이라고 규정하고 싶다.

'다들 사랑하는 사람과 잘들 사시는가요?'

'사랑 대신 정으로 사신다고요?'

'정은 사랑이 익숙해져서 생기는 거 아닌가요? 모르시겠다고요. 그것도 모르면서 내 순애보를 폄훼하지 마시죠. 씨발 좆도'

평생 해왔던 혼자 주고받는 독백이 요즘 들어 더 빈번해졌다. 그제 아침에 봤던 지원이가 내 머릿속에서 사라지지 않았다. 빌리 홀리데이의 목소리가 듣고 싶었다.

I'm a fool to want you

Billie Holiday

I'm a fool to want you
I'm a fool to want you
To want a love that can't be true
A love that's there for others too

I'm a fool to hold you
Such a fool to hold you
To seek a kiss not mine alone
To share a kiss the Devil has known

Time and time again I said I'd leave you
Time and time again I went away
But then would come the time when I would need you
And once again these words I'll have to say

I'm a fool to hold you
Pity me, I need you
I know it's wrong, it must be wrong
But right or wrong I can't get along
Without you

I can't get along
Without you

마흔 넷의 나이에 숨을 거둔 그녀를 보고 주위에서 이런 말을 했다고 한다. 차라리 죽어서 행복을 찾았던 그녀. 그녀의 기구한 운명이 내게 복사되어 붙이기로 다가왔다. 더 이상 술은 무의미하다. 술 마시다 죽고 싶지는 않다. 나를 치울 사람에게 예의가 아니다. 앞으로 술은 자제할 것이다. 완전히 숨이 끊어지기 전에 발견된다면 내 장기는 다른 사람에게 쓰여야 하기 때문이다. 성한 것이 하나라도 있었으면 좋겠다. 창문을 열고 내가 머물고 간 흔적이나 냄새를 날려 버려야 한다. 며칠 전 백화점에서 사 온 옷으로 갈아입었다. 초췌한 나를 하대하던 명품관에서 산 비싼 옷이다. 내가 제일 잘하는 청소를 했다. 머리카락 한 올, 먼지 한 톨 남김 없이. 오랜만에 아픔이 없는 상쾌한 아침이었다. 커튼을 젖히고 순한 햇빛을 온몸으로 맞았다. 몸이 가벼워지고 머리는 맑았다. 암 덩어리들이 사라진 것일까. 콧노래가 절로 나왔다.

낮잠치고는 꽤 오랜 시간을 잤다. 깨어나려고 발버둥을 쳐도 소용없는 영원한 잠이라는 걸…….

아름다운 이야기

붙들 수 없는 꿈의 조각들은 하나 둘 사라져 가고
쳇바퀴 돌듯 끝이 없는 방황에 오늘도 매달려 가네
거짓인 줄 알면서도 겉으론 감추며
한숨 섞인 말 한 마디에 나만의 진실 담겨 있는 듯
이제 와 뒤늦게 무엇을 더 보태려 하나
귀 기울여 듣지 않고 달리 보면 그만인 것을
못 그린 내 빈 곳 무엇으로 채워지려나
차라리 내 마음에 비친 내 모습 그려 가리
엇갈림 속의 긴 잠에서 깨면 주위엔 아무도 없고
묻진 않아도 나는 알고 있는 곳 그곳에 가려고 하네
근심 쌓인 순간들을 힘겹게 보내며 지워 버린 그 기억들을
생각해 내곤 또 잊어버리고
이제 와 뒤늦게 무엇을 더 보태려 하나
귀 기울여 듣지 않고 달리 보면 그만인 것을
못 그린 내 빈 곳 무엇으로 채워지려나
차라리 내 마음에 비친 내 모습 그려 가리

– 유재하, 나의 아저씨 OST '내 마음에 비친 내 모습'

늦은 시간 희성이가 엄마, 아빠를 모시고 장례식장에 왔다. 그리고 소장님과 윤 선생님이 사무실 대표로 오셨다. 이 씨, 민 씨 아저씨는 산불 강조 기간이라서 불참을 이해해 달라고 했다. 나는 채지원 씨에게 부모님을 소개했다. 엄마, 아빠에게는 미리 귀띔한 뒤라 쓸데없는 설명은 생략할 수 있었다. 채지원 씨는 조문객을 맞아 최선을 다했다. 이 일에 특화된 사람처럼 보였다. 밀려오는 슬픔을 그녀는 몸으로 막고 있었다. 지나간 연인을 위해 미망인을 자처하는 모습에 나는 사실 감명 받았다. 아저씨를 버린 사람이라고만 생각했는데 그녀는 그녀 방식대로 아저씨를 사랑하고 있었다. 사람들이 다 돌아가고 H읍 식구들만 남았다. 내일 발인까지 참석하고 내려가려는 것 같았다. 아빠나 소장님은 아저씨에게 미안한 감정이 남은 것 같았다. 자신이 지켜주었더라면 하는 후회를 토로했다. 누구의 탓이라고 할 수 없다. 채지원 씨가 아저씨가 남긴 유서를 내게 보여주었다.

그대에게 남겨진 이야기

눈을 감으면 안 보일 줄 알았소
눈을 감으면 잊은 줄 알았소
눈을 감으면 끝인 줄 알았소

그래서 눈을 감을 수 없었소

그래서 눈을 감지 못했소
그래서 난, 눈을 감기 싫었소

神에게 물었소
왜 그대였냐고
이루어질 수 없는
왜 그대였냐고

神은 내게 말했소
그대여서 사랑했잖아
그대라서 행복했잖아
그대에게 감사하거라

아저씨다운 유서였다. 어떤 말이든 옛 연인의 마음이 다치게 할 수 있기에 절제한 마음이 느껴져 더 슬펐다. 한눈에 봐도 며칠을 고심한 흔적이 있었다. 유서가 아니라 연서라고 해야 할 것이다. 채지원 씨는 참았던 눈물이 터져 몸을 제대로 가누지 못하고 있었다. 엄마가 울게 놔두라고 했다.

"우리 딸, 정말 장하다. 하기 힘든 일 했어. 뭐 필요한 건 없고?"

"아저씨가 장례비용을 준비해 두고 가셨어. 그리고 내게 유산도 남겨 주셨어."

"유산까지?"

"그 돈으로 내게 부탁하신 게 있어. 나중에 말해줄게."

눈이 퉁퉁 부은 채지원 씨 옆에 앉았다. 아무 말 하지 말고 옆에 있어 주라는 엄마의 말대로 했다.

"참, 좀 전에 형사님에게 들은 얘기인데 다행이라고 해야 할지 모르겠지만 뇌사 상태로 발견되어 아저씨의 안구는 꼭 필요한 분에게 돌아갔다고 합니다."

"오빠답네요."

"아저씨가 제게 유산을 남기셨어요. 꽤 큰돈인데 어떻게 해야 할지 모르겠어요."

"아현 씨에게 남긴 것이니 아현 씨가……."

"이 돈으로 우리 마을에 작은 도서관을 세워달라고 하셨어요. 마을에 도서관이 없는 게 안타깝다며. 선생님이 도서관 건립을 도와주실 수 있으시겠어요?"

"그래요? 당연히 도와야지요. 오빠의 바람인데. 우리 협심해서 잘 만들어 봐요. 오빠의 유품 중에 도서관 설계도가 있을 거예요. 오빠라면 틀림없이 남겼을 거예요."

"그리고 선생님의 별명을 알게 되었어요. 혹시 아세요?"

"아니요. 잘 모르겠는데."

"Miss 공대라고 했어요. 그리고 다른 사람의 아내가 되어 있으니 함부로 이름을 부를 수 없어서 Q라고 불렀어요. 그거 아셨어요?"

"글쎄요. Miss 공대는 알고 있었어요. Q는 노래 제목 아닐까요."

나는 핸드폰으로 검색해 보았다. 조용필이라는 가수가 부른 노래 제목이었다.

가사를 살펴보니 왜 Q라고 이름 지었는지 알 것 같았다.

나는 USB 메모리를 그녀에게 내밀었다.

"아저씨가 제게 남긴 건데 선생님께 드려야 될 것 같아요. 제가 먼저 열어봤는데 편수로 3천 개가 넘어요. 사랑하는 사람을 보내는 마음을 남긴 것인데 카테고리로 잘 나누어 놓으셨어요."

나는 USB를 핸드폰에 꽂아 그녀에게 보여주었다. 채지원 씨는 말없이 흐르는 눈물을 닦지도 못한 채 글을 보고 있었다.

"헤어진 날부터 불과 보름 전까지의 얘기가 있네요."

"발췌해서 책으로 엮으면 좋을 것 같아요. 아저씨의 마음을 세상에 알리고 싶은데……."

"아현 씨에게 보낸 것이니 제가 이래라저래라 말할 게 못되는군요."

"하지만 이 글의 주인공이 선생님이라서요."

"아현 씨 뜻대로 하세요. 저도 오빠의 마음을 알리고 싶어졌어요."

영정 속의 아저씨는 하루 종일 웃고만 있었다. 차라리 죽어서 행복하다고 생각하신 건 아니겠지. 그를 혼자 있게 한 모두가 아저씨를 죽게 한 것은 아닌가. 아저씨가 남긴 글이 요즘 이런저런 이유로 연애를 기피 하는 요즘 우리 세대에게 전해졌으면 좋겠다.

아저씨와의 마지막 밤, 우리 가짜 모녀(?)는 밤새 술잔을 기울였다. 선생님과 누구누구 씨라는 불편한 호칭 대신 이모와 조카 사이가 되었다.

"지원이 이모, 아저씨 첫인상이 어땠어요. 말해주세요."

"석창이 오빠? 미소년이었어. 단정한 슈트에 가지런한 치아가 웃을 때마다 보이고 수줍은 표정이 참 맑았는데……."

지원이 이모는 아저씨가 내게 해준 말과 조금은 다른 얘기를 했다. 자신이 먼저 고백하고 따라다닌 것도 자신이라고 우겼다.

"그때, 석창이 오빠랑 얘기하고 싶어서 일부러 책 안 가져왔다고 했어. 나 그날 많이 설렜는데……."

자신이 오빠를 더 사랑했노라고 말했다. 이래서 삼자대면이 필요한 모양이다. 확실한 건 두 사람의 순애보를 듣는 것만으로도 한 편의 영화를 보는 것 같았다. 우리를 보고 여전히 웃고 있는 아저씨가 참 행복해 보였다.

"아현아, 고마워. 우리 오빠 잘 챙겨줘서. 아현이 처음 볼 때 성이 다른 걸 알면서도 오빠 딸인 줄 알았어. 고운 눈매가 닮았어."

"저는 지원이 이모 많이 원망했어요. 아저씨 같은 분을 버렸다고 생각했거든요."

"맞아, 내가 버린 거 맞아. 그때는 내가 너무 어렸어. 그리고 사랑을 잘 몰랐어. 오빠의 사랑이 부담스러웠던 것도 사실이었어. 부모님의 반대는 핑계인지 몰라."

"하지만 아저씨가 제게 말하셨어요. 이모에게서 자신의 엄마를 봤다고. 이모 무릎에 눕는 걸 많이 좋아하셨고 이모가 자신의 이름을 불러 줄 때가 제일 행복했다는 말과 함께. 그때 헤어지지 않았다면 어쩌면 서로에게 상처만 주는 비극적인 결말이 되었을지도 모른다고 하셨어요."

지원이 이모는 아무런 말없이 내 얘기를 듣고만 있다가 자신의 결혼 생활에 대해 말해주었다.

"오빠 버리고 벌 받은 것 같아. 배경이 좋은 남자를 소개로 만나 결혼을 했지만 사랑 없는 결혼은 오래가지 않았어. 겉도는 부인을 이해해주는 사람이 어디 있겠어. 서로에게 상처만 주고 일 년 반 만에 헤어졌어. 나도 오빠가 너무 그리워 고통 속에서 살았어. 내 결혼식 때 오빠가 나타나 나를 데리고 사라져 주기를 바랐어. 영화에서처럼"

지원이 이모의 말에 엇갈린 운명을 만든 신이 원망스러웠다. 처음에 불편했던 상복이 점차 익숙해질 때 아저씨와의 작별이 우리를 기다리고 있었다.

아저씨가 한 줌의 재가 되던 날 아침부터 비가 내렸다. 겨울비는 모자라지도 과하지 않게 촉촉이 마른 대지를 적셨다. 관 위에 지원이 이모가 아저씨에게 선물한 빨간 넥타이를 올려놓았다. 아저씨가 영정사진을 찍을 때 맨 넥타이기도 했다. 매듭이 다시는 헤어지지 말자는 다짐 같았다. 떠난 사람은 결코 남은 사람의 마음을 모를 것이다. 시뻘건 화염에 휩싸일 때 지원이 이모랑 나는 참았던 울음을 터트렸다. 왜 그렇게 서둘러 우리 곁을 떠난 것일까? 아저씨의 유골함은 빨간색 천으로 잘 쌌다. 특별한 이유는 없었다. 그냥 그래야 할 것 같았다. 지원이 이모와 돌아오는 운구차에서 운무산에 수목장으로 모시기로 의견을 나누었다. 아저씨가 좋아할 만한 나무를 소장님이 골라 주셨다. 찔레꽃 나무가 적당하다고 하셨다. 가족에 대한 그리움, 고독, 신중한 사람이라는 꽃말을 가지고 있다고 해서 많이 놀랐다. 아저씨를 닮은 적당한 나무라고 생각했다.

이렇게 글을 남기기로 했다.

"이 시대 사랑꾼 권석창, 찔레꽃 나무랑 외도 중"

내가 쓴 글이다. 이 시대 참 사랑꾼의 죽음을 희화화하는 것을 아닐까 망설였는데 지원이 이모가 너무 좋다고 했다.

한참이 지났다. 계절이 앞 다투어 지나가기를 반복하던 사이 아저씨의 빈자리가 차츰 희미해져 갔다. 하지만 아저씨가 술 드시면 읊어 주시던 시가 그리운 날이다. 그 사람의 빈자리는 다른 사람으로 메워지는 게 역사라는 것을 깨달을 나이가 된 것 같다. 아저씨가 떠난 자리는 지원이 이모가 메워주고 있었다. 지원이 이모랑 나는 죽이 잘 맞는 편이었다. 지원이 이모는 서울 생활을 정리하고 우리 마을로 내려왔다. 석창이 아저씨가 왔던 것처럼 말이다. 그것도 즉흥적으로…….

내가 제일 반겼다. 나는 임용고시를 포기하고 그냥 강희성 선생의 사모로 살기로 했다. 대신 아저씨가 남긴 연서 출판에 열중하였다. 가슴이 저려 와서 평생 흘릴 눈물을 다 흘린 것 같다.

"오늘도 운 거야? 우리 자기 어떻게 해."

희성이는 내 부은 두 눈을 보며 안타까워했다. 슬프긴 하지만 아저씨의 글을 읽고 다듬는 일이 어느새 내 전부가 되었다. 아저씨 글에 손을 대는 것이 죄스러웠지만, 중복되는 부분이나 지나치게 신파로 흐르는 것은 아저씨의 뜻이 아니라는 생각을 했고 지원이 이모도 같은 생각이라고 했다. 꼬박 1년을 매달렸다. 아저씨의 글이 책이 되어 세상에 알려지게 되었다. 대학 동아리 선배가 운영하는 출판사와 계약했다. 남은 글이 많아 시리즈로 출판하기로 했다. 아저씨의 글에 내가 생명력을 불어넣었다는 기분좋은 평가를 받았다. 그리고 아저씨가 남긴 진정한 유산인 '운무 도서관' 건립을 위해 지원이 이모랑 매일 붙어 다녔다. 지원이 이모랑은 모녀지간이 아닌가 하는 사람들도 많았다. 외삼촌만 있던 나에게 이모는 정겨운 호칭이었다. 단지 엄마인 최현정 여사가 질투하는 게 문제였다. 그리고 제2의 사랑꾼 희성이도 불만이 이만저만이 아니었다. 자신과 놀아주지 않는다고 여자 친구를 흉보고 다녔다. 이번 지방선거에서 군수로 당선된 오달서씨가 도서관 건

립에 많은 도움을 주었다. 읍사무소에서 터미널 방면으로 가는 삼거리 왼쪽에 터를 마련하고 벽돌 하나하나에 아저씨 마음을 담았다. 공사는 외부 업체를 배제하고 H읍 일꾼들의 노동으로 완성되어 갔다. 큰 규모는 아니지만 지역에 일자리를 제공했다. 목수 일을 하던 최 씨 아저씨가 책임자가 되었고 지원이 이모가 건축에 관한 실무를 총괄했다. 단순히 책을 보는 것에 만족하지 않고 차를 마시고 담소를 나눌 공간과 작은 전시관을 기획했다. 그리고 무엇보다 운무산이 잘 보이도록 했다. 아저씨가 좋아하는 산이기에. 아저씨가 생전에 원했던 진공관 앰프와 괴벨 하이엔드 스피커를 전시실에 두었다. 아저씨가 좋아했던 재즈 음악을 틀어놓을 것이다.

도서관 개관식은 아저씨의 3주년 기일에 맞추었다. 때마침 아저씨가 남긴 연서인 '戀人別曲(연인별곡)' 20쇄를 찍는 날이기도 했다. 오전에 잠깐 비가 내렸다가 행사에 맞춰 날씨가 갰다. 행사에는 도지사와 지역 국회의원, 군수, 군의원까지 참석했고 아저씨의 책을 읽은 팬들이 많이 참석했다. 정치인들이 서로 축사를 하겠다고 했지만, 축사는 운무산 관리소장님과 내가 했다. 지원이 이모의 배려였다. 관리소장님은 석창이 아저씨의 이타심을 강조하셨다. 운무산을 진정으로 사랑한 사람으로 기억해 달라고 했다.

"석창이 아저씨를 처음 본 날이 기억납니다. 너무나 맑은 영혼을 가진 사람이거나 사이코패스 연쇄 살인마 중 하나라고 생각했습니다. 저는 후자일 거라 확신했는데 이웃에서 잡아 먹으라고 준 닭을 잡지 못해 주차장 구석에서 모이를 주며 그 닭을 키우는 아저씨를 보며 제 생각이 틀렸다고 생각했습니다. 아저씨는 사랑꾼이라고 얘기하는데 삼라만상 모든 걸 사랑하신 분이었습니다. 아저씨가 남기신 유산이 오늘 우리 눈앞에 있습니다. 아저씨의 마음이 전해져 책 읽는 마을이 되었으면 좋겠습니다. 아저씨를 기리는 도서관 건립을 도와주신 채지원 관장님께 감사드립니다."

큰 박수가 터져 나왔다. 외지에서 온 사람들은 도서관 구석구석을 사진에 담기 위해 오랜 시간을 마다하지 않았다. 전국에서 아저씨의 팬들이 이곳을 성지 순례할 것이다. 그날 밤, 조촐하게 아저씨의 제사상을 차렸다. 세 번째 하는 것이지만 아직 제사음식은 지원이 이모나 나에게 어려웠다. 최현정 여사에게 이번에도 도움을 청했다. 촛불과 향을 피우고 전과 나물 그리고 과일을 정성껏 상에 올렸다.

"제주인 아현이가 아저씨에게 술 한 잔 올려야지."

엄마가 진행을 맡아 지휘하는 대로 따랐다. 그리고 희성이가 술을 올렸고 마지막으로 지원이 이모가 술을 따랐다.

"석창이 오빠, 91년 오빠를 처음 봤을 때를 생각하니 마음이 설레네요. 참 고운 사람이었어요. 석창이 오빠를 처음 보는 순간 전 사랑에 빠졌답니다. 외로움 없는 곳에서 잘 지내고 있죠?"

제사를 마치고 음식을 나누어 먹었다.

누가 틀어놓았는지 TV에서 저녁 뉴스가 한창이었다.

"한편 정의구현사제단 박희운 신부의 일갈을 들으며 9시 뉴스를 마칩니다."

"이 무도한 무리들이 더 이상 국민의 마음을 아프게 둘 수 없습니다. 하느님의 명령입니다. 오만과 반칙은 이 땅에서 사라져야 합니다. 주님의 이름으로 기도 합시다."

"이상 시국미사 집회에서 MBS 김영훈 기자였습니다."

나는 내 눈을 의심했다. 그토록 그리워했던 그가 7년 만에 TV에 모습을 드러낸 것이다.

"희운이 오빠!!!"

-끝-

에필로그

순례를 마치며...

긴 여정이었다. 글을 쓰는 내내 스페인 산티아고 순례길을 걷는 상상을 해보았다. 브라질의 파울로 코엘료가 쓴 「순례자」에서 유래된 800Km 길을 생전에 꼭 가보리라는 마음만 간직한 채 살아왔다. '부엔까이노- 좋은 길이 되길 바란다.' 세계 여러 나라의 순례자를 만나고 헤어질 때 주로 하는 말이라고 한다. 드넓은 들판과 푸른 하늘이 이어지는 순례길은 처음에는 자연 감상에 환호하지만 걷다 보면 인생을 되돌아보거나 마음의 평화를 얻기 위함으로 바뀐다고 들었다.

출발하기 전 의지와 달리 시작과 함께 프랑스 스페인 국경을 따라 피레네산맥을 넘어야 하는 무척 힘든 코스라고 한다. 무슨 일이든 처음이 힘든 건 매한가지인 모양이다. 글을 쓰는 것도 마찬가지로 첫 장을 채우는 것이 가장 힘들었다. 첫 장을 어렵게 마치고 비교적 순탄한 길을 걸었던 것 같다. 피레네를 넘고서 느끼는 프랑스 내륙의 평탄한 길을 걷는 마음이었다. 중반을 넘길 때까지 나의 순례는 거침이 없어 보였다. 하지만 인생의 굴곡처럼 수많은 난관과 좌절에 중도 포기하고픈 순간이 있었다. 처음 의도와 어긋나서 지우고 다시 쓰고 또 지우다 어떤 날은 한 줄도 쓰지 못한 날이 허다했다. 그런 와중에 큰 고비가 찾아왔다. 새로 산 노트북이 말썽이었다. 쓴 글이 통째로 날아가 버렸다. 포기할 핑계거리가 생긴 것 같아 잠시 좋아했지만 내 뇌에 주름처럼 저장된 것들이 있었다. 오히려 기존의 글을 다듬는 계기가 되었다. 고비를 넘어선 뒤 바라본 콤프스텔라 대성당이 보이는 언덕에 선 순례자처럼 이 글을 마무리했다.

나에게 아주 행복한 6개월이었다. 내 안의 나를 소환해서 많은 사람에게 하고픈 이야기를 맘껏 할 수 있었다. 무명 가수가 대중 앞에서 버스킹하는 심정이었다. 글을 쓰다 아픈 기억을 건드리는 날엔 밤새 주책없이 눈물을 흘렸다. 그럴 때면 깡 소주가 나를 달랬다.

내 나이 쉰 하고도 여섯, 형편없는 대통령이 선물한 숨은 한 살 덕에 3년 조금 더 남았다. 인생을 새로 시작한다는 환갑이 되는 해 작가로서 빛을 보겠다던 약속을 어쩌면 이룰 수 있다는 자신감을 가질 수 있는 글이 되었으면…….

더 많은 분발을 확인한 시간인지도 모른다. 나 자신을 객관화하지 못했고 솔직하지 못한 점 깊이 반성한다. 그리고 지나치게 감성적으로 흐르는 점 또한 경계해야 할 점이었다. 지나친 감성은 작은 디테일을 해칠 수 있었다. 더 많은 사색과 연습이 필요하다. 하지만 이글을 통해 화려함을 추구한 나머지 사족을 더덕더덕 붙였던 예전보다 진일보했다는 자평을 해본다.

음치지만 노래 듣는 것을 좋아했다. 학창 시절 FM 라디오가 내 가장 친한 친구였다. 트로트가 지배하는 가요보다 팝송을 많이 들었다. 심금을 울리던 그때 노래들을 생각하니 그 시절이 눈물 나게 그립다. 팝송을 들으며 내 사춘기를 온전히 보낼 수 있었다. 그래서 공유하고픈 노래들을 실었다.

불우한 환경에서 자라 사고뭉치가 되도 이상할 게 없었지만, 음악을 통해 선한 마음을 가질 수 있었다. 그리고 시를 많이 외웠다. 윤동주, 정지용, 김영랑, 정호승 등 이들의 시를 좋아했다. 눈을 감으면 그때 외웠던 시가 떠오른다. 시는 그렇게 나를 어느새 청춘의 한 장면으로 데려다준다. 글을 써야 하는 숙명인 것 같다. 글을 쓴다는 건 나를 한없이 순수하게 만들고 행복감을 주는 세로토닌과 진통 치유의 엔돌핀 그리고 도파민 등 긍정적인 호르몬을 샘솟게 한다. 결정적으로 글을 쓰고 있을 때 나는 전지전능한 관찰자가 된다는 것이다. 이 얼마나 짜릿한 일인가.

책으로 엮으려는 마음으로 시작한 건 아니지만 출판일을 하는 아내 덕에 세 번째 책이 세상에 나올 준비를 마쳤다. 마음이 설렌다.

나는 오늘도 282번 서귀포행 버스를 기다린다. 버스 정류소가 아닌 운치가 있는 터미널 대합실에서 먼저 출발하는 254번 버스를 보내고 습관처럼 기다린다. 버스 플랫폼은 비어있고 나는 조급하지도 서두르지도 않을 것이다. 인생은 기다림을 배우는 영원한 학생인 걸 알기에.

계절이 또 겨우 인지한 만큼만 바뀔 것이고 나는 봄을 기다릴 것이다. 나의 새로운 여정을 알리는 신호이기도 하다. 다음에는 페루 잉카의 길을 걷는 마음으로 글을 쓸 것이다. 2400m 고산병을 이기는 마음으로 더 나은 글을 쓰고 싶다.

- 2024년 봄꽃을 기다리며 다시 떠나는 순례의 길을 상상한다.